АННА БЕРСЕНЕВА

КОКТЕЙЛЬНЫЕ ВЕЧЕРИНКИ

Роман

Трилогия «Сады Сокола»
Книга третья

2025

ISIA
MEDIA

Когда юная Маша Морозова снимает комнату в московском посёлке Сокол, ей и в голову не приходит, как сильно переменится после этого её жизнь, какие значимые события в ней произойдут. Машин живой ум позволяет ей понимать, что её молодость пришлась на время всеобщей неясности и потери ориентиров. Но как ей жить в такое время, она понять не может. Общение с квартирной хозяйкой, её однофамилицей Верой Морозовой, вдруг освещает для Маши непонятное пространство жизни. Может быть, благодаря тому, что молодость Веры пришлась на схожее время – конец «оттепели» 60-х годов. А может быть, по более тонким причинам, скрытым в глубине более давних времён.

Иллюстрации выполнены автором с использованием искусственного интеллекта.

Bibliografische Information der Deutschen Nationalbibliothek:
Die Deutsche Nationalbibliothek verzeichnet diese Publikation in der Deutschen Nationalbibliografie; detaillierte bibliografische Daten sind im Internet über http://dnb.dnb.de abrufbar.

Printed in Germany

ISBN 978-3-689599-82-9

Часть I

Глава 1

— В общем, ты не подарок, — заключил Игорь.

— Так ведь и ты не праздник, — тут же отозвалась Маша.

За словом она в карман не лезла никогда, но это не значило, что каждое ее слово было правдивым. Сейчас, например, она врала безбожно: Игорь был в ее жизни именно праздником, и то, что она испытывала в данную минуту, последний раз было испытано в пять лет — когда с новогодней елки снимались игрушки и становилось ясно, что все кончено и завтра снова в детский сад на круглосуточку.

— Жить с тобой легко, не спорю, — сказал Игорь. — Ты все умеешь, во всем рассчитываешь на свои силы и не ждешь, что тебя будут обслуживать.

Личным своим достижением Маша все эти навыки не считала. Она уехала из дому так рано, что они приобрелись как-то сами собой, незаметно, и было бы странно, окажись иначе.

— Но и сама никого обслуживать не собираешься, — добавил Игорь.

— А ты бы хотел!

— Обслуживания, может, и не хотел бы.

— Может!..

— Но оказалось, что какая-то человеческая забота мне необходима. Странно, но так. Я сам удивился, — не обращая внимания на ее насмешливый тон, невозмутимо ответил он. — А получить ее от тебя не представляется возможным. Ты, похоже, на нее органически не способна.

Чертов аналитик, чертов!.. Все раскладывает по полочкам. Когда-то ей это понравилось. А вот как обернулось...

— Когда ты квартиру найдешь? — спросил Игорь.

— Почему это я? — возмутилась Маша. — Сам поищи!

— Я уже нашел.

И что на это скажешь? Чистая правда: квартиру, под окнами которой они сидят на лавочке за кустом отцветающей сирени, нашел и снял он, Маша к нему прицепилась, как вагон к локомотиву. А теперь придется отцепиться.

Если б он хоть не был такой красивый! Может, не так обидно было бы. Но он, как назло, именно что красивый, как с портрета Гейнсборо. Маша часами эти портреты в Национальной картинной галерее разглядывала.

Может, если бы она не болталась еще мыслями в Лондоне, то и не обратила бы на Игоря внимания в очереди на паспортный контроль в Шереметьеве. Денег у нее оставалось только на аэроэкспресс, но рейс задержали, и экспресс уже не ходил, Игорь подвез ее на такси до Хамовников, где она снимала квартиру пополам с бывшей однокурсницей, такси отпустил, потому что увидел ночное кафе, а он проголодался или, может, не проголодался, а другая была причина, во всяком случае, предложил поужинать или, может, позавтракать, они проболтали час или полтора, им было легко и хорошо. Провожая Машу до подъезда, он сказал, что как раз ищет новую квартиру и что судьба не зря забросила его в Хамовники — отличная локация, на ней теперь и сосредоточится.

И что это за причина для того, чтобы сойтись? Легко и хорошо!.. Да ей со всеми легко и как минимум неплохо, это совершенно не повод влюбиться и быть счастливой. И вдохновенная ночная болтовня с последующей прогулкой вдоль каких-то кустов, в которых разливаются соловьи, по сути ничем не отличается от точно такой же ночной болтовни в чате. Соловьев можно фоном включить, программ полно, зато и выключиться из всего этого можно в любую минуту, и не будет потом сниться обведенное светом лицо, диктуя неадекватную поведенческую стратегию.

Поймав свой разум на этой фразе, Маша сообразила, что опаздывает на работу.

— За неделю найду, — сказала она. — Ты пока у Ильи поживи.

Временно перебраться к приятелю Игорь и сам догадался бы, может. Но ей не хотелось, раз уж жить под одной крышей больше не будут, чтобы он был инициатором благородного поступка. Лучше пусть она, съезжая с его квартиры, будет инициатором поступка благоразумного. Если все это можно так назвать.

— Ладно. — Игорь кивнул, ей показалось, с облегчением. — На неделю переехать смогу. Не к Илюхе, но неважно.

Интересно, чего он ожидал? Что она умолять его будет: ах, любимый, не бросай меня, я без тебя жить не могу? Ну да, может, что и не может. Но его это не касается.

Мало этого его лица светящегося, еще и походка!.. От нее она и утратила разум год назад. Такая походка бывает у людей, для которых мир создан.

Дождавшись, когда Игорь скроется в подъезде, Маша поднялась с лавочки и направилась к метро. Хорошо хоть он объявил о необходимости расстаться не до, а после завтрака. Завтракать они ходили в кафе на первом

этаже их дома, там сырники вкусные, особенно с манго-
вым джемом... Какая же чушь лезет в голову от досады!

Всю дорогу по красной ветке Маша глотала слезы,
а на зеленой поняла, что пора это прекращать. Явишься
на работу с распухшим носом, обязательно кто-нибудь
спросит, что случилось, настроения врать нет, говорить
правду тем более. А начальник — псих и психолог одновременно, поэтому его внимания не хочется особенно.

Офис, в котором Маша трудилась с прошлой
весны, занимал половину цокольного этажа в одном
из длинных зданий, тянущихся вдоль Ленинградского
проспекта. Когда искала работу, главным для нее было
местоположение — чтобы близко к центру и к метро.
На то и другое она обращала даже больше внимания, чем
на зарплату, потому что зарплату ей везде предлагали
примерно одинаковую. Сокол подошел к ее незамыс-
ловатым требованиям, и Маша стала торговать чаем
на Соколе.

Вернее, не самим чаем, а его образом. Да, следовало признать, что к неполным двадцати пяти годам она
только и научилась, что продавать образы. Ну и ладно,
другие и того не умеют.

Фирма была большая, травяные чаи составляли
лишь часть ее оборота. Еще продавались кремы и баль-
замы, которые можно было считать относительно по-
лезными, и пищевые добавки, которые Маша считала
бесполезными совершенно. Но и не вредными, так что
на этот счет не стоило испытывать угрызений сове-
сти. Если их вообще стоило испытывать в связи с такой
ни шаткой ни валкой работой, как у нее.

Все-таки она опоздала, и хотя всего на пятнадцать
минут, это было замечено: по закону подлости именно
сегодня явился ровно к началу рабочего дня клиент,

и именно его псих и психолог направил к Маше, о чем этот клиент с приятной улыбкой ей и сообщил.

Он сидел рядом с ее столом, листал каталоги, и глаза его излучали ясный свет.

«Принесла тебя нелегкая», — подумала Маша и, бросив взгляд на протянутую ей визитку, сказала:

— Рассказывайте, Виктор Витальевич, чего вы от меня хотите. В смысле, чем я могу вам помочь, — спохватилась она.

Он улыбнулся совсем уж лучезарно и ответил:

— Скорее это я могу вам помочь, Мария Генриховна.

По отчеству Машу называли только полицейские, несколько раз проверявшие у нее паспорт на улице. Но у Виктора Витальевича это вышло непринужденно.

Он оказался владельцем православного издательства и пришел с предложением выпускать этикетки, с которыми травяные чаи могли бы продаваться в церковных лавках. Маша несколько оторопела от того, что ей предлагается вести такие крупные переговоры — лавок-то этих сколько, это же огромные деньги! — но выяснилось, что переговоры уже состоялись без ее участия, а с Машей Виктор Витальевич намерен обсудить только тексты для этикеток и вкладышей в чайные упаковки.

Что в ее личности дало начальнику основания считать, что именно с ней стоит обсуждать произведения такой тематики, было для нее загадкой. Но не у клиента же это выяснять.

— А когда вы хотите получить тексты? — осторожно поинтересовалась она.

— Собственно, я не хочу их получить, — ответил он. — Насколько я понял Олега Антоновича, я должен их вам предоставить, а вы должны их утвердить.

Ага, это уже ближе к реальности. Хотя тоже довольно смешно — она утверждает тексты для православных этикеток! Ну ладно, выбирала же однажды рисунки мандал, которые ее соседка по общежитской комнате закупала для буддистского интернет-магазина. Мир глобален, никогда не знаешь, чем в нем придется заняться, и удивляться не стоит никакому занятию.

— Чему вы улыбаетесь, Мария Генриховна? — спросил клиент.

— Своим мыслям... — Хорошо, что визитку не убрала, пришлось снова скосить на нее глаза. — ... Виктор Витальевич.

— Мыслям о том, что вы далеки от православной тематики? — догадливо поинтересовался он.

Не требовалось вообще-то особой догадливости для того, чтобы это понять. Тельняшка, скроенная так, чтобы сползала с одного плеча, колечко с чертиком из вулканической лавы с острова Лансароте и сине-зелено-оранжевые ногти — все это под изучающим взглядом Виктора Витальевича показались Маше каким-то неуместным. Она машинально дернула плечом и даже чуть не спрятала руки под стол. Но тут же рассердилась на себя за это — чего стесняться? еще не хватало! — и положила руки перед собой, и даже пальцы растопырила, чтобы проще было разглядеть чертика.

— Вообще-то да, — ответила она. — К христианству настороженно отношусь. Инквизиция, все такое.

— Об инквизиции в обывательском сознании — я не о вас, разумеется! — существует слишком много мифов. — Он покачал головой, и от его бородки повеяло нежным ароматом. — А если обратиться не к мифам, а к фактам, то сразу обнаруживается, что смысл процессов над ведьмами заключался в том, чтобы спасти их от самосуда неграмотных крестьян и подвергнуть официальному суду.

— В смысле, пыткам?

А он, оказывается, цельный, как кристалл. Разговор с ним наконец стал Маше интересен: ее всегда интересовали цельные люди, наверное, из-за полной ей противоположности.

— Почему обязательно пыткам? — пожал плечами Виктор Витальевич. — Некоторые сами сознавались в колдовстве.

— Вы серьезно сейчас говорите?

— Конечно. Да и не слишком-то много было сожжено в Европе так называемых ведьм. Несколько сотен всего. От чумы гораздо больше людей умерло.

— Это кто посчитал, сколько сотен?

— Не забывайте, речь о Средневековье. — Вместо ответа он улыбнулся все той же приятной улыбкой. — Тогда были совершенно другие представления о добре и зле. И инквизиция играла безусловно положительную роль.

— Слушайте, а вам не стыдно? — с интересом спросила Маша. — Вы же не очень-то молодой. В школе учились, в универе, наверно. Ну, прочитали где-нибудь глупость. Так ведь не обязательно повторять.

Похоже, потерей сердечного друга и жилья неприятности сегодняшнего дня не закончатся. На очереди потеря работы.

Виктор Витальевич расхохотался. Уши у Ленки Зуевой за соседним столом от любопытства стали острыми, как у эльфа.

— Одним словом, Мария Генриховна, — сказал он, — сбросьте мне сегодня информацию о вашей продукции, а я завтра...

Видимо, он хотел сказать, что пришлет тексты на утверждение, но решил, что объясняться с ней не обязательно: не того полета она птица. Правильно решил, в общем.

«Про глупость не надо было ему говорить», — уныло подумала Маша.

Но с другой стороны, если бы не сказала, то сидела бы сейчас как оплеванная, проверено. Правду говорить нелегко и не очень-то приятно, но он же вот говорит такую чушь, что уши в трубочку сворачиваются, и ничего, даже неловкости никакой не чувствует. Так почему она должна чувствовать перед ним неловкость?

— Ну, Морозова, ты вообще! — шепотом воскликнула Ленка, когда он ушел. — Ананьев этого православного две недели обхаживает, а ты...

— Зачем же он тогда ко мне его направил? — вздохнула Маша.

Зря про глупость ему ляпнула, точно. И последствия неизвестны.

— Потому что Оля Васнецова заболела, — объяснила Ленка. — С ним вообще-то она работала. Ну а почему не к тебе? Ты же не дура.

— Спорный вопрос.

Это Маша пробормотала себе под нос. Все, что произошло с ней сегодня с утра, делало этот вопрос, пожалуй, бесспорным. Для начальника точно.

Но, как ни оценивай начало дня, потянулся он обычным своим чередом. Маша поскорее сбросила клиенту рекламные материалы — даже больше, чем могло ему понадобиться для изготовления этикеток, — позвонила в супермаркет, в котором завтра должна будет проводить сэмтлинг, написала в дирекцию парка, где травяные чаи со льдом будут предлагаться во время летнего праздника...

Все цеплялось одно за другое, и все помогало тому, чтобы до самого вечера не приходил ей в голову вопрос: и что, вот это все и есть моя жизнь? Есть и будет?..

И сколько ни уговаривай себя, что Игорь ничего для нее не значил, ни капельки эти уговоры не помогают.

Глава 2

Падение платежеспособности населения — это произносилось в офисе ежедневно для объяснения любых неудач — к Машиной ситуации пришлось очень кстати. Оказалось, квартир в Москве сдается столько, что глаза разбегаются, и не так уж дорого они теперь стоят. Обнаружив это, Маша повеселела. Картину ее жизни в целом это, конечно, не гармонизировало, но по крайней мере избавляло от дурацкого ощущения, что она живет приживалкой у бросившего ее мужчины. Даже если считать, что расстаться они решили обоюдно, сути это не меняло.

И вдруг выяснилось, что суть можно изменить очень быстро. Даже прямо завтра, если поднапрячься. Лента объявлений убедительно тянулась по экрану айфона, каждым своим сантиметром добавляя оптимизма.

То есть, конечно, мало оптимистичного в том, что на жизнь теперь будет оставаться вдвое меньше денег, но тут уж ничего не поделаешь. Игорь, благородно оплачивавший квартиру, в которой они жили вдвоем, исчез из ее жизни навсегда, и бесплатное жилье, значит, тоже.

Или не навсегда он исчез?..

Начать Маша решила с Сокола. Зачем ума искать и ездить далеко от работы? К тому же она недавно набрела на фейсбучную группу Сокол-Аэропорт, записалась в нее, и теперь ей было известно, где тут едят круассаны, пьют авторский кофе и прыгают на батуте. Удаляться от всего этого в неведомый район никаких причин не было, и к осмотру квартир, выявленных поблизости, она приступила с бодростью.

Бодрость улетучивалась с каждым часом. Потом с каждым получасом. Потом с каждой минутой.

К третьему адресу Маша поняла, что природа, может, и наделила ее достоинствами, которые Игорь перечислил списком, но удачливость в этот список явно не входит. Мало того что все до единой квартиры выглядели совсем не так привлекательно, как на фотографиях в объявлениях, они еще и стоили дороже, чем было в этих объявлениях указано.

— Вот зачем вы это делаете? — спросила она, оглядывая очередную полутемную комнатку с подозрительными пятнами на линялых обоях и щербатым кафелем в ванной. — Все равно же люди придут и увидят, как у вас тут на самом деле.

— Ну и что? — Хозяйка, снулая женщина с широким лицом, пожала плечами. — Людям все равно.

— Как все равно?

Маша оторопела от такого смелого заявления.

— Так. Батареи греют, вода из крана течет. Кровать двуспальная, холодильник. Телевизора нет, ну так теперь все с компьютеров смотрят. А пятна вообще без разницы.

Маша уже открыла рот, чтобы возразить, но вспомнила, как выглядел подъезд дома, в котором она прожила первые семнадцать лет своей жизни, и как мало заботил ее соседей этот вид, — и возражать не стала.

— Дорого очень, — сказала она.

— Не дороже денег.

Народная мудрость всегда нагоняла на Машу уныние. А здешние интерьеры его только усиливали.

Выйдя на Ленинградку, она решила, что отрицательных эмоций ей на сегодня хватит. Как ни приятно было бы прямо завтра сообщить Игорю, что свободна его квартира распрекрасная, но... А действительно ведь распрекрасная — светлая студия с видом на Новодевичий монастырь, с металлической хайтековской кухней и белым кожаным диваном. А не с продавленной койкой, ржавой ванной и тараканами в духовке — всем, что ей сейчас предложили считать достаточным для жизни.

Контрастность возникшей в голове картины придала Маше сил. Последняя из намеченных квартир находилась на улице Поленова, то есть довольно близко, хоть и на другой стороне Ленинградки. Она включила навигатор и направилась к подземному переходу.

И через полчаса поняла, что решение закончить на сегодня с поисками жилья было правильным. Знала же, с утра знала, что не ее день! И чего потащилась в этот поселок дурацкий?

Что неподалеку от метро Сокол есть самый настоящий поселок, Маша, конечно, слышала. Но как-то не сообразила, что улица Поленова находится именно там, иначе ни за что по этому адресу не пошла бы. Что она, старушка, чтобы ее тянуло подальше от шума городского? Тем более глупо устраивать себе деревенскую идиллию посреди Москвы, которая именно тем и хороша, что жизнь здесь идет в сумасшедшем ритме, только и подходящем нормальному человеку. Маша как поняла это восемь лет назад, впервые ступив на московскую землю, то есть буквально на землю, с самолетного трапа, так и не изменила своего мнения и менять не собиралась.

Домишко же на улице Поленова был если не деревенским — что-то скандинавское было в его остроконечной крыше, — то все-таки и не московским. Да и весь этот поселок напоминал какой-нибудь Ростов Великий, в котором она еще студенткой побывала за компанию и который запомнился ей разве что недоумением: кто решил, что положено ездить из Москвы в кромешную эту скуку?

Дом, в котором сдавалась квартира, стоял за невысоким штакетником, вдоль которого росла лебеда. Маша поискала у калитки звонок, но не нашла и калитку просто толкнула. Вся эта патриархальность никакого умиления у нее не вызвала.

Звонок все-таки был у двери, к которой Маша поднялась по трем низким ступенькам, утопленным в стену дома.

И чуть не вскрикнула, когда эта дверь открылась.

Перед ней стояла женщина с обезображенным лицом. Оно было серое, бугристое и мертвое.

«Сейчас втащит в дом и задушит! — пронеслось у Маши в голове. — Или кровь выпьет».

Последнее при виде этого лица казалось даже более вероятным.

— Вы Мария? Квартиру хотите снять? — спросила похожая на колдунью женщина.

— Ага, — машинально ответила Маша.

Мария-то Мария, а снять здесь квартиру ее не заставишь теперь и под пистолетом.

— Пройдите и подождите, пожалуйста.

Она указала на узкую лестницу, по которой следовало пройти на второй этаж, и Маша поднялась по этой лестнице как завороженная. Да, вот это было точное слово: точно так мальчик Якоб вошел в дом страшной старухи, которая превратила его сначала в белку, а потом в карлика с огромным носом. В пять лет это была любимая Машина сказка, «Карлик Нос». Особенно ей нравилось, что Якоб, пока был белкой, вылавливал пылинки из солнечного луча и просеивал их сквозь самое мелкое сито, а потом из них пекли для колдуньи хлеб.

Комната — не сказочная, а обычная мансарда — была просвечена лучами закатного солнца, поэтому с каждой минутой меняла цвет. Когда Маша открыла дверь, все было палевое, а пока оглядывала обстановку — икеевскую кровать, стол и стеллажи того же происхождения — стало медовое. Такой эффект происходил от того, что пол был настелен из широких некрашеных досок, а стены обшиты светлой березовой фанерой. На нескольких листах этой фанеры были нарисованы картины, но когда Маша подошла поближе, чтобы их рассмотреть, то оказалось, что разрисованные листы не отделывают стену, а просто к ней прислонены.

— Это ширмы. Можете ставить как хотите и выгораживать пространство любым образом.

Маша вздрогнула и обернулась. Она ожидала увидеть ту самую старуху с обезображенным лицом, но женщина на пороге стояла уже другая. Или нет, та же самая, по крайней мере, в том же самом платье. Несмотря на свою оторопь, Маша приметила его еще когда вошла: платье-камисоль, у нее тоже такое есть, только у нее ярко-красное, а это такого же цвета, как пол и стены.

Но лицо у вошедшей женщины было уже не бугристое и мертвое, а обыкновенное, даже какое-то светящееся, ну, это тоже из-за солнца, конечно, и самые обыкновенные русые волосы были распущены по ее плечам.

— Это была маска, — сказала хозяйка; наверное, Маша смотрела на нее очень уж дурацким взглядом. — Парижская маска. Из сырой капусты. Вы пришли немного раньше, я не успела смыть.

— А почему из капусты — парижская?

Любопытство вытеснило оторопь, и Маша посмотрела на хозяйку с интересом.

— Не знаю. Бабушка так называла, ну и я тоже. Итак, вот эта комната сдается.

— А вы написали, что квартира.

— Обманула. Но не очень. Сюда есть отдельный вход. — Она кивнула на дверь, противоположную той, в которую Маша вошла из коридора. — Лестница ведет из сада. А эту дверь запрете изнутри, и мы с вами можем вообще не видеться.

— А можем видеться?

— Когда поселитесь, разберемся.

— Откуда вы знаете, что поселюсь?

— Я сразу поняла. — Глаза у нее были зеленые и сверкнули, как у самой настоящей колдуньи. — Вам здесь понравилось. И дом отнесся к вам с приязнью.

Бытовую мистику Маша воспринимала с насмешкой, но колдуньям можно, наверное. Любопытство одолевало ее сильнее, чем опаска.

— Ванны нет, только душевая кабина, — сказала хозяйка. — Вот здесь.

Она открыла дверь, и Маша заглянула в ванную, маленькую и, похоже, только что отремонтированную. Во всяком случае, кафель — он был такого же цвета, как березовая фанера — от стен пока не отвалился.

— Как вас зовут? — спросила хозяйка.

Маша хотела спросить: «А вам зачем?» — но вместо этого полезла в сумку за паспортом. Хотя правильнее было бы сначала спросить, сколько это жилье будет стоить без обмана. Ничем иным, кроме как колдовством, объяснить свое странное поведение она не могла.

— Морозова Мария Генриховна, — прочитала хозяйка. — Надо же!

— А что такого?

— Такого ничего, но я Морозова тоже.

— Вряд ли мы родственники, — усмехнулась Маша. — Морозовых как собак нерезаных.

В ту же секунду с улицы, вернее, из сада донесся собачий лай. Маша поежилась. Слова не скажи в этом доме!

— Боитесь собак? — заметила Морозова.

— Ага. С детства. Генетически. Мама тоже боялась.

— Мамы нет?

— Есть.

— А почему в прошедшем времени говорите?

— Так, — ответила Маша.

«Не ваше собачье дело», — хотела добавить она.

Но воздержалась. Колдунья не ошиблась: жилье нравилось ей так, что даже зубы сводило.

— Собака соседская, — сказала Морозова. — Через два дома отсюда. Лает громко, да. А я только на пианино играю. К музыкальному шуму как относитесь?

— Нормально. Не ночью же вы играете.

— Обычно нет. Ну, осмотритесь еще и спускайтесь вниз.

Морозова вышла. Маша тут же заперла за ней дверь на ключ, торчащий в замочной скважине, задвинула шпингалет и еще подергала дверь за ручку. Не стоит удивляться, если запоры и не действуют, здесь все может быть. Потом она открыла противоположную дверь, ту, которая по мнению Морозовой позволяла считать это жилье отдельной квартирой.

За дверью был сад. Маша вышла на площадку ведущей вниз открытой лестницы и оказалась прямо над жасминовыми кустами. Стояла тишина. Внизу пестрели какие-то цветы. Жасмин благоухал. Маша чихнула. Сад, тишина, жасмин — все это было излишне, но нравилось и это.

«Может, и я всему этому нравлюсь?»

Мысль была такая глупая, что это должно было даже пугать. Но не пугало.

«И плита в комнате есть, и мойка. Можно и правда с хозяйкой не видеться».

Плоскую поверхность плиты она рассмотрела на тумбочке в углу. Во вторую такую же тумбочку была вделана металлическая кухонная раковина. Жить в самом деле можно было автономно, как на подводной лодке.

Маша вернулась в комнату, заперла дверь в сад. Отперла ту, что вела в дом. Оглянулась. Солнце опустилось уже так низко, что его не видно было в мансардном окне. Комната рдела и переливалась всеми оттенками красного. Глаза с картин, написанных на фанерных ширмах, смотрели так же, как глаза Морозовой. Может, это она и была там изображена.

Маша спустилась по узкой лестнице, вошла в большую комнату внизу — там действительно стояло пианино — и сказала:

— В общем, завтра могу вселиться. Если вы не против.

— Я не против, — ответила Морозова.

Глава 3

Погода стояла — как в раю.

В сравнении с прошлогодним маем, который Маша весь проходила в пальто, потому и запомнила, это можно было считать счастьем. Если бы она считала счастье метеорологическим явлением.

Как бы там ни было, а пить кофе на веранде сразу же, как только вылезешь из постели, было очень приятно. Ну, не на веранде, а на лестничной площадке размером метр на метр, но все равно приятно.

Маша сидела на лестнице, положив на колени подставку для ноутбука, на подставке стояла джезва и тоненькая фарфоровая кофейная чашка, и состояние, в котором она пребывала, можно было назвать только нирваной. От того, что в макушку светило утреннее солнце, а босые ступни упирались в солнечное пятно на деревянной ступеньке, это состояние пронизывало ее с головы до пят в буквальном смысле слова.

— Не отвыкнуть бы из дому выходить, — сказала она.

Не громко сказала, но все-таки вслух, чтобы хоть голосом нарушить благостность картины. Вообще-то она сходила бы в ближайшее кафе и позавтракала там, и кофе там бы выпила, но вчерашняя дорога от метро домой, впервые по новому адресу, показала, что в этом идиллическом поселке ближайшего кафе просто нет. Видимо, в каждом доме имеются веранды и жителям зачарованного царства этого хватает.

— Совершенно не поздно пересаживать, — вдруг донеслось снизу. — Сейчас я тебе выкопаю.

Маша замерла. Высокие жасминовые кусты скрывали ее, сидящую на лестничной площадке, от тех, кто были в саду. Но она даже ноги опасливо поджала, услышав голос колдуньи Морозовой.

— Я просто так спросила, Вера, — произнес второй голос, женский и молодой; у Морозовой он, правда, молодой тоже. — У нас же никто никогда садом не занимался. И я вряд ли буду.

— Я тоже не Мичурин, — ответила Морозова. — Но этими лилиями и заниматься не надо. Посадишь, больше от тебя ничего не требуется. Сами и вырастут, и зацветут, и перезимуют.

Морозова прошла по дорожке в дальний угол сада — если можно было назвать дальним расстояние в несколько десятков шагов, — наклонилась и детским совочком выкопала из клумбы невысокие зеленые стебли с частыми острыми листьями.

— Держи, — сказала она, возвращаясь.

Женщина, которой Морозова отдала стебли в комке земли, была видна Маше только макушкой, клипсами в ушах и носками туфель. На макушке торчал черный хвостик, клипсы в виде стеклянных вишенок переливались на солнце, туфли опознавались как продукция Джимми Чу.

— Спасибо. — Она взяла у Морозовой стебли. — Надеюсь, успеют приняться, пока мы здесь.

Маша думала, что гостья уйдет и хозяйка вместе с ней, тогда она и переберется с лестницы в комнату, не на четвереньках же уползать. Но те уселись на лавочку под жасмином. Видеть их Маша перестала, а разговор слышала отчетливо. Разговор был интересный, и уходить ей расхотелось.

В школе она очень удивилась, узнав, что, оказывается, если передаешь с кем-нибудь письмо, то его нельзя запечатывать, но читать чужие не запечатанные письма при этом считается неприличным. Где логика? Уж или запечатываешь, или позволяешь читать. И если люди разговаривают прямо у тебя под дверью, значит, ничего страшного не видят в том, что ты их разговор подслушаешь.

— Долго в Москве пробудете? — спросила Морозова.

— Около месяца. Антон дела закончит, и уедем.

— Грустно, Нэла.

— Почему?

— Я же помню, как вы с Ваней родились. Папа твой по улицам ходил пьяный, счастливый и с бутылкой шотландского виски. Ко мне тоже явился — Вера, выпьем за моих двойняшек! А у меня Кирка с ангиной, температура сорок, я как раз неотложку вызвала.

— Не выпили?

— Выпила, конечно. И с Киркой в Морозовскую поехала. — Морозова помолчала, потом спросила: — Как муж твой себя чувствует, не скучает по родине?

— Как ни странно, нет. Я сама не ожидала. Ему где простор, там и родина, как выяснилось.

— В Берлине, что ли, простор?

Маша расслышала, что Морозова улыбнулась.

— Берлин, кстати, да, очень просторный, — ответила Нэла. — Парки полгорода занимают. Но я не то имела в виду.

— А что?

— Антон не терпит, когда не может сделать то, что может. Из Германии потому и уехал когда-то. А теперь потому же туда и возвращается.

Смысл этих слов тоже показался Маше неясным. Может, потому что она не знала, кто такой этот Нэлин муж Антон. Кто такая Нэла, да и Морозова, она, правда, не знала тоже.

— И правильно, — сказала Морозова. — Глупо держаться за миф. Даже во времена всеобщей неясности и потери ориентиров.

— За миф?

— Сокол же типичный миф о прошлом. Хорошо там, где нас нет. В прошлом нас точно нет, потому оно и кажется прекрасным.

— Как-как вы говорите? — с интересом переспросила Нэла.

— Чехов, не я. Пойдем. — Слышно было, как Морозова поднялась со скамейки. — Пакет для лилий дам.

Они ушли в дом. Подслушивать их непонятные слова было так интересно, что Маша даже про кофе забыла и чуть не опрокинула недопитую чашку, поторопившись встать на ноги.

А поторопиться следовало: увлекшись чужими разговорами, она опаздывала на работу.

Глава 4

Опоздать не опоздала, но все-таки напоролась на разливанную ананьевскую ярость.

Как только Маша плюхнулась на свой стул, явилась Кордашенко-секретарша и проговорила замогильным голосом:

— Морозова, зайди к Олегу Антоновичу.

— Он так орал, что через коридор было слышно, — шепнула Ленка, когда секретарша ушла.

— Ты что себе позволяешь? — мрачно произнес Ананьев, едва Маша переступила порог его кабинета.

Он смотрел своим фирменным тяжелым взглядом, и из-за его прически, резкого ежика, казалось, что сейчас засветит в лоб, как положено бандиту. Но бандит вряд ли владел бы по нынешним временам фирмой, которая продает травяные чаи, или, во всяком случае, не сам работал бы в этой фирме генеральным директором, так что физической расправы Маша не боялась.

Нажаловался, значит, православный. А уж думала, обошлось.

— Глупость ляпнула, — с готовностью подтвердила она. — Больше не повторится.

— Ляпнула!.. Я б не удивился, если б ляпнула, чего от тебя и ждать. Клиента зачем клеила?

— Я — клеила? — У Маши даже челюсть клацнула. — Кого?!

— Богуцкого из «Перезвона».

Она вспомнила ароматную бородку, округлые щечки и такие же округлые ручки, и ей стало так смешно, что удержаться не было никакой возможности.

— Ну чего ты ржешь, Морозова? — вздохнул Ананьев. — Думаешь, он только для полевой мыши завидный жених, а для такой Дюймовочки, как ты, жуткая жуть?

Маша именно так и думала. Начальник был догадлив, тем ей и нравился, несмотря даже на то, что заводился до крика по любому поводу и не повышал зарплату.

— Это он вам сказал, что я его клеила? — наконец перестав давиться смехом, спросила она.

— Неважно, кто сказал. Плечиками голыми дергала, глазки строила.

Ага, значит, не перезвон нажаловался. Зуева, точно. Хотя вообще-то кто угодно мог. Что все относятся к тебе хорошо или, как минимум, неплохо и при этом готовы сделать тебе гадость, не со зла, а ради собственной выгоды или просто так, мимоходом, — было первым открытием, которое Маша совершила, начав трудовую деятельность. Первым ее взрослым открытием это было, и до сих пор она не привыкла к тому, что так в жизни устроено и так теперь будет всегда.

— Сдался мне ваш перезвон. — Маша дернула плечом, на этот раз не голым. — Я вообще агностик.

— Ладно, черт с ним, пускай сам за своей нравственностью следит. Садись.

Ананьев кивнул на стул напротив. И где понабрался таких навыков!.. Солнце из окна у него за спиной светит прямо Маше в лицо, ананьевского лица она поэтому не видит, а он ее видит прекрасно и сразу заметит, если она станет врать. Допрос подпольщицы прямо. И ведь без всякой же надобности — ну какие у нее тайны, которые его могли бы интересовать? Никаких.

— Маш, не надоело тебе? — спросил Ананьев.

— Что не надоело? — не поняла она.

— У тебя же образование какое. И чего? Стаканчики с чаем в супермаркетах раздаешь.

— Сама не раздаю уже.

Интересно, что бы он сказал, если бы узнал, что она еще и английский ездила учить? Месяц в Англии прошлым летом провела, за курсы в Брайтоне из своего кармана заплатила.

— Ну, студентов подряжаешь раздавать, — сказал Ананьев. — Для этого пять лет училась?

Вопрос был, скорее всего, риторический, но даже если бы Ананьев ожидал на него ответа, Маша такого ответа не знала. То есть зачем училась последний год, знала: чтобы на работу устроиться. Пиарщики и маркетологи нужны везде, делать им везде надо примерно одно и то же, хоть травяные чаи продавай, хоть игуан; этому она за последний год и выучилась на курсах маркетинга. А чему училась четыре года до того...

— Почему по основной специальности не стала работать?

Ананьев как будто подслушал Машины мысли. Хотя, скорее, просто уловил ее замешательство.

— Не хотела всю жизнь иметь дело с социально неадекватными людьми, — ответила она.

Правду ответила, между прочим. А подробности для него не важны. Да и с какой стати объяснять постороннему человеку, что основная специальность просто оказалась первой, которая попалась ей на глаза, когда она стала размышлять, каким образом вырваться после школы из родного города. Вырваться надо было до зарезу, и затевать рискованные авантюры с непредсказуемым финалом, вроде театрального института с его бешеным конкурсом — этого она себе позволить не могла, хотя именно авантюры лучше всего соответствовали ее характеру. Тогдашнему, во всяком случае, характеру. А психфаки с бюджетными местами имелись чуть не в каждом московском вузе, куда-нибудь да пройдешь. Так она рассудила — так и вышло.

— Тяжело с тобой, Морозова, — вздохнул Ананьев.

— Почему?

— Потому. Ведешь себя, будто у тебя талант имеется.

— Может и имеется!

— Именно что может. А может и нет. Это когда еще выяснится. А жить, как все люди живут, не хочешь уже сейчас. Потому и тяжело с тобой. Хотя человек ты легкий. Такой парадокс. Язык подвешен, увлечь умеешь. Бренд-брифы твои читаю — песня. Сам бы чай травяной пил, если б... Короче, ты мне нравишься, — закончил он. — И пора тебе расти.

— А зарплата вырастет? — тут же поинтересовалась Маша.

Задушевность его была неожиданна, но оплата нового жилья заставила приуныть так, что это был главный вопрос, который ее сейчас волновал.

— Заработаешь — вырастет, — хмыкнул Ананьев.

В том, как он смотрел маленькими слоновьими глазками, было что-то такое, чего она никогда раньше в нем по отношению к себе не замечала. Доверие? Да, точно. Может, оно было с его стороны лестью. А может и нет! Как ни есть, то и другое приятно.

— Навешал? — с сочувственным любопытством спросила Зуева, когда Маша вернулась из ананьевского кабинета.

— За что? — усмехнулась она.

— За православного.

Все-таки Ленка не изощрена в интригах. Сплетничать и доносить по мелочи, даже не умея этого скрыть, вот ее потолок.

Зуева сообразила, что выдала себя, и смущенно пробормотала:

— В смысле, от начальства же ничего хорошего не ожидаешь...

— А напрасно. — Маша улыбнулась широкой улыбкой. — Ты, сказал, Морозова — гений пиара.

— Прям так и сказал, гений?

— Так и сказал. К тому же красива ты, Морозова, особенно плечи, и обаяние у тебя невдолбенное, все клиенты говорят. И пора тебе поэтому, сказал, в начальники выходить.

— В какие начальники? — опешила Ленка.

— Вот как раз сейчас обдумываем. Он у себя на рабочем месте, я у себя.

Маша сосредоточенно уставилась на экран и застучала по клавиатуре, стараясь, чтобы глаза так и светились вдохновением. Писала, правда, самое обыкновенное письмо на фабрику, где упаковывали продукцию — выясняла, отправили ли чай журналистам, которых две недели назад она приводила посмотреть производство. Позавчера она отослала перечень тех, которые отписались по результатам презентации, и теперь надо было проверить, выполнены ли условия бартера и точно ли послали каждому журналисту по две коробки чая, а не решили обойтись одной.

Но что она пишет, Ленке не видно — пусть помучается.

Такие письма не требовали ни умственного напряжения, ни даже особой сосредоточенности, и все постороннее, что лезло сейчас в голову, составлять их не мешало.

Если бы она была не она, а московская девочка из хорошей семьи, то бросила бы психфак самое позднее после третьего курса, во время практики. Но не то у нее было положение, чтобы она могла себе такое позволить — бросить учебу за год до окончания бакалавриата, да еще учебу в Вышке. Она и не бросила, но июль тот запомнила. Хотя ничего особенного не было вообще-то в том, чем она занималась в психологической консультации, куда ее направили на практику. Беседовала с людьми, которые хотят изменить свою жизнь, то есть делала бесплатно то, что в ближайшем будущем предстояло делать за неплохие деньги.

— Работа мне в общем-то нравится. Я библиотекарь. Зарплата, конечно, маленькая, но где большая зарплата. В общем, я не из-за денег. Просто хотелось бы сменить работу. Вот, пришла с вами посоветоваться.

Лет ей было сорок девять, взгляд у нее был прямой и ясный, без сумасшедшинки. Обычная женщина, обычное желание.

— А какую работу вам хотелось бы? — спросила Маша. — Что вам нравится делать?

Наверное, надо было бы спросить «что вы умеете делать?», но она подумала, что такой вопрос может показаться клиентке обидным.

— Об этом думала, конечно, — кивнула та. — Я в театральном кружке занимаюсь — наверное, что-нибудь из этой сферы.

— Из театральной, что ли?

Идея оказалась такой неожиданной — еще более неожиданной от того, что высказана была простым и естественным тоном, — что Маша не сумела сдержать изумления.

— Да. Мне нравится на сцене играть.

— А... — Маша не знала, что на это сказать, и спросила: — А какая у вас любимая роль?

Полная рыхлая женщина сорока девяти лет смотрела на нее ясным взглядом выпуклых глаз и улыбалась безмятежной улыбкой.

— Кот Базилио, — ответила она.

Следующие пятнадцать минут разговора подтвердили, что клиентка не обманывает — действительно собирается сменить работу.

— Наверное, надо в театры показываться, — с самым серьезным видом рассуждала она.

— В какие? — спросила Маша.

— Я хочу во МХАТ или в Малый. Или в Моссовета, может. Мне, знаете, всякие эти новомодные не нравятся.

Маша не представляла, как провести время, остающееся до конца консультации. Объяснить, что лучше поискать другой вариант для смены деятельности? Конечно, надо было бы сделать именно это, и она могла бы, наверное, объяснить как-нибудь осторожно... Но словно столбняк на нее напал. Не то что не находила нужных слов — нашлись бы. Но не могла заставить себя относиться всерьез к этой пустой самоуверенности, к торжествующему непониманию жизни, ее причин и следствий, самых простых ее связей. С чего начинать объяснения? Надо бы с того, что Земля круглая — не факт, что клиентка это знает.

Маша представила, что подобное придется делать всю жизнь, и ее прошиб холодный пот.

«Я не хочу! — подумала она с ужасом. — Зачем мне это?!»

— Вам нехорошо? — сочувственно спросила женщина. — Жарко тут. Надо кондиционер повесить.

— Что?.. — вздрогнула Маша.

— Жаркое лето в этом году будет, — повторила Ленка Зуева. — Еще Нострадамус предсказал. Или Ванга.

— Ванга погоду не предсказывала.

— Откуда ты знаешь?

Оттуда, что этого не может быть, потому что не может быть никогда. Такое объяснение лучше всего подошло бы.

И чем Ленка так уж сильно отличается от той тетки, которая собиралась играть кота Базилио в Малом театре? Никакой разницы по сути. И в чем так уж сильно изменилась Машина жизнь от того, что она работает не в психологической консультации, а в фирме по продаже травяных чаев? По сути ни в чем.

«Ну и зачем ты в голове это вертишь?» — сердито подумала она.

Думать о чем бы то ни было без смысла — этого Маша не понимала. А смысл размышлений в действиях, хоть в каких-нибудь, иначе и размышлять не стоит.

«Может, мне тоже в драмкружок пойти?» — подумала она.

Но дурацкая мысль не придала ей бодрости, как обычно это бывало.

Однако перспектива повышения зарплаты бодрила по-прежнему, и она сосредоточилась на том, что должно было к этому привести — на выдумывании какого-нибудь феерического проекта, которого до нее никто не выдумывал, да и она бы не стала, если бы не.

Глава 5

Нострадамус предсказал, или это вышло неожиданно, но лето сразу началось теплом настоящим — таким, которое не иссякает сутки напролет. Во всяком случае, в двенадцать ночи, когда еще сидели с девчонками на летней веранде кафе, Маше хватило вина и пледа, чтобы вообще не мерзнуть.

— Ты-то к холоду привыкла, — заметила Ника. И добавила: — Но и мне не зябко, удивительное дело.

С Никой и еще двумя девчонками с курса собирались встретиться неделю назад, но пришлось отложить из-за дурацкого расставания с Игорем и дурацкого переезда. Зато встретившись наконец, болтали часа три, хотя никаких особенных новостей ни у кого не было. Ника, правда, собиралась замуж, но рассказывать об этом не хотела, потому что боялась сглазить, но все-таки немножко рассказала, потому что как про такое не рассказать. Ирка перешла на новую работу, опять в эйч-ар, только теперь не в банке, а в холдинге — что-то связанное с металлом. Катя никуда не перешла, так что про работу не упоминала, зато на длинные майские выходные успела съездить в Турцию, там можно было уже купаться и вообще было весело, потому что в отеле подобралась отличная компания.

Во всем этом не было ничего нового, ничего особенного и даже, может, ничего интересного, но под вино все казалось увлекательным, и разноцветные огоньки подмигивали, отражаясь в реке, и шум из Парка Горького доносился веселый, и в Нескучном саду, где они сидели на веранде летнего кафе, было шумно и весело тоже.

И ужасный, конечно, контраст все это представляло с поселком Сокол. Маша даже пожалела, что сняла здесь мансарду. Днем казалось ничего, но теперь, вечером, окрестности производили угнетающее впечатление. Листва, трава, тусклые фонари, домишки маленькие и некоторые даже деревянные, улицы пустынные, а Поленова вообще на московскую не похожа, впрочем, и остальные не похожи тоже.

У Морозовой, кажется, были гости: когда Маша поворачивала за угол дома к своей лестнице, то через окно заметила накрытый в большой комнате стол. Шторы на первом этаже не были задернуты, и похоже было, что окно прорезано в шкатулке, внутри которой живут гномы. Маша лет до пяти верила, что гномы бывают. У них, конечно, они не живут, но это потому, что в Норильске холодно, а в других, теплых местах... Теплые места, куда в отпуск или насовсем уезжали счастливые люди, у которых были деньги, казались ей волшебными, и почему не жить там гномам и другим сказочным существам?

Мансарда венчала узкую пристройку, которая выходила в сад, и в нее не доносились звуки ни с улицы, ни из главной части дома. В нормальной многоэтажке Маша считала бы это достоинством, но жить в деревянном доме и в деревенской тишине — это все-таки чересчур.

Она разделась и встала под горячий душ. Неделя прошла, вечер пятницы прошел тоже, и неплохо в общем прошел. Теперь можно забраться в кровать и смотреть хоть до утра «Наследников» — какие же диалоги в этом сериале классные! — а завтра спать до обеда. Если бы ей десять лет назад сказали, что у нее все это будет — Москва, одиночество в чистой комнате и хорошее кино — она точно знала бы, что добилась больше чем многого.

И отсутствие при этом в ее жизни чего-то любовного не может считаться проблемой, да и...

Свет в ванной погас, и сразу перестал гудеть насос. Вода из душа еще лилась, но ясно было, что это не надолго. Маша выключила воду и, завернувшись в полотенце, вышла в комнату. Здесь света не было тоже, только луна сияла в окне. Этого еще не хватало! А сериал как смотреть? Аккумулятора надолго не хватит. Вот черт!

Придется выяснять, что с электричеством. А хозяйка уже спит, может, поди пойми в темноте.

Маша подождала пять минут — вдруг свет включится сам? — но не включился, конечно, само собой ничего хорошего не происходит. Пришлось одеваться при луне и спускаться к Морозовой.

Стоило Маше открыть дверь, ведущую из мансарды внутрь дома, как сразу же выяснилось, что свет выключился только у нее, а внизу горит себе прекрасно — из-под двери большой комнаты виднелась тонкая золотая полоска. Еще одно подтверждение автономности ее жилья, но сейчас от этого не легче.

Она спустилась по лестнице и постучалась в гостиную. Голоса, доносившиеся из-за двери, умолкли, потом дверь открылась, и Морозова появилась на пороге.

— У меня свет выключился, — сообщила Маша и, спохватившись, добавила: — Здрасьте.

«Здрасьте» могло относиться и к Морозовой, и к неожиданному отключению электричества.

— А я тебе разве не показала, где щиток? — спросила Морозова. И тоже добавила: — Здрасьте.

Общий электрощиток оказался на первом этаже в пристройке, там же находился и обогревательный агрегат; заодно Морозова показала, как с ним обходиться.

— И часто свет выключается? — спросила Маша.

— Не часто, но бывает, — ответила Морозова. И добавила: — Ты совершенно зря меня боишься.

И скажи, что не колдунья. Ну что Маша такого делает, чтобы было заметно, что она боится? Голос не дрожит, руки-ноги тоже.

— А кто у вас в гостях? — спросила она.

Вопрос был не из вежливых и даже не из разумных. Что ей за дело до морозовских гостей? Только от растерянности можно такое спросить.

— Невестка. — Та не выказала ни малейшего удивления. — Пойдем, познакомлю.

Знакомство с невесткой тоже не являлось разумным поступком, но Маша зачем-то потащилась в гостиную вслед за Морозовой. Прямо не по себе становилось от того, как на нее воздействовала эта женщина!

О знакомстве, правда, жалеть не пришлось — люди в музеи ходят такое посмотреть. Невестка оказалась до того красивая, что хоть солнечные очки надевай, чтобы не ослепнуть. Волосы серебряные, глаза бирюзовые, и ноги длиннее, чем вся Маша от макушки до пяток. Что она нездешняя, Маша поняла сразу. Как в Норильске без труда узнавались приезжие москвичи, так и в этой красавице узнавалась иностранка. Не по одежде и даже не по манере держаться, а по отсутствию задней мысли во взгляде. И даже то, что говорила она по-русски, не могло этого скрыть, тем более что в ее русском слышался легкий английский акцент, скорее в интонации, чем в произношении.

— Это Марина ширмы для твоей комнаты расписала, — сообщила Морозова.

— О, классные! — сказала Маша. И Морозову же спросила: — А на ширмах вы нарисованы, да?

Изображения на светлой березовой фанере напоминали лайф-фото: когда взгляд на них останавливается, то в первые секунды кажется, что они двигаются. И действительно похожи на портреты Морозовой, хотя невозможно с уверенностью сказать, что это вообще портреты.

— Вы узнали Веру? — Невестка Морозовой улыбнулась. В том, как она смотрела на Машу, чувствовалась непритворная приветливость. — Да, я написала мои догадки о ней. Я рада, что это узнается.

Звякнул айфон, лежащий рядом с ее тарелкой, она взглянула на экран и сказала:

— Такси уже возле дома. Спасибо, Вера, ужин был замечательный.

— На здоровье, — ответила Морозова.

Пока они разговаривали друг с другом, Маша оглядела стол. Обе тарелки были уже пусты, но в маленьких фарфоровых мисочках и блюдцах еще оставалась еда. Ее было не много, но она была разноцветная, поэтому стол, покрытый кремовой скатертью и уставленный такой едой, выглядел как расписные ширмы в мансарде: ярко, необычно, и сразу понятно, что талантливо.

— Я Марину провожу. — Морозова обернулась к Маше. — А ты пока возьми в буфете чистую тарелку и начинай есть.

Я не голодная, — вот что надо было ответить. Или: с какой стати мне ночью есть?

Но ничего этого она не ответила, а поплелась к буфету за тарелкой. И бокал заодно прихватила: вино на столе есть, выпить точно следует, иначе не хватит храбрости для общения с колдуньей. И поскорее надо выпить, пока Морозова не вернулась. Чтобы храбрости загодя набраться.

Пожалуй, Маше это удалось. Во всяком случае, Морозову она встретила бесцеремонным вопросом:

— Это ваша родственница?

Вопрос относился к портрету, висящему в простенке между книжными полками. Он точно был написан не Мариной: ничего странного в нем не было. Такой мог бы и Серов написать или Рокотов какой-нибудь. Женщина со старомодной прической — обернутой вокруг головы светлой косой — очень похожа на Морозову; то же выражение лица. Маша не понимала, как это выражение назвать, но лишь только Морозова появилась на пороге комнаты, это стало ей понятно. Видно было, что женщина на портрете, как и Морозова, очень чувствует свое достоинство, и это не то же самое, что самоуверенность, потому что для самоуверенности никаких причин не надо, а чувствовать свое достоинство можно только если оно у тебя в самом деле есть.

— Да, бабушка моя, — ответила Морозова. — А разве похожа?

— Прическа не похожа, — сказала Маша.

Морозова засмеялась. У нее прическа была самая простая: прямые русые волосы до плеч. Крашеные, конечно, седина-то точно должна быть в ее возрасте. Старухой она не выглядела, но на Машин взгляд ей было не меньше шестидесяти.

— Это ее дом, — сказала Морозова. — Бабушки Ольги Алексеевны.

— Ого! — удивилась Маша. — Так ему сто лет, что ли?

— Девяносто.

— Много...

Это в самом деле было много. То есть для Москвы много — для Лондона-то ничего особенного. Лондон произвел на Машу такое сшибающее впечатление, что она теперь все измеряла в процентах от него. На сколько тянет Москва в целом, пока не поняла, но каждое отдельное ее проявление оценивала не выше, чем на сорок процентов от такого же лондонского.

— Ну, — сказала Морозова, садясь за стол, — так почему же ты меня боишься?

Пока она наливала себе вино, Маша разглядывала кольцо, которое заметила еще когда Морозова показывала ей электрощиток. Кольцо было огромное, на целую фалангу. В тонком светлом ободке — из платины, наверное — переливался туманный овальный камень чистого и странного травяного цвета. Кольцо, как и сама Морозова, привлекало к себе повышенное внимание, а здесь, в тихой ночной комнате, и вовсе говорило: смотри на меня! Это вызывающее требование Маше понравилось.

— Потому что вы похожи на колдунью, — ответила она.

Морозова ничуть не удивилась ее словам. Вместо того чтобы на них отреагировать, она спросила:

— Давно ты в Москве? — И добавила, кивнув на Машину тарелку: — Пора тебе уже уметь есть во время разговора.

— Восемь лет.

Есть во время разговора Маша, конечно, умела. Тем более что еда оказалась не только красивая, но и вкусная, особенно у пирога с персиками вкус был такой, будто его заказали в дорогом ресторане.

— А где училась? — спросила Морозова.

— На психфаке в Вышке.

— В Вышке есть психфак? Не знала.

— Психфаки везде есть.

Маша думала, что Морозова спросит, почему везде есть психфаки, но то ли ее это не интересовало, то ли она и сама понимала, что на эту специальность легко заманить людей, которые не знают, чем заняться.

— Откуда ты приехала? — спросила она.

— Из Норильска.

— И родилась там?

— Ну а где же? — хмыкнула Маша. — Как будто кто-нибудь рождается в Москве, а потом в Норильск переезжает.

— Бывало, что и переезжали, ничего странного. А вот что ты в Москве одна живешь, это странно.

— Была б я такая голливудская красавица, как ваша невестка, — фыркнула Маша, — было бы странно. А так — нет.

Со стороны, наверное, могло показаться, что они с Морозовой ссорятся. Но Маша не чувствовала вызова ни в одном ее вопросе, а чувствовала только ее прямодушие.

— Что ж, прямодушным Бог дарует благо, — окидывая ее оценивающим взглядом, сказала Морозова.

Тут уж не рассмеяться было невозможно — Маша и рассмеялась. И пробормотала сквозь смех:

— Не обижайтесь...

— На обиженных воду возят.

— Вам шпионкой можно работать, — отсмеявшись, объяснила Маша. — Как только у меня в голове слова появляются, вы их сразу улавливаете.

— Богатый у тебя словарный запас, — усмехнулась Морозова. — Кто твои родители?

— Никто, — пожала плечами Маша. — В смысле, мама в бухгалтерии на комбинате работает. А папа спился. Он был типа поэт.

— Возможно, богатый словарный запас был у него.

Маша помнила папу смутно, и в то время, которое она помнила, словарный запас у него был как раз небогатый — бормотал что-то спьяну, вот и все. Но его стихи, сложенные в папку — десяток листков, не больше, — привлекали ее, хоть и были непонятны. Мама говорила, что у отца не хватило сил прожить по-человечески, но Маша не считала сильно уж человеческой однообразную бесцветную жизнь, на которую только и хватало сил у мамы, а потому не доверяла этой ее оценке. Да и другим ее жизненным оценкам не доверяла — они были приложимы только к тому, что понятно само собой, а для всего неясного, мерцающего, манящего, из чего состоит жизнь, оценок у мамы не было.

— Красавицей ты, может, и не являешься, — вернулась к предыдущим своим рассуждениям Морозова, — но внешность у тебя выразительная. Мужчины это ценят.

— Почему? — удивилась Маша.

Ничего выразительного она в своей внешности не находила, но интересно ей было не про внешность как таковую, а про то, что ценят мужчины. Кое-какие представления у нее об этом были, но неплохо было бы узнать и мнение Морозовой.

— Потому что не так уж много людей, на которых имеет смысл остановиться взгляду, — ответила Морозова.

— Не знаю, — вздохнула Маша. — Я в вашу мансарду вообще-то переехала, потому что с одним таким рассталась... Который взгляд на мне остановил. Но никакой ценности я для него не представляла, оказывается.

— Это он тебе сказал?

— Он сказал, что жить со мной легко, но...

Маша хотела уже передать слова Игоря о том, что она не способна на человеческую заботу, и даже спросить, как Морозова думает, почему он так решил...

И вдруг это стало ей понятно без объяснений.

— Но — что? — спросила Морозова.

Маша молчала.

История, с которой была связана неожиданная догадка, всплыла у нее в памяти с отчетливостью компьютерной графики на экране.

Осенью она сделала прививку от гриппа, а Игорь сказал, что это бессмысленно, потому что прививка делается от вируса прошлогодней модификации и от нового не поможет. В декабре Маша вирус подхватила. Неизвестно, какой он был модификации, но проболела она всего два дня — валялась с температурой, раз в час выходила в кухню за горячим чаем, а в остальное время лежала, отвернувшись к стенке, и хотела только одного: чтобы ее не трогали. Игорь, к счастью, был в командировке, так что трогать ее было и некому. Лекарства помогали как мертвому припарка, но на третий день болезнь прошла, как и не было ее; все-таки прививка оказалась не совсем бесполезной, наверное. Когда через неделю Игорь заболел тоже, Маша ему, конечно, сочувствовала, но что она могла сделать? Только не дергать его и не трогать. Выздоровел он не через два дня, а через пять, подтвердив таким образом, что ее прививка точно имела смысл. Когда Маша поделилась с ним этим соображением, он не возразил и не согласился, а сказал:

— Ты настолько не способна на эмпатию, что это даже любопытно.

Что такое эмпатия она, конечно, знала, но смысла его слов не поняла. Тогда не поняла... А сейчас глаза Морозовой высветили смысл, хотя какая связь между теми словами и этими глазами, объяснить было невозможно.

— Он прав, — проговорила Маша. — Я думала, что мне хорошо, то и ему. А это же совсем не так. Я же это все четыре года изучала... А без толку. — Тут она спохватилась, что никому не интересны ее бессвязные, непонятно к чему относящиеся объяснения, и сказала: — У вас кольцо красивое. Необычное.

— Коктейльное, — не удивившись резкой перемене темы, ответила Морозова.

— Почему? — не поняла Маша.

Ей казалось, такое название подошло бы к кольцу с несколькими разноцветными камнями, а не к этому, в котором камень один и завораживающе чистого цвета.

— Потом расскажу. — Морозова произнесла это так, будто само собой разумелось, что это их с Машей не последний разговор, и добавила: — Не переживай. Научишься еще отношениям.

— Почему вы так думаете? — вздохнула Маша.

Она так думать не видела никаких причин. Жизнь представлялась ей дремучим лесом, и фонаря, чтобы этот лес освещать, у нее не было.

— Жизненный опыт мне подсказывает, что ты научишься, — ответила Морозова. И, поднявшись из-за стола, сказала: — Спать пора. У меня завтра ранний урок.

Маша хотела спросить, какой урок, но решила, что бесцеремонных вопросов о том, что ее не касается, и так задала уже достаточно.

— Спокойной ночи, — сказала она.

Выходя из комнаты, Маша оглянулась. Морозова стояла так, что портрет ее бабушки был прямо у нее за спиной, и от этого казалось, то необычное, странное, убедительное, что было в них обоих, приобретает двойную силу.

Глава 6

С девочкой оказалось так легко, что Вера и вздохнула с облегчением. Она не была уверена, надо ли сдавать мансарду, и не знала, как объяснить это Кириллу, когда Марина расскажет ему о такой существенной перемене — чужом человеке в доме. Если бы Вера сказала, что ей просто нужны деньги, пришлось бы выслушать все, что сын думает о ее потребностях и его доходах, а объяснять появление квартирантки своей опаской перед одиночеством... Во-первых, она не уверена, что это именно опаска, а во-вторых, даже если и так, говорить об этом непорядочно по отношению к нему. Теперь же можно будет сказать, что просто выручила девочку, которая оказалась одна за тридевять земель от дома. Даже если такое объяснение не вызывает доверия, возражать против него трудно.

А впрочем, что за мысли? Никому она не обязана объяснять свои поступки, и сыну тоже. Сдала девочке квартиру, и ладно.

Вера вспомнила, как девочка расстроилась, вдруг осознав, что не разбирается в людях — из-за размолвки с любимым, как можно было понять. Никакого значения это воспоминание не имело, но заставило ее улыбнуться. Девочка вообще смешная — нос в веснушках, волосы как бронзовые пружинки, — но это ее плюс, а не минус. Она этого еще не осознает, но со временем осознает. Не жизнь у нее, а сплошное будущее. Где она работает, кстати? Забыла спросить. Ну, где после психфака работают — в каком-нибудь банке, в отделе кадров. Сейчас как-то иначе называется, но суть та же. А психолог из нее должен был выйти неплохой: она вызывает безотчетное доверие, это не так уж часто встречается, и притвориться невозможно, интерес к собеседнику светится в глазах, это тоже не имитируешь...

Обо всем этом Вера думала рассеянно, машинально — так же, как убирала со стола. На скатерти остались крошки от персиковой кростаты, она вышла на улицу, чтобы их стряхнуть. Грозовое электричество пронизывало воздух, деревья шумно вдыхали его. Вера вспомнила, как девочка сказала, что она похожа на колдунью, и ей снова стало смешно. Никакого колдовства — о приближающейся грозе известно ей потому, что за шестьдесят семь лет ее жизни это повторялось сотни раз и она просто знает, какой воздух бывает в соколянских садах перед грозой и как шумят в предчувствии деревья. Что ж, в старости, может, и есть что-то такое, что юность принимает за колдовство. А может, чрезмерное знание жизни, ее причин и следствий, в самом деле колдовство и есть.

Вернувшись в дом, Вера выключила свет и постель расстилала уже в темноте. Странная метаморфоза произошла с ее зрением: в темноте стало не труднее ориентироваться, чем при свете. Тоже часть старости? Какая ерунда, не стоит метафоры — просто она знает свой дом так, что темнота не мешает ее передвижениям по нему. На фортепиано может же в темноте играть, и это тоже не дело зрения.

С этой не имеющей существенного смысла догадкой — из таких пресловутая старость в основном и состоит — Вера легла в кровать. Она не хотела вызывать в своей памяти время, когда каждая догадка была драгоценна, потому что ею двигалась жизнь, но воспоминания о том времени соединялись помимо ее воли, как звуки соединяются в мелодию, и она не видела причин этому мешать, потому что мелодия отвечала сердцу.

— Вера амбициозна, упряма, и это неплохо, — сказала бабушка Оля.

— Если объем ее упрямства соответствует объему таланта, — сказала мама.

— Этого все равно никто наверняка не скажет. Остается принять ее характер как положительную данность.

Они сидели на веранде, а Вера занималась в своей комнате и в паузах между сонатой Бетховена и этюдом Листа слышала сквозь приоткрытое окно обрывки их разговора.

Она сердилась на маму за то, что та была против ее поступления в консерваторию. Наверное, думала, что достаточно Мерзляковского училища, которое она сейчас заканчивает. Это мнение было для Веры оскорбительно. Что значит достаточно? Для чего достаточно? Кто вообще дал маме право считать, что быть учительницей в музыкальной школе — это все, к чему должна свестись Верина жизнь? На бабушку она обижалась меньше: после того как выяснилось, что врачом Вера быть не хочет, против частностей ее музыкального образования та уже не возражала.

А в целом все это обидно. И несправедливо. И... Другие родители мечтают, чтобы их дети стали знаменитыми, а ей никакой поддержки!

Вера проиграла Листа на два раза больше, чем намеревалась, и закрыла наконец пианино. Все-таки она устала, и сильно — так, что блестящие мушки закружились перед глазами. От того, что доведет себя до обмороков, экзамены не сдадутся успешнее.

Когда она открыла дверь в большую комнату, мама и бабушка уже перешли туда с веранды. При виде Веры они замолчали, как с недавних пор замолкали сразу, чуть только она входила. Это было неприятно, а отчасти и странно. Ну пусть им не нравится, что она поступает в консерваторию и, быть может, провалится, но разве это повод вести себя так, будто она делает что-то, о чем и говорить нельзя в ее присутствии?

Она прошла через всю комнату — гостиная была в доме проходной — и открыла дверь в прихожую.

— Куда ты? — спросила мама. — Скоро будем ужинать.

По дому разносился пряный запах — наверное, курица с травами томилась в духовке. Бабушка знала много старых рецептов, жесткая магазинная курица у нее всегда получалась мягкой и какого-то необычного, тонкого вкуса, Вера больше нигде такой курицы не ела.

Есть хотелось, но ожидать ужина, перебрасываясь с мамой и бабушкой ничего не значащими фразами, от обиды не хотелось совсем.

— Прогуляюсь, — сказала она.

Придет ли к ужину, не сказала. Может и не придет. И пусть они сколько угодно ее обсуждают, очень нужно слушать!

Она вышла на улицу и направилась к метро. В поселке хорошо гулять, но только компанией — сидеть в беседке на Звездочке и петь под гитару. Или целоваться вечером в той же беседке. Целоваться Вере было не с кем, то есть нашлись бы желающие, да она не хотела. И нужен ей был сейчас весь город, а не маленькая его часть, тем более та, которую знаешь как себя и от которой поэтому не ожидаешь ничего нового и внезапного.

Она доехала до Пушкинской площади и пошла вниз по Страстному бульвару. Цель для прогулки все-таки придумала: неделю назад брала у Ирки Набиевой почитать Стругацких, «Понедельник начинается в субботу», и пора книгу вернуть.

Ирка жила на Трубной площади. В те времена, когда
дом назывался доходным, эта квартира была чердаком,
но во времена более поздние показалось расточитель-
ным отвести такие просторы под голубиные свадьбы,
и чердак переделали в коммуналку. Набиевы занимали
в ней две комнаты.

Ирка, открывшая входную дверь на три звонка,
была слегка пьяна и заметно взволнована, агатовые ее
глаза блестели. Из глубины коридора — комнаты Набиевых были самые дальние — доносилась музыка.

— Родители уехали дачу убирать. — На вынутую
Верой из сумки книгу Ирка даже не глянула, хотя сама
торопила вернуть, потому что на Стругацких была очередь. — Будут только завтра, заходи, у меня народ.

Иркины родители были художники, на службу
им ходить не требовалось, поэтому они ездили на дачу
в Мамонтовку часто, а на лето и вовсе туда переселялись,
так что компании у Ирки собирались постоянно и ничего особенного в этом не было. Но музыка привлекла
Верино внимание: даже издалека, сквозь двери комнаты,
в ней слышна была беспечность и свобода. Вера могла
поклясться, что никогда прежде этой музыки не слышала.

— Один чувак из Чехословакии пластинки привез, —
угадав ее интерес, сообщила Ирка. — Джаз, рок-н-ролл
и вообще. Мы танцуем!

Вера вдруг поняла, что не танцевала уже целую
вечность. То есть целый месяц, наверное. Подготовка
к экзаменам обволокла ее, будто кокон, она сама уже
вытягивала из себя волнение и на себя же свое волнение
наматывала, увеличивая кокон, как гусеница шелкопряда.
Ей захотелось стряхнуть эти путы.

Одна комната у Набиевых была обыкновенная,
зато вторая — такой не было ни у кого. В Питере такие

еще попадались, причудливые, странной формы, много-угольные, а в Москве Вера ничего подобного не видела. Но главное, эта вторая комната была очень большая.

Вдоль стен на мольбертах стояли картины, накры-тые мешковиной, свет падал сквозь слуховые чердачные окошки, пахло портвейном и красками, музыка заполня-ла все пространство, и все танцевали, никто ни с кем, а все вместе. С появлением Веры танец не прекратился, наоборот, она сама присоединилась к нему. Жаль, что пришла в чем за пианино сидела — в льняном сарафане, подкрашенном травяной краской. Уже выходя из дому, надела бабушкины бусы из зеленоватого горного хруста-ля, они лежали на плоской тарелке в прихожей. Совсем такой наряд не подходит для рок-н-ролла, слишком простой, и никакой индивидуальности...

Но через пять минут Вера забыла о такой ерунде, как сарафан — музыка уже заполняла ее, звенела во всем теле, даже в кончиках пальцев, и все тело двигалось стремительно, изгибчиво, свободно.

— Это Элвис поет! — крикнула Ирка, когда они на минуту оказались рядом. — Кайф, правда? К Вику двоюродный брат из Чехословакии приехал, он пла-стинки и привез. А ему еще один чувак привез, вообще из Швеции, представляешь?

Швецию Вера не представляла, но какая разница? Для танца это неважно. Музыка была новая, а танец тот самый, который Вере очень нравился — не танец, а сво-бодная пантомима. Можно изображать кошку, обезьяну или мышь, а однажды — не у Ирки, в другой компа-нии — Вера видела, как высокая, узкая, прямая как столб девушка танцевала маяк. Это она потом объяснила, что маяк, так-то и не догадаться бы. А музыка подходила и для маяка, и для обезьяны одинаково.

У Набиевых собирались самые разные люди, часто
кто-нибудь, придя к Иркиным родителям и не застав
их дома, присоединялся к ее компании, и разговоры
здесь поэтому бывали тоже самые разные и часто очень
интересные. Но сегодня никому не хотелось серьезных
разговоров. Натанцевавшись, пили «Киндзмараули» —
портвейна уже не осталось, — говорили кто о чем и кто
с кем, едва различая лица в сплошном сигаретном дыму.

Во время этого беспорядочного общего разговора
Вера почувствовала наконец усталость, и даже не столько почувствовала, сколько вспомнила, что блестящие
мушки кружились у нее перед глазами, когда она выходила из дому. Мушек теперь не было, танец их разогнал,
но заодно он разогнал и обиду, и сразу вспомнилось, что
мама с бабушкой не ужинают, а ждут ее, и стало стыдно
за сосредоточенность на себе, которая простительна для
подростка, но не для взрослого человека.

Придя, она ни с кем отдельно не здоровалась,
и те пять или шесть человек, которые поочередно при-
ходили после нее, не здоровались тоже; так здесь было
принято, у Набиевых был открытый дом. Прощаться
Вера тоже не стала, тем более что это ведь ей досталось
только «Киндзмараули» немножко, а портвейном все
очень даже напились, и никто не заметит, что она направилась к выходу.

У двери Вера вытащила свою холщовую сумку
из груды других и тут только сообразила, что Стругацких так и не вернула. Она поискала Ирку взглядом — та сидела на сложенных у стены досках и це-
ловалась с парнем, про которого сказала, что это Вик,
который привез пластинки. Или он только принес,
а привез кто-то другой? Ну, неважно. Вера поставила
книгу на мольберт, прислонив ее к картине, прикрыла

мешковиной, чтобы кто-нибудь между делом не утащил, и вышла из комнаты.

— И ходят, и ходят... — прошипела соседка, с которой она разминулась в коридоре. — Устроили притон, развратничают, вот в милицию сообщу!

Соседку, живописную, как брокенская ведьма, можно было понять. Неизвестно, как Вера отнеслась бы к гостям, которые каждый вечер пьют, поют и танцуют за стеной так, что куда Брокену.

Как открывается замок на входной двери, Вера знала, но его как назло заело, и пока она крутила его и вертела, соседка прожигала ей взглядом спину, а потом и вовсе положила руку на плечо. Что ж, пусть сама откроет. Вера обернулась.

И увидела не брокенскую ведьму, а парня невероятного роста. Ну не то чтобы невероятного, но очень высокого. Он мелькал и в комнате, но там никого было не разглядеть в танцевальном запале и в дыму. Теперь же, хотя коридор был освещен лишь тусклой лампочкой, Вера увидела его очень ясно. И этот вид поразил ее.

Ей показалось, что она не на человека смотрит, а на экран в кинотеатре. Отчего возникло это впечатление, она не поняла, а вернее, не пыталась понять. Оно было такой же данностью, как Париж с птичьего полета на стене в ее комнате. Художник подарил этот рисунок бабушке Оле после того как та спасла ему жизнь, и всю Верину жизнь с него начиналось каждое ее утро. Радостное оно или сердитое, солнечное или пасмурное, это не имело значения, рисунок был данностью Вериной жизни в любом ее состоянии.

И точно такой же данностью показалось вдруг лицо человека, стоящего перед ней в полумраке коммунального коридора. Этого не могло быть, но это было именно так. Черты его лица были правильны, гармоничны, и еще они были так иноземны, как будто он прилетел с Марса.

Неизвестно, сколько Вера стояла бы с глупейшим видом, не произнося ни слова, но ее визави, тоже молча, протянул ей что-то блестящее. Блеск и заставил ее очнуться. Она опустила взгляд и увидела, что он держит в руке закладку; наверное, она выпала из книги Стругацких. Закладка представляла собой гибкую зеркальную ленту с круглыми дырочками. В поселке работала зеркальная фабрика, она выпускала не только зеркала, но и блестки для театральных костюмов, их выбивали из гибких блестящих лент, и все соколянские дети лазали за отходами производства за фабричный забор. Вера, правда, не лазала, но откуда-то эти зеркальные закладки с дырочками были и у нее. Еще в детстве на что-нибудь выменяла, наверное.

— Спасибо, — сказала она.

Тот улыбнулся и кивнул, но по-прежнему не произнес ни слова, будто немой.

— Это закладка, — зачем-то объяснила Вера.

Он улыбнулся снова, развел руками и наконец что-то произнес, но вот именно что-то — на непонятном языке. Это вывело Веру из оцепенения, так как включило ее разум. Значит, иноземность ей не померещилась, он в самом деле иностранец.

— Вы здесь в гостях? — спросила она.

Или, может быть, не «вы», а «ты» сказала, по-английски ведь все равно. Она рассудила, что иностранец неизвестного происхождения поймет английский скорее, чем французский, который Вера знала тоже.

Иностранец обрадовался так, словно был эскимосом и обнаружил в Москве человека, знающего его родной язык.

— Да! — радостно подтвердил он. — Вы тоже пришли в гости, не так ли?

И тоже назвал ее на «ты», быть может. Он ведь если и старше, то года на два, наверное. Просто очень высокий и... да, необыкновенно красивый. Такой красоты Вера никогда не видела.

— Я зашла вернуть книгу, — ответила она. — И осталась потанцевать.

— А я пришел с другом. Мое имя Свен.

— Я Вера.

— И я тоже хотел уйти, но не знал, как лучше это сделать. Можно мне пойти с тобой, Вера?

— Да, — сказала она.

Глава 7

Замок благополучно открылся, они вышли на лестницу. Лифт не вызвался — наверное, кто-нибудь оставил открытой металлическую дверь лифтовой шахты на одном из этажей, — и вниз пошли пешком.

С каждым этажом Вера все лучше понимала, что говорит Свен, это происходило как-то само собой. Английский она знала неплохо, а Свен говорил не быстро.

Оказалось, он действительно привез рок-н-ролльные пластинки из Швеции в Чехословакию. Вера поняла даже его объяснение, как это получилось: Свен учился на кинорежиссера и что-то снимал в Праге, это было что-то вроде практики. А из Праги он приехал в Москву, потому что здесь будут показывать шведские фильмы. О ретроспективе шведского кино в «Иллюзионе» Вера слышала, да и кто же не слышал, вся Москва об этом говорила. Кинотеатр «Иллюзион» отрылся два года назад, там всегда показывали что-нибудь хорошее, но попасть туда было невозможно, тем более на шведское кино, тем более на Бергмана, о котором было известно, что он такой же великий режиссер, как Феллини, но фильмы его в СССР не показывают, потому что они слишком свободные.

— Мы могли бы пойти вместе на «Земляничную поляну», — пока Вера подбирала слова, чтобы все это рассказать, предложил Свен. — У меня есть пропуск на двоих. Если ты захочешь пойти со мной.

Это он сказал на втором этаже, и Вера так растерялась, что ответила только когда уже вышли на улицу. Захочет ли!..

— На Бергмана каждый хочет пойти, — сказала она.

«Тем более с тобой», — этого не сказала, конечно.

— Отлично! — Свен обрадовался так, будто это она предложила ему такой невероятный подарок. — Это будет завтра. А что ты делаешь сегодня? Сейчас?

— Иду домой ужинать.

Вера ответила прежде чем сообразила, что надо было, конечно, сказать, что никаких планов на вечер у нее нет.

Ей показалось, Свен расстроился, услышав такой ответ. Лицо у него было не из тех, про которые говорят, что по ним можно читать, как по открытой книге, но что он расстроился, Вера почему-то поняла.

— Мы можем пойти вместе, — сказала она. — Мама и бабушка тоже будут тебе рады.

Может, не следовало говорить «тоже», чтобы он не завоображал, будто она будет вне себя от счастья, если он пойдет к ней в гости... Но опасение это, мелькнув, показалось Вере таким глупым, что она даже удивилась: неужели раньше могла обращать внимание на такую ерунду? А ведь обращала.

— Спасибо, — ответил Свен. — Я с удовольствием пойду в гости в твою семью. Но я хотел бы что-то купить. Вино, цветы.

Вера хотела уверить его, что ничего не нужно, но подумала, что неприлично указывать, и сказала:

— Мы сейчас на улицу Горького выйдем и там купим.

Она наконец поняла, отчего взгляд Свена кажется ей таким серьезным — из-за притененности его глаз.

Пошли вверх по бульварам.

— Ты первый раз в Москве? — спросила Вера.

— Да.

— Тебе нравится?

— Своеобразный город. Я таких не видел. Есть много широких улиц, как в любом мегаполисе. И есть красивые старинные дома. Но есть и какое-то внутреннее уныние.

Такое мнение показалось Вере странным. Обычно про Москву приезжие как раз говорили, что она слишком шумная, что все в ней на бегу, все куда-то спешат и прочее подобное. Хотя он-то приезжий из совсем других мест... Его слова охладили ее.

— Но я могу ошибаться, — искоса взглянув на нее, сказал Свен. — Я здесь всего второй день. Это только первое мое впечатление.

Вера украдкой огляделась, пытаясь увидеть все его глазами — Петровский бульвар, круто поднимающийся вверх к Пушкинской площади, и сбегающий вниз, оставшийся за спиной Рождественский, и колокольня монастыря, и старинные, пастельных тонов дома по обеим сторонам бульваров... Есть ли в этом уныние? Она не понимала. Все это единственная данность ее жизни, ей не с чем сравнивать, вот что она вдруг поняла.

— Я тебя обидел? — спросил Свен.

— Совсем нет. — Вера улыбнулась. Серьезность его взгляда притягивала и волновала. — Мне интересно, что ты скажешь о том месте, где живу я. Оно слишком тихое для Москвы. И еще более унылым тебе покажется, может быть.

Но Сокол не показался Свену унылым.

— Вот здесь совсем другое! — сказал он, когда, выйдя из троллейбуса, свернули с Ленинградского проспекта и оказались в поселке. — Это сделано концептуально, я прав?

Конечно, он был прав. Пока шли до улицы Поленова, Вера рассказывала, что это был первый советский кооперативный поселок, построенный сорок лет назад, и что это была тогда модная мировая концепция, города-сады вокруг мегаполисов, но в Москве их Сокол оказался не только первым таким, но и последним. И про «лестницу Микеланджело» рассказала — про эффект, природа которого была ей не очень-то понятна, но очевидна: совсем короткая улица казалась очень длинной оттого, что сужалась и как стрела входила в зеленый сад. Она не только рассказала, но и показала это, когда до сада дошли. И что улицы в Соколе специально сделаны ломаными, чтобы выглядели подлиннее, и их улица Поленова тоже надламывается на главной площади, а потому вообще кажется бесконечной, — про это она рассказала тоже.

— Я понятно говорю? — спохватилась Вера.

Она так увлеклась рассказом, что перестала следить не только за произношением, но и за грамматикой. Когда покупали вино и торт «Ленинградский» в Елисеевском гастрономе, а потом ехали в троллейбусе, она не чувствовала себя свободно, потому что, услышав иностранную речь, все устремляли взгляды на нее и Свена. Да если бы он и молчал, все равно привлекал бы общее внимание своей очевидной необычностью. А здесь, в тишине Сокола, можно говорить, ни на кого не оглядываясь. Да и нет никого на пустынных вечерних улицах.

— Ты говоришь очень понятно, — ответил Свен. — И очень хорошо знаешь это место. Я сказал бы, не только знаешь, но понимаешь и любишь.

— Да, — улыбнулась Вера. — Конечно, люблю. Наш Сокол... Он как будто и не Москва, но все равно Москва, и, может быть, даже больше, чем вся Москва. — Она едва сложила эту запутанную фразу, но Свен, кажется, понял. — А вот этот дом, видишь,

довольно громоздкий, но стоит под углом к улице и как будто вращается. И деревья! — Она подняла руку, указывая вверх, и, словно подчиняясь взмаху ее руки, все деревья зашелестели. — Их тоже сорок лет назад посадили. Когда решали, какие сажать, то хотели, чтобы листья под ветром разными сторонами поворачивались и от этого цвет улицы менялся. На Шишкина ясени, у нас здесь липы и клены альба, а на Брюллова сахарные клены.

Она не знала, как по-английски называются сахарные клены, и просто образовала их название от слова «сахар».

— У них сладкий сок? — спросил Свен.

— А разве у кленов есть сок? — удивилась Вера.

— Конечно. Из него делают кленовый сироп. В Канаде и в США.

— А ты пробовал? — с интересом спросила она.

— Да. Мой дядя в Вермонте, я жил однажды целый год у него.

— Почему ты жил у дяди? — не поняла она.

— Просто чтобы посмотреть мир. Мне было двенадцать лет, а я всегда был любопытный. Но когда приезжаешь куда-нибудь ненадолго, то понимаешь жизнь слишком поверхностно. Надо иначе.

— Мы пришли, — сказала Вера. — Вот наш дом.

— Здесь живет только твоя семья? — разглядывая узкий фасад и острую крышу, удивленно спросил Свен. — Я думал, в Советском Союзе так не бывает.

— Вообще-то не бывает, — подтвердила Вера. — Но у нас на Соколе бывает. Этот дом построила моя бабушка со своим первым мужем. Сорок лет назад.

— Ты поэтому так много знаешь про это место? — догадался Свен.

— Да, — улыбнулась Вера. — Бабушка дружила со всеми архитекторами, которые строили Сокол. И даже что-то им советовала. Хотя она не архитектор, а врач. Перед войной почти во все эти дома кого-нибудь... — Она запнулась, не зная, как будет по-английски «подселили», потом сказала: — Многие дома стали коммунальными. Как квартира, где мы сегодня танцевали. Но бабушке удалось этого избежать. Она была очень хороший хирург. Оперировала людей, которые могли ей помочь и помогли.

Вера открыла калитку.

— На каком языке мне разговаривать с твоими родственниками? — спросил Свен, когда шли по травянистой тропинке к дому.

— А на каком ты можешь? — засмеялась она.

— Я могу на пяти языках. Но на русском, к сожалению, нет. Мне легко даются языки, и если бы я знал, что поеду в Москву, то попробовал бы изучить русский, хотя бы немного. Но эта поездка получилась неожиданно.

— Бабушка свободно говорит по-английски, — успокоила его Вера. — Это она меня научила, еще когда я маленькая была.

— А твоя мама? Ее твоя бабушка научила тоже?

— Ее — нет. Когда мама была маленькая, шла война, и бабушка была на фронте. Ей было некогда.

Глава 8

Уходя три часа назад, Вера не заперла дверь. Теперь она открыла ее, просто потянув за ручку, и они со Свеном вошли тихо. Но мама, конечно, услышала.

— Вера, ну что это такое? — сказала она, выходя в прихожую из кухни. — Мы ждем, ждем. Курица уже не растомилась, а растворилась, по-моему.

— Добрый вечер, — сказал Свен.

И протянул маме пионы, купленные у старушки на троллейбусной остановке.

— Ма, это Свен, он из Швеции, — сказала Вера. — То есть он вообще из Швеции, а сейчас из Чехословакии приехал.

Мама взяла цветы, но побледнела так, словно их вручил ей призрак. Живой человек не мог бы вызвать в ее глазах выражение такого ужаса. Она переводила взгляд с Веры на Свена, не произнося при этом ни слова.

— Мы голодные, — сказала Вера.

Она надеялась, что это сообщение выведет маму из непонятного оцепенения; так и вышло. Мама встрепенулась и поспешно проговорила:

— Да-да, проходите, пожалуйста! Здравствуйте, Свен.

Взгляд от него она, здороваясь, почему-то отводила.

Вера взяла у Свена торт, поставила на тумбочку в прихожей и открыла дверь в гостиную.

Ели всегда здесь из-за тесноты кухни, а главным образом из-за того, что бабушка считала это правильным. Она читала, сидя в кресле у открытой на веранду двери, а когда Вера и Свен вошли, положила книгу на маленький ореховый столик у себя под локтем и встала, обернувшись к ним.

— Бабушка, это Свен, — сказала Вера. — А это моя бабушка Оля... Ольга Алексеевна...

От растерянности, вызванной маминой реакцией на Свена, она произнесла все по-английски, как будто по-русски бабушка не поняла бы.

Та, впрочем, не удивилась. Не то что не выказала удивления, а вот именно не удивилась — не смогла бы она так искусно удивление скрыть, если бы оно у нее возникло. Или это Вера не смогла бы?..

— Добрый вечер, — глядя на Свена с доброжелательным интересом, сказала бабушка. — Рада знакомству. И ужин давно готов. Прошу к столу.

Эти слова, по смыслу церемонные, были произнесены с абсолютной непринужденностью, тоже не наигранной. И Вера тут же устыдилась того, что вообще могла предполагать в бабушке наигранность.

— Спасибо, — сказал Свен. — Мне приятно быть у вас в гостях. — Он поставил бутылку на ореховый столик рядом с книгой. — Надеюсь, вино окажется неплохим.

Его слова тоже были церемонного разряда. Вера представить не могла, чтобы что-нибудь подобное сказал, придя в гости, любой из ее друзей, — но в том, как он их произнес, была та же непринужденность, что и у бабушки. Это было так странно!.. Как будто их не разделяла пропасть. И даже не одна пропасть, границы, а две, еще и возраста.

Хотя чему она удивляется? Ведь и сама с первой же минуты почувствовала себя со Свеном так, будто они выросли на одной улице. Как такое может быть? А оказалось, что может.

Запеченная курица, конечно, не являлась ежедневным блюдом — удивительно, что ее приготовили именно сегодня. Мама подала курицу на глиняном расписном туркменском блюде, это выглядело празднично и тоже пришлось к появлению гостя очень кстати. Все остальное было самое обыкновенное: салат из зеленого лука с редиской и сметаной, ситный хлеб. Пионы — Вера поставила их на стол в китайской вазе — тоже не были чем-то из ряда вон. Разве что вино — Свен купил в Елисеевском массандровский мускат — определенно свидетельствовало о неординарности сегодняшнего ужина.

Выпили за знакомство, и бабушка спросила:

— Ты приехал в командировку?

И тоже — так спросила, будто вся его жизнь прошла у нее на глазах и только вот это последнее обстоятельство было ей неизвестно.

— И да, и нет, — ответил Свен. — Из Стокгольма я приехал в Прагу к другу и снимал все, что там происходит, для своего дипломного фильма. А потом мне позвонил мой преподаватель и сказал, что есть возможность поехать в Москву на программу шведского кино. И я, конечно, решил поехать.

— Не жаль было уезжать из Праги? — В бабушкином голосе послышался острый интерес. — Мне кажется, самое важное сейчас происходит там.

Вера хотела перевести сказанное маме, но, взглянув на нее, подумала, что та и сама все поняла. Правда, объяснить мамин испуг — конечно, на лице ее был испуг, этого невозможно было не видеть, и руки у нее вздрагивали, когда она разделывала курицу и раскладывала по тарелкам, — Вера не могла. Прага, что ли, так маму напугала? Но ведь уже полгода все только и говорят о Чехословакии, потому что там все изменилось, и будет еще больше перемен, и все гадают, что там происходит на самом деле, не по-газетному, и что произойдет дальше... А Свен прямо оттуда приехал! Интересно же послушать, что он расскажет.

А больше всего интересен он сам — серьезность его притененных глаз, гармоничность черт его лица, точность и красота каждого движения его рук, очень больших, с широкими ладонями. Вера и следила за каждым его движением — как он наливает всем вино, берет ситный из фаянсовой сине-белой хлебницы... Так завороженно следила, что это выглядело, наверное, даже неприлично. Поняв это, она быстро отвела взгляд.

— Мне очень жаль было уезжать из Праги, да, — кивнул Свен. — Там все бурлит, люди хотят свободы и спорят очень открыто. И каждую минуту что-то происходит. Однажды я провел с камерой на улице двенадцать часов подряд. Работа мысли так значительна, что это отражается на человеческих лицах. Они тоже становятся значительными, поэтому их интересно снимать. У меня такое чувство было раньше только когда я смотрел на портреты в Национальной портретной галерее. И вот теперь на улицах Праги.

Вера вспомнила, как подумала в первую же минуту, когда увидела его лицо: какое оно значительное, будто кино смотришь на экране. Как удивительно это совпадало сейчас с его словами!

— В Праге я не была, — сказала бабушка, — а в Национальной портретной галерее у меня было то же ощущение. Значительности лиц — да, ты прав.

— Вы были в Лондоне? — спросил Свен.

А Вера и не догадалась бы, что речь о Лондоне. Слова «Национальная портретная галерея» не вызывали у нее в сознании именно этот город. А у бабушки вызывали, значит. И у Свена тоже.

— В молодости, — ответила та. — Мы с мужем год жили в Англии. Он был ученый, экономист. Писал книгу.

Вера думала, что Свен начнет расспрашивать об этом, но он лишь посмотрел на бабушку чуть более долгим взглядом и ничего спрашивать не стал.

— Но все-таки я не мог упустить возможность поехать в Москву, — сказал он. — Мне повезло, что так совпало: здесь дни шведского кино, а я кинематографист, хотя еще без диплома.

— Сколько тебе лет? — спросила бабушка.

— Двадцать восемь. Я поздно поступил в университет.

— Почему?

— Если объяснять просто — хотел посмотреть мир.

— А если не просто?

Свен улыбнулся. Он не был улыбчив, и улыбка казалась чем-то очень важным на его лице.

— Мне хотелось понять, есть ли что-нибудь значительное в том, что я чувствую в себе, — ответил он. — Что я смогу сказать людям, если буду снимать кино. Имеет ли мне смысл для этого учиться.

— Но ты ведь снимаешь документальное кино, — сказала Вера. — А события сами говорят о себе.

Включившись в разговор, она перестала чувствовать неловкость от того, что не отрываясь смотрит на Свена.

Ее поразило, что ему двадцать восемь лет, оказывается. Вот почему у него такой серьезный взгляд, не только из-за тени длинных ресниц, но и из-за возраста.

Краем глаза Вера видела, что мама смотрит на нее с тревогой, не понимала этой тревоги так же,

как маминого страха по отношению к Свену, но ни то ни другое не казалось ей сейчас заслуживающим внимания. И бабушке, похоже, тоже.

— Расскажи о Праге, — сказала та. — Подробно обо всем, что видел.

Вера никогда не видела в ее глазах такого блеска. Так, наверное, блестели бы глаза человека, который долго и безнадежно шел по пустыне и вдруг увидел колодец.

— Я был бы рад показать вам то, что снял, — сказал Свен. — Но, конечно, не мог взять эти пленки с собой в Москву. Я не думал, что...

Он замолчал, точно запнулся, и посмотрел на Веру.

«Я не думал, что встречу тебя».

Она услышала его слова так ясно, как если бы он произнес их не просто вслух, но во весь голос.

Что-то похожее на стон раздалось справа, оттуда, где сидела мама. Но Вера если и расслышала это, то тут же забыла. Взгляд Свена, тень в его глазах — только это имело значение. Только это.

Глава 9

— Ну и, короче, стал я искать профильную организацию. Чтобы этот гребаный теплообменник заказать. Ткнулся туда, сюда — самая профильная организация, по ходу, фейсбук. Нахожу там парня, он мне находит фирму в Тамбове, которая теплообменники продает. Они мне рассчитывают цену — мама не горюй. А теплообменник же... Ты вообще знаешь, что это такое?

— Нет, — ответила Маша.

Весь день стояла адова жара, и когда этот Борис позвонил ей и позвал после работы в «Роял Бар» на Речном вокзале, она обрадовалась так, будто приглашение поступило от принца Уэльского. Но принца Уэльского он не напоминает, конечно. Ничем не напоминает.

— Просто пластинки из металла. Штук десять. И штуку евро за них просят! Как такое может быть?

Этого Маша не знала примерно так же, как не знала, что такое вообще теплообменник. Но что быть запросто может все, она знала, о чем и сообщила Борису.

— Правильно понимаешь, — согласился он. — Может, все-таки пивка хлебнешь?

— Не-а, — отказалась она. — Мохито предпочитаю.

— Дело твое. Как по мне, мята только от поноса хороша. И то если водкой залить.

Мохито Маша пила безалкогольный, да. Опьянеть на жаре — не соблазняла ее такая перспектива. Тем более за компанию с Борисом. Вот зачем согласилась с ним встретиться? Слушай теперь про теплообменник.

— Ну, я, короче, стал другие фирмы обзванивать. И началось! Реквизиты организации им скинь, опыт работы на рынке опиши, чертежи установки, для которой теплообменник нужен, пришли... Какого тебе сдались мои реквизиты, если ты ничего мне продать не хочешь?! Я тебя прошу изготовить десять металлических пластин, вот тебе их длина, ширина, толщина. А ты меня на бабки разводишь и твердишь, что я слишком мелкий клиент, вот в чем моя проблема.

Машина проблема была в том, что Борис накачался пивом уже до стадии «а поговорить», и неизвестно, не последует ли за ней агрессивная стадия, причем в тот самый момент, когда Маша скажет, что ей пора домой. Так-то вроде он агрессивным не выглядит... Но она ведь может и ошибаться. Ошиблась же два дня назад при знакомстве в Парке Горького, где Борис подкатился к ней на сигвее. Тогда он показался веселым спортивным парнем с живым блеском в глазах. А теперь красный, потный и уже полчаса несет какую-то лабуду, не испытывая ни малейшего сомнения в том, что ей это интересно.

— В общем, девять производителей мне отвечают одно и то же: штука баксов минимум. Спасибо им, конечно, что не штука евро, но не пошли бы они... И тут мне в голову приходит: а дай-ка в Китай напишу. Просто по ссылке прошел. И что ты думаешь?

Взгляд его оживился так, что Маше, которая в этот момент не думала, а от нечего делать проветривала голову, стало интересно, чем дело обернулось.

— За двадцать две минуты решили вопрос! — торжествующе объявил Борис. — Их инженер сразу же на скайп мне позвонил, спросил про критические режимы работы теплообменника — и все, сформировали заказ! Еще, прикинь, написали: мы вам вышлем пластины, а для рамы приложим чертеж, ее на месте любой сварщик сделает, а то она тяжелая, и отсюда вам дорого будет оплачивать пересылку. А? Как тебе?

Назавтра выслали пластины, через месяц получил. Еще уплотнители добавили, тут никто мне и не сказал, что уплотнители нужны. В сто сорок долларов встало вместе с доставкой, плюс раму мужики в гаражах сварили за три тысячи. Рублей, заметь, не евро. И все, работает моя пивоварка. Я потом специально тот завод китайский на гугловских картах посмотрел — больше Тамбова по площади. Город целый! И не в падлу им с копеечным заказом возиться, звонить, консультировать, еще и деньги мои экономить.

— Ты в Тамбове живешь? — спросила Маша.

— Бизнес у меня в Тамбове, пивоварни. А сам сюда перебрался. Три месяца уже.

«А жена с двумя детьми пока не перебралась», — подумала Маша.

— И что, ты скажи, может быть со страной хорошего, когда такое отношение к труду? — Борис придвинул к себе очередной бокал. — Я не про Китай.

Неплохой, наверное, парень, а что вспотел, так ведь жара. Но ей-то до него никакого дела нет.

«Вот в чем моя проблема», — подумала Маша почти весело.

И правда, чего грустить? Вечер с Борисом прошел не хуже, чем без него, вода серебрится в реке, птицы поют на все голоса и на всех деревьях просторного парка у Речного вокзала, у нее новая юбочка салатного цвета с оранжевыми принтами, давно искала такую, чтобы стояла колокольчиком, но размер не попадался... И даже автобус пришел сразу, так что до Сокола доехала, пока не стемнело, правда, сейчас всю ночь светло.

Когда Маша шла по дорожке за угол дома, окно на первом этаже открылось и из него выглянула Вера.

— Если спать сразу не ложишься, заходи, — сказала она. — Подруга моя мюнхенская приехала, привезла всякие вкусности. Сыр с альпийских лугов в том числе.

Маша обрадовалась. Не столько из-за вкусностей, хотя сыр она любила, как мышь, и то мыло, которое всюду продавалось теперь вместо сыра, ее прямо-таки оскорбляло, — сколько из-за того, что ей интересно было с Верой. Это тебе не Борис, не займет время человеческой жизни рассказом про теплообменник.

— Ага, спасибо, — сказала Маша. — Переоденусь и зайду.

— Что вдруг за церемонии? Сразу заходи. Юбочка хороша, между прочим, я еще утром заметила. У меня такая же была в молодости.

Сомнительный, прямо скажем, комплимент и юбке, и Маше. Правда, в фильме «Оттепель», который недавно показывали — это же про Верину молодость как раз? — все были одеты так стильно, что хоть сейчас в ресторан «Белый кролик». Но это вранье, наверное, как всегда в кино.

Когда Вера куда-нибудь шла, то одевалась как-то неуловимо, даже не поймешь, как назвать ее стиль. Но сейчас одета она была как раз понятно: по-домашнему. Маше такая одежда — бохо она называется, надеваешь на себя все подряд, и чем несочетаемее, тем лучше, мешковина с шифоном в самый раз, — вообще-то не нравился, но на Вере все смотрелось как надо. Маша и раньше знала, что такие женщины бывают, но до сих пор видела их со стороны и только теперь каждый день и близко. Казалось, Вера надевает на что взгляд упадет, но взгляд ее просто не может упасть ни на что безвкусное.

Посередине стола на круглой крутящейся деревяшке были разложены сыры, и сырный нож лежал рядом. В доме много было всяких таких штук вроде хлебной доски, которая двумя движениями складывается в хлебницу и раскладывается обратно. И гаджетов всяких у Веры было множество — айфон, айпад, киндл, переносные музыкальные колонки. До сих пор Маше казалось, что у всех людей такого возраста гаджеты вызывают лишь опаску, отвращение или возмущение. Но Вера не все, это она сразу поняла и ежедневно убеждалась, что не ошиблась.

— Ну вот и Маша, — сказала Вера, входя вместе с ней в комнату.

Вряд ли ее подруга так уж сильно Машу дожидалась — интереса к ней точно не выказала. Она была эффектная, черноглазая, загорелая, хриплоголосая и курила так, будто ей за это платят. Голова ее была плотно повязана бронзовым шарфом, и экзотичность всего облика от этого усиливалась.

— Привет, — сказала она. — Я Ирина. Ром пьешь?

— Не знаю, — ответила Маша. — Не пробовала.

— Попробовать надо все.

Ром, который Ирина плеснула в бокал из темной пузатой бутылки, оказался довольно противным. Маша поскорее заела его мягким козьим сыром.

Подруги тем временем вернулись к разговору, прерванному Машиным появлением.

— В общем, бизнес у меня будет роскошный, — сказала Ирина.

— Если прибыльный, — заметила Вера.

— Вот в этом даже не сомневаюсь. Доминиканцы ленивые, бычков выращивать не желают, а туристов тьма, и все стейков хотят. Через три года я там буду первая бизнес-леди. А главное, меня это дико заводит.

— Что будешь первая бизнес-леди?

— Что новое дело с нуля начну и доведу до успеха. Мне это нужно, Вер. Я от однообразия чахну.

— А Пауль?

— А что Пауль? Если я ему дорога, должен меня поддержать.

— А если он тебе дорог?

— Денежных вложений я от него не требую. — На Верин вопрос Ирина не ответила. — Но отказать себе в том, из-за чего ночей не сплю, только чтобы всегда быть у него под рукой, это извините.

— А не стары мы с тобой, Ирка, для таких резких начинаний?

Вера проговорила это то ли насмешливо, то ли задумчиво.

— Нет, — отрубила Ирина. — Да может, эта ферма в Доминикане вообще последнее, чего мне в жизни захочется! И отказаться? Ни за что.

Поговорили об Иррининой дочке, которая рисовала мультфильмы на огромной киностудии в Китае, о том, что персиковые деревья этой весной цвели в Розенхайме каким-то невероятным образом и Пауль радовался как малое дитя. Потом Ирина вызвала такси и Вера пошла ее провожать, а Маша положила себе мясное жаркое с помидорами. Оно было горячее, потому что стояло на стеклянной подставке, которая снизу подогревалась тремя свечками.

— Я все доела, — смущенно сообщила она, когда Вера вернулась.

— Молодец. Баранину надо съедать сразу, холодная она несъедобная и разогретая тоже.

— А кто такой Пауль? — спросила Маша. — Ее муж?

— Да. Ирка за него вышла лет в тридцать. Он был инженер, приехал в командировку на завод Лихачева, и друзья его тайно привели к ее родителям, картину у них покупать. Страшное было преступление продать картину иностранцу. Ну и Ирка, конечно, тоже к родителям зашла, посмотреть на такое диво. Тогда считалось, немец из ФРГ — экзотика похлеще папуаса, а женщина в тридцать лет — залежалый товар. Когда Пауль на Ирке женился, все ей дико завидовали.

— И вы завидовали?

— Можешь не верить, но что такое зависть, я до сих пор знаю только со стороны. У нас это было не принято.

— У кого — у нас?

Все это относилось к таким обстоятельствам, а главное, к таким доисторическим временам, в которых Маша не разбиралась совсем.

— У нас в семье, — ответила Вера. — Бабушка была так незаурядна, что завидовать ей было просто некому, даже если бы она и хотела. Маме было не до зависти. А я в юности была идиотски серьезна, и то, чему стоило бы позавидовать, меня не интересовало.

— Это что, например?

Вот чем завораживал любой разговор с Верой! Маше хотелось спросить обо всем сразу. Если про незаурядность бабушки Ольги Алексеевны и без расспросов можно догадаться — портрет в простенке исчерпывающе все объясняет, — то что означает «маме было не до зависти» и чему стоило позавидовать в Вериной юности, это дико интересно.

Но Вера не ответила, и Маша поняла, что спросила лишнее, только не поняла почему.

— У вас все очень вкусное, — чтобы избавиться от неловкости, сказала она. — Я баранину терпеть не могу, потому что она воняет. А это, я думала, телятина.

— Азиатская баранина без запаха, — ответила Вера. — На Коптевском рынке есть. И кавказская тоже. И лука много надо класть, и пряностей.

Она проговорила все это как-то рассеянно. Маше показалось, она думает о другом.

— Я этого всего вообще не понимаю, — сказала Маша. — И готовить не умею.

— Никто не умеет, пока не потребуется.

— Вот и нет, — возразила Маша. — Некоторые даже любят. Рецепты в сети выискивают, травы какие-то. Одна девчонка из моей комнаты через весь город на Даниловский рынок за куркумой ездила и на общаговской кухне такое варила, что даже не поймешь, что это. И пироги со сливами пекла. Духовку перед этим полчаса прожаривала, чтобы из нее тараканы вылезли.

Вера засмеялась и, наклонившись, задула свечки под стеклянной подставкой. От каждого ее движения что-то менялось — в пространстве комнаты, в освещении. Даже в цвете ее кольца. Хотя, наверное, камень в нем из бледного стал темно-зеленым просто от того, что погасло свечное пламя.

«И как такое кольцо все время носить? — подумала Маша. — Мешает же».

Сама-то она такое здоровенное ни за что на свете не надела бы. Недавно Маша обнаружила у Никитских ворот магазин, в котором продавались украшения под названием Сахарок, и они подошли ей как нельзя лучше. Тонкие, серебряные, цепочки как паутинки, и если в одном ухе сережка, например, птица, то в другом тогда цветок, и сразу понятно, что все это не бабушка внучке с рук сбыла, а сделали правильные дизайнеры с пониманием современных трендов.

Но спрашивать Веру про кольцо она, конечно, не стала. Тем более что про доминиканских бычков ей было интереснее.

— То есть ваша Ирина из Германии уезжает в Доминикану? — спросила она.

— Выходит, так.

— Круто!

— Ты думаешь?

— А вы разве не так думаете?

— Да вот не знаю, — ответила Вера. — Я у Ирки бывала. У них с террасы роскошный вид на Альпы и персиковый сад. Но дело не в роскоши, а в том, что это мечта. Пауля мечта. Он всю жизнь работал, как человеку положено, и мечтал, что в старости будет сидеть на террасе своего дома, смотреть на Альпы и собирать урожай персиков. Только дурак может полагать, что это мечта мелкого пошиба.

— Ничего себе мелкого! — хмыкнула Маша. — Такой дом, наверное, миллион стоит.

Вот она-то не идиотски серьезная, конечно. Дому с видом на Альпы очень даже позавидовала бы. Если бы это не являлось чем-то вроде космического корабля, которому завидовать нет никакого смысла, потому что ты здесь, а он в космосе летает, и завидуй не завидуй, измениться это не может.

— Неважно, сколько он стоит, — сказала Вера.

— А что важно?

— Что это драгоценная модель обыденной жизни. Для нас здесь особенно.

— Ну, здесь и подороже бывают дома, — заметила Маша. — На Рублевке знаете какие? Даже не поймешь, сколько стоят.

Вера расхохоталась. Камень блеснул в кольце. Вот как такое может быть, чтобы камень блеснул от смеха? Все-таки колдунья она точно.

— Когда я была в твоем возрасте, модны были диспуты, — сказала она. — Считалось, молодежи страшно интересно, что важнее, бытие или быт. Об опасности вещизма спорили. Осуждали тахту «Лира».

— И вы тахту осуждали? — удивилась Маша.

— Мне это как раз было совершенно неинтересно. Но я в этом смысле была в привилегированном положении.

— Почему?

Маша почувствовала, как нос у нее зашевелился от любопытства, а по пружинкам волос даже ток прошел.

— Потому что в меня эта модель обыденности были встроена. По умолчанию. У меня семья была нисколько не привилегированная, но традиция повседневной жизни не прерывалась никогда. В твоем возрасте я этого, конечно, не сознавала — жила и жила. А позже стала понимать. Мне однажды в Мерзляковке дали Бердяева почитать, парижское издание. Под страшным секретом, на два дня. Знаешь, кто такой Бердяев?

— Такой уж дурой выгляжу? — обиделась Маша. — Могу вкладыш к диплому показать. Философия сдана.

— Ну а я была в этом смысле дурой. Читала и ничего не понимала. И к бабушке в комнату явилась однажды вечером с простым девичьим вопросом: почему Бердяев пишет, что собственность требует самоограничения, и правда ли это? И тут выясняется, что она его лекции бегала слушать, еще когда в университете училась. Но даже и не это я поняла...

Она замолчала. Рассеянный свет лампы, стоящей на низком столике в углу — однажды Вера сказала, что он ореховый, — падал на ее лицо, и казалось, что не лампа, а само лицо является источником света.

Маша хотела спросить, что она поняла, но боялась потревожить не тишину даже, а это сияние.

— Бабушка понимала язык Бердяева, — наконец произнесла Вера. — Понимала, из чего вырастают его суждения. Ей был понятен весь тот мир, он для нее никогда не прерывался. И поэтому она умела просто жить. Не преодолевать, не выживать, не добиваться, а просто жить при домашнем очаге. У нее это было в крови. Хотя со стороны не скажешь. Она всю жизнь по-мужски работала, ответственность была большая. Оперирующий хирург, это женской работой не назовешь, тем более в войну, в госпитале полевом. Но умение просто жить в ней было как кристаллическая решетка в алмазе. Как молекула ДНК, как геном. — Она отвела взгляд от лампы и посмотрела на Машу. — Что правильнее?

— Не знаю. — Маша шмыгнула носом. Ей стало стыдно за свое невежество. — В меня точно ничего такого не встроено.

— Откуда ты знаешь? — усмехнулась Вера.

— А что тут знать? У меня такой бабушки не было. Мамины родители в цеху работали, а папа вообще был детдомовский.

— Они живы?

— Мама жива. А почему вы спрашиваете?

— Потому что в тебе чувствуется бесприютность. — Вера бросила на Машу быстрый взгляд. — Я обидно говорю?

— Да ну, обидно! Что такого? Может и чувствуется, я же не знаю. И мне это вообще не очень-то важно.

— А что тебе важно? — улыбнулась Вера.

— Что... — Она помедлила, но все-таки сказала: — Что я ничего про себя не знаю, вот что. Меня саморефлексии четыре года учили и вроде научили, а я все равно ничего про себя не понимаю. Я, знаете, однажды на курсы сценарные записалась, думала, научусь для сериалов сценарии писать.

— Научилась?

— Не знаю. Не вышло попробовать. Там и без меня не протолкнуться. Мне потом один сценарист сказал: лет десять назад стоило бы, а сейчас все, кончился местный Голливуд. Даже известным сценаристам работы нет, не то что новым, тем более с улицы. Может, если б я была гений, то все равно бы своего добивалась, но я не гений, значит. Ну вот, на курсах этих сценарных говорили: главное — чего герой хочет, это надо с самого начала понять, тогда история двинется вперед.

— То есть ты не понимаешь, чего хочешь, — сказала Вера.

— Ну да. И история моя поэтому стоит на месте.

Маше показалось вдруг, что Вера знает какие-то слова, после которых все становится понятно, и сейчас эти слова ей скажет.

— Ничего я тебе не могу сказать, — пожала плечами та. — Вернее, все, что могла бы, тебе уже на лекциях сказали.

Может и не очень-то сложно было читать по Машиному лицу, но все-таки не по себе ей становилось от колдовской Вериной догадливости.

— Ты быстроумная, — сказала Вера. — Но вот это, что тебя волнует, из таких вещей, которые теоретически не объяснить. Проживешь — поймешь, извини за банальность.

— Ничего я не проживу, — буркнула Маша.

— Почему же? Бывают неожиданные повороты.

— Да ничего не бывает! На все возможные таланты я себя уже протестировала. На артистку — еще когда в школе училась. Из Москвы всякие знаменитости вдруг в Норильск стали ездить, модно было, что ли. Поэты, художники, певцы. Театральный фестиваль тоже был. И я к одному режиссеру пришла, чтобы он сказал, есть у меня способности или нет.

— И он тебе сказал, что актерских способностей у тебя нет. А вдруг ошибся? Это же от личного восприятия очень зависит.

— Не знаю, от чего зависит, но он известный и в Щуке преподает. Таких, как я, тысячу штук каждый год видит. Я, правда, туда все-таки сходила, в Щуку, когда в Москву приехала.

— И что?

— И ничего. Даже до первого тура не дошла. На предварительном прослушивании вылетела.

— Расстроилась?

— В том-то и дело, что нет. Так что и актерских способностей никаких у меня нет. Когда фильм смотрю, то вижу, кто хорошо играет, а кто врет, но сама — нет, ничего не сыграю. И с картинами то же самое. Какая хорошая, какая плохая, чувствую, а сама даже корову не могу нарисовать.

— Корову трудно нарисовать, — улыбнулась Вера. — Гораздо труднее, чем лошадь. Это все художники знают.

— Можно было, конечно, акционизмом заняться. — От неожиданно возросшего волнения Маша не слышала ее слов. — Но он же честный, только если политический, и то мало у кого. А в музее голой сесть и на посетителей лаять, типа я отрицаю Рембрандта... Это ж чистое вранье, и зачем я буду?.. В общем, нет у меня талантов.

Никаких. И не будет со мной в жизни ничего. Понимаете? Ни-че-го!

Маша замолчала, будто захлебнулась. Правда обожгла ей горло. Она вспомнила, как собственная обыкновенность впервые стала ей очевидна. Сидела тогда в общаге на подоконнике, смотрела в заиндевевшее окно с обледенелыми внутренними рамами, на дробящиеся огни Владыкина, и ужас бессмысленной однообразной жизни пробирал ее посильнее холода.

Вера тоже молчала, подперев рукой подбородок. Таинственно переливался камень у нее на пальце.

— Я тебе могла бы сказать, что детей родишь и смысл появится, — наконец проговорила она. — Но не скажу.

— Почему?

Умеет же человек ошеломить! Как холодной водой окатила.

— Потому что непорядочно делать ставку на детей. Они рождаются, чтобы прожить свою собственную жизнь. И не обязаны наполнять смыслом твою. Да и иллюзия это.

В Верином голосе мелькнуло что-то, чего Маша раньше не слышала. Горечь? Она не успела понять — незнакомый оттенок исчез.

— Что иллюзия? — спросила Маша.

— Что пустота может быть заполнена кем-то извне, — уже ровным тоном ответила Вера.

— А никем не может?

— А кто обязан заниматься наполнением твоей жизни? Да и не нужно это никому.

— Тупик, в общем, — заключила Маша. — Даже на богатство рассчитывать не приходится.

Это было чистой правдой, но Вера от ее слов расхохоталась.

— Почему же? — спросила она сквозь смех. — А вдруг ты выйдешь замуж за миллиардера? Или за миллионера, тоже неплохо.

— Я бы вышла, — пожала плечами Маша. — И в принципе его можно найти. Я однажды гольфом увлеклась и в клуб месяца два ходила. Дорого, зато интересно. Миллионеров там, конечно, много.

— И что? — с интересом спросила Вера.

— И ничего. Одинаковые все, как лунки для гольфа. Ни в кого не влюбилась.

— Во-первых, тебе могло показаться, что одинаковые. А во-вторых, чтобы выйти замуж, не обязательно влюбиться. Это даже мешает в некоторых случаях.

— Ой, слышала тысячу раз. — Маша поморщилась, будто лимон разжевала. — У нас даже спецкурс был «Любовь в системе межличностных коммуникаций». И что брак по расчету бывает счастливым, если расчет оказался верным, вот это все — тоже слышала. Но это же только для спецкурса подходит. А с какой радости я свою единственную жизнь буду жить с посторонним человеком? Спать с ним, завтракать, обедать... Да я к ужину свихнусь уже! Как представлю, что он мне с утра до ночи про теплообменники рассказывает...

— Про что рассказывает? — переспросила Вера.

— Неважно. Какое там к ужину — через полчаса сбегу. Так что замужество как источник богатства вычеркиваем. Работу тоже.

— Вот с работой как раз могут быть... — начала Вера.

— Ничего у меня не может быть с работой! — Маша перебила ее, забыв о вежливости. — Может быть чуть больше денег, чем сейчас, но принципиально больше — не может. Только не говорите, что можно придумать собственный бизнес. Мирка Гасиловская, это однокурсница моя, придумала, когда в декрет пошла — ребенка своего фотографирует и снимки на сайты продает. Все равно, говорит, я целыми днями с ним.

— Не боится, что сглазят? — с интересом спросила Вера.

— Она еврейка соблюдающая или родители ее, что ли. В общем, им нельзя в приметы верить. Продает снимки, очень даже неплохо расходятся, сайтов-то этих тьма. Тысячу долларов в месяц, бывает, зарабатывает.

— Вот видишь.

— Но это же и все, что может быть! — воскликнула Маша. — У меня зарплата плюс-минус такая же, и ничего другого сам с нуля сейчас не придумаешь, хоть наизнанку вывернись. Если только ты айтишник, и то лучше сразу в Америку перебираться. А обыкновенные, как я...

Маше показалось, что от этого странного разговора — ни с кем она таких не вела и вести не собиралась! — бессмысленное волнение вытекло из нее, как гелий из шарика.

— Только вы не думайте, что я ночей не сплю, размышляю о смысле жизни, — сказала она. — Я же не совсем дура.

— И даже совсем не, — кивнула Вера.

Говорить на такие дурацкие темы, как смысл жизни, Маше в самом деле больше не хотелось.

— Может, мне тоже в Доминикану поехать? — сказала она совсем уже спокойно. — Ирине вашей на ферме помогать. Хоть вы ее и не одобряете.

— Почему ты решила, что не одобряю? — удивилась Вера.

— Ну вы же сказали...

— Я сказала, что не знаю, как к ее затее относиться. И действительно не знаю, это не фигура речи. Да, я думаю, после сорока лет совместной жизни Пауль вправе ожидать, что она будет с ним рядом до гроба, и это не фигура речи тоже. Но я и другое понимаю: страшно чувствовать, как все в тебе гаснет... Это, может, самое страшное в старости. Ничего не хочется, даже новых впечатлений. Как будто всю жизнь ты был губка, а теперь стал — гель, и ничего в себя впитать не можешь. И тут вдруг чего-то тебе захотелось, и сильно захотелось. Да кто же тебя вправе заставлять от этого отказаться!

«Интересно, а где ее сын?» — невпопад подумала Маша.

Что сын есть, она понимала. Невестка есть же, хоть после того первого раза Маша ее больше и не видела. И на ореховом столике рядом с лампой стоит черно-белая фотография мальчика лет пяти, а где-нибудь в Вериной комнате, наверное, и другие его фотографии есть. Маша хотела спросить про сына, но ее охватило то же ощущение, что и когда она спросила о Вериной юности — что вопрос лишний и даже бестактный.

— Вы уже, наверное, спать хотите? — осторожно спросила она вместо этого.

— Что? — Вера вздрогнула. — Я мало сплю, тем более летом... Да, — добавила она, словно спохватившись. — Пора спать.

— А...

— Завтра все уберу.

Вера встала из-за стола и пошла к двери, ведущей из большой комнаты не в прихожую, а в противоположную сторону дома. Маша хоть и пила с ней время от времени кофе в саду или здесь, за большим столом, но больше нигде в доме не бывала, поэтому могла только предполагать, что там находится Верина спальня, раз кроме нее никого в доме больше нет.

Что оставалось делать? Не сидеть же одной за неубранным столом. Маша тоже встала и пошла к лестнице, ведущей в ее мансарду.

— Знаешь, я немного поиграю. — Вера вдруг остановилась. — Ты спать не хочешь еще?

Спать Маша, конечно, и не подумала — села прямо на пол, на вытертый туркменский ковер, и слушала, как Вера играет что-то похожее на трепет сердца. Она так и сказала, когда растворились в тишине дома последние звуки:

— Как будто сердце трепещет.

Маша пошевелила пальцами, пытаясь изобразить трепет, состоящий из легких и печальных тройных звуков. Получился не трепет, а детский лепет какой-то, но, к ее удивлению, Вера поняла, что имеется в виду.

— Это триоли, — сказала она.

Глава 10

Вера уродилась в бабушку, и всегда ей хватало для сна пяти часов. А теперь и их жаль было тратить впустую. Время, которое она проводила со Свеном, было как свет, за долгий летний день он набирал такую силу, что небо светилось и ночью.

Вечером Свен провожал ее до дома, и Вера после этого в волнении своем не замечала, как засыпает, просыпается и спит ли вообще. Утром она садилась к фортепиано и занималась как обычно, но лишь по времени как обычно, на самом же деле с тем чувством, которого никогда в себе прежде не знала. Наверное, оно сообщало ее игре то, чего в ней прежде и не было. Триоли в ноктюрне до минор Шопена казались ей биеньем собственного сердца. Никогда она не понимала, что именно так написан этот триольный аккомпанемент в репризе, а теперь не могла воспринимать его иначе.

Однажды, закончив играть, Вера обернулась, еще держа руки на клавишах, и увидела в дверях своей комнаты маму. В глазах у нее стояли слезы. Встретившись с Верой взглядом, мама махнула рукой и вышла.

Да, играла она теперь с очень сильным чувством, это правда. Но такой же правдой было и то, что если бы можно было встречаться со Свеном прямо с утра, она вообще не подходила бы к инструменту.

Дни шведского кино закончились, ошеломив Веру «Земляничной поляной», но Свен не уехал, потому что ему предложили стажировку на Мосфильме. Это он так сказал, и это было не то что неправдой, но не главной правдой, а главная правда состояла в том, что он остался в Москве, чтобы каждый день видеть Веру, и оба они это понимали.

Прежде она всегда замечала, теплое лето или холодное, погожее или дождливое. Это имело для нее значение, потому что связывалось с тем, как проходят летние дни: в парке ли, в катании на лодках по пруду Тимирязевской академии или в кинотеатре «Форум», если приходилось спасаться от дождя... Теперь же все внешнее проскальзывало мимо ее сознания, не имело значения совсем, и к погоде это относилось тоже.

Все, из чего состояла ее жизнь, происходило таким необыкновенным, таким особенным образом, что казалось совершенно новым, никогда прежде не испытанным.

Свен сидит на веслах, его движения едва заметны, но лодка летит по поверхности пруда, и когда, сидя напротив него на низкой лодочной скамеечке, Вера опускает руку за борт, водяные струи осязаемы, будто косяки рыб.

Или ей это просто кажется, потому что про рыб Свен как раз и рассказывает — как он ездит на рыбалку во фьорды, и какое там одиночество, абсолютное, только вода, и лес, и ветер, и хорошо думать о важных вещах.

Они и поцеловались первый раз в лодке на Тимирязевском пруду, прижавшись друг к другу коленями и руки положив друг другу на плечи, будто в неуклюжем танце на детском утреннике. Но в прикосновении его губ не было ничего детского, оно было очень сильное, очень мужское, и Вера сразу это поняла, хотя ей не с кем было сравнивать его и не с чем — охвативший ее трепет.

Ни на кого он не был похож ни светлой волной волос на высоком лбу, ни притененными глазами, ни суждениями. И при этом он был такой близкий, как будто вырос в соседнем доме и они играли вместе

в казаки-разбойники. В этом была странность, но Вера лишь сознавала ее как странность, а не чувствовала.

Свен познакомился со студентами ВГИКа, которые проходили на Мосфильме практику. Но то, что вызывало священный трепет у всех, кто тоже был с ними знаком и кого Вера знала, например, по вечеринкам у Набиевых, самым богемным, на каких бывала, — у него вызвало не трепет, а лишь недоумение.

— Слишком много пьют и слишком много рисуются друг перед другом, — сказал он.

Накануне они провели вечер врозь, потому что Свен переезжал из квартиры своего приятеля во вгиковское общежитие, куда Веру не пропустили бы. Время без него показалось ей невыносимым, но, конечно, она не сказала ему об этом, когда назавтра они встретились у памятника Маяковскому.

Что вгиковские слишком много пьют и слишком много рисуются, Свен сказал в ответ на ее вопрос о том, как прошел его вчерашний вечер. Тон у него был извиняющийся, и сердце у Веры затрепетало, забилось, как птица в оконной раме. Он извиняется за то, что они не встретились вчера, и вчерашний вечер кажется ему таким же бессмысленным, как ей. Она поняла это так ясно, как если бы он прямо назвал причину, но все-таки спросила:

— О чем же вы разговаривали?

— Обо всем сразу. — Он пожал плечами. — Там было два Андрея, они пересказывали сценарий, который хотят написать. О русском художнике из Средних веков, я не запомнил его фамилию. Он писал иконы.

— Так это Андреи много пили? — засмеялась Вера.

Свен посмотрел на нее тем взглядом, от которого у нее замирало сердце, и улыбнулся. Улыбка у него была особенная, только в глазах, лицо от нее не становилось веселым.

— Я кажусь тебе слишком серьезным? — спросил он.

— Совсем нет. — Вера смутилась. — Просто я представила, как все напились, а ты не очень.

— Думаю, я тоже напился очень. Но от этого разговор не показался мне осмысленным.

Вера не напивалась ни разу — стакан вина, и то не крепленого, был для нее пределом. Ирка фыркала, что музыканты все свихнувшиеся на своих занятиях, жизни не видят из-за пианино, и в общем была права. Вера находила в музыке так много, что все остальное казалось ей второстепенным. Прежде казалось.

— Мне было неловко из-за того, что я не могу разделить их пафос, — сказал Свен. — Но все это... Как в детской энциклопедии. Они знают о религии так мало, что об этом даже нельзя говорить всерьез. Тем более нельзя на такой наивной основе сделать сценарий о художнике, который пишет иконы. Я все время хотел им об этом сказать, поэтому мне все время приходилось себя останавливать.

— Почему приходилось останавливать? — не поняла Вера.

— Какое я имею право им указывать? Мой отец пастор, а им запрещают молиться.

Вера очень сомневалась, что одновременно напившиеся Андреи так уж сильно хотели молиться, но говорить об этом Свену не стала. А может и хотели, кто их знает. Когда папа умер, мама пошла в церковь Иоанна Воина на Якиманке и заказала по нему сорокоуст, хотя Вера никогда ее молящейся не видела.

Движение на площади уже нарастало на вечерний манер. Метро выдыхало людей, у Зала Чайковского тянулась очередь за билетами на сегодняшний концерт, из сада Аквариум с летней беспечностью доносилась музыка. У памятника Маяковскому собралась небольшая толпа. Это произошло как-то незаметно, Вера не сразу и поняла, что люди именно собираются вместе, а не просто встречаются по двое-трое. Один из пришедших встал рядом с памятником и начал читать стихи.

— Ой, здесь же часто стихи читают! — вспомнила она. — Даже Вознесенский и Евтушенко. А этого поэта я не знаю. Однажды Ахмадулину слышала, но тогда мне просто повезло. Заранее ведь не узнаешь. Послушаем?

Тут она сообразила, что Свену не может быть интересно слушать русские стихи, в которых ему не понятно ни слова. Но он неожиданно ответил:

— Да, конечно. Жаль, что у меня нет камеры. Когда-нибудь я сделаю фильм. Назову «1968 год».

— Почему тысяча девятьсот шестьдесят восьмой?

— Потому что именно сейчас начались большие события. Мир меняется, люди не хотят жить по-старому. Везде турбулентность и революции.

— Какие революции?

Ее удивили его слова. Это же что-то из газет. В «Правде» вечно пишут, что во всем мире будет революция, пролетариат свергнет буржуазию, и приходится это читать, потому что по понедельникам в училище политинформации. Но никто во все это не верит, в статьи не вчитывается, и Вера меньше всех.

— В Париже сейчас студенческие бунты. По сути это настоящая революция, — сказал Свен. — И Кон Бендит выглядит новым Маратом. Со всеми возможными последствиями.

Про студенческие бунты в Париже Вера знала. Но из-за чего они происходят, не понимала, про Кон Бендита и вовсе слышала впервые...

Вдруг ей стало ясно, что для Свена все это совсем не так, как для нее, не отвлеченно, а очень близко. Эта мысль обожгла холодом, как дыхание Снежной Королевы. Вера вздрогнула.

«Ведь он уедет, — подумала она. — Все кончится, совсем скоро оборвется».

Сколько еще Свен пробудет в Москве, она не знала. Сказал, что стажировка на киностудии продлится до конца августа, и после тех его слов лето показалось ей каким-то сказочным временем, которое не кончится никогда. Но ведь это не так. Ведь и лето кончится, и... И все кончится.

— Что-то случилось, Вера? — В голосе Свена послышалась тревога. — Или тебе не нравятся стихи?

Вера поняла, что ее лицо переменилось слишком сильно.

— Нет-нет, — поспешно сказала она. — Ничего не случилось. И стихи нравятся.

— Тогда подойдем поближе. — Он двинулся вперед. — Ты послушаешь, а я посмотрю.

Продвинуться вперед удалось лишь на несколько шагов, потому что люди стояли плотно. Вере мало что было видно: она оказалась позади Свена, и его широкие плечи заслоняли происходящее возле памятника. Хорошо, что поэт был долговязый, да и читал так громко, что это и Маяковскому понравилось бы.

— А теперь слушайте мои стихи в честь Пражской весны! — выкрикнул он.

Вера хотела перевести это Свену, ему точно будет интересно, он же только что был в Праге и весну эту видел своими глазами. Но прежде чем она успела произнести хоть слово, прямо ей в ухо негромко прозвучало:

— Забирай своего хахаля и маршируй отсюда, пока цела.

Она удивилась так, что даже не сразу обернулась. А когда обернулась, то увидела прямо перед собой бесцветные глаза на лице таком размытом, как будто у нее вдруг образовалась дальнозоркость. У Веры была хорошая зрительная память, но это лицо забывалось быстрее, чем она успевала его разглядеть.

Она хотела ответить, но непонятно было, что отвечать. И даже кому отвечать, тоже стало непонятно буквально через мгновение: бесцветные глаза скользнули в сторону и исчезли.

— Подумай, шлюшка, с кем связалась, — было последнее, что она услышала.

Это подействовало как плевок в лицо или пощечина. Ни того ни другого ей никогда получать не приходилось, и она растерялась так, что не могла произнести ни слова, а только моргала бессмысленно и хватала воздух ртом.

Неизвестно, что Вера сделала бы дальше — прокричала бы что-нибудь громкое и бессвязное, потащила бы Свена вперед, к самому постаменту памятника, попыталась бы увести его отсюда, убежала бы одна или, может, заплакала бы, — но тут в толпе возникло движение, беспорядочное, однако подчиняющееся какой-то внешней силе. Потом стало видно, как несколько милиционеров ввинчиваются в самую гущу людей слева, со стороны Зала Чайковского, и сзади, с улицы Горького, разделяя толпу на части. И сразу все вокруг переменилось: люди, только что слушавшие стихи, вдруг заметались, бросились врассыпную, а долговязый парень, который стихи читал, отпрянул от памятника так резко, что можно было бы

подумать, он испугался, если бы не два милиционера рядом с ним — один тащил его вперед, а другой подталкивал в спину.

В беспорядочном общем движении между Верой и Свеном оказались два или три человека, и она испугалась. Хоть толпа была невелика, ей показалось, что сейчас они потеряют друг друга и — уж совсем бестолковое предположение — потеряют навсегда.

Но прежде чем эта паническая мысль охватила Веру, Свен обернулся, шагнул к ней расталкивая людей, их разделивших, и схватил ее за руку с такой силой, что она еле сдержала вскрик.

Все бежали от памятника, но Свен, наоборот, потянул Веру к постаменту, а оттуда сразу же резко вправо. Она увидела огромные башмаки Маяковского у себя над головой, споткнулась о бордюр клумбы и упала бы, но Свен держал ее за руку так крепко и тащил за собой так быстро, что упасть она не успела.

Ей показалось, минуты не прошло, как они уже выбежали на Первую Брестскую. Никакой толпы здесь не было, а было только обычное для летней Москвы уличное движение, отчасти по-вечернему торопливое, отчасти по-летнему расслабленное.

— Здесь есть проходные дворы? — на ходу спросил Свен.

Он уже не бежал, но шел очень быстро.

— Не знаю, — прерывисто дыша, ответила Вера.

Побег с площади Маяковского занял не много времени, но она успела и успокоиться, и даже рассердиться. Да что это такое, в самом деле?! Человек просто читал стихи, как всегда читали их у памятника Маяковскому, и в Политехническом, и в Лужниках, все просто слушали, даже на клумбы никто не наступал! И вдруг — милиция, толкают, тащат... Вдобавок Вера вспомнила, что сказал ей человек с бесцветными глазами, и кровь ударила ей в голову.

Возле арки за продуктовым магазином Свен спросил:

— Это двор можно пройти насквозь?

— А зачем нужно проходить двор насквозь? — спросила Вера. — За нами никто ведь не гонится.

Она сердилась на все происходящее и на себя больше всего. Но в арку вслед за Свеном все-таки повернула.

Двор был самый обыкновенный — с небольшим палисадником, с дощатым столом, выкрашенным зеленой краской, и такими же скамейками. За столом играли в домино, в отдалении мальчишки гоняли мяч, из открытого окна слышалось:

— Ко-оля, домо-ой, сколько тебя звать!

Свен остановился, посмотрел на Веру.

— Извини, — сказал он. — Нам не от кого убегать, ты права. Но у меня есть опыт таких ситуаций.

— Каких — таких?

«Что это я сержусь? — удивленно подумала она. — Вот еще глупости!».

— Когда в толпе начинается паника, — ответил Свен. — И непонятно, как поведет себя полиция. Я не хотел бы, чтобы с тобой что-то случилось.

Если в какой-нибудь книге Вере встречались слова «утонула в его глазах», она такую книгу сразу откладывала, потому что это было заведомой неправдой. И вдруг она почувствовала именно это — что тень Свеновых ресниц образует в его глазах такую глубину, в которой можно только утонуть и хочется только утонуть. Сдержанность его слов соединилась с серьезностью взгляда. Ей стало страшно и радостно.

— Вон там еще одна арка, — проговорила она. — Мы через нее на Вторую Брестскую выйдем и на Горького потом. На троллейбус до Сокола.

Когда встретились у памятника Маяковскому, то собирались погулять или, может, пойти в кино. Но этого Вере больше не хотелось. Некстати вспомнилось, как незнакомый тип назвал ее шлюшкой. Она отогнала это воспоминание прежде, чем оно вцепилось в мозг.

Свен отфутболил мальчишкам мяч, влетевший прямо ему в ноги, взял Веру за руку, и они пошли ко второй арке, провожаемые настороженными взглядами старушек и доминошников.

— Иностранцы какие-то, — услышала Вера.

— Нет, девчонка наша.

— А чего не по-русски говорит?

Как только они вошли в арку, Свен остановился.

— Ты очень дорога мне, — сказал он.

Повернул Веру к себе и поцеловал. Может, надо было ожидать более сильных слов — что он любит ее. Но то, что она чувствовала сейчас, не было ожиданием, и губы его говорили не словами, и сильнее слов были руки, сжимающие ее плечи.

Глава 11

Троллейбус, в который сели на Пушкинской площади, был набит битком. Никогда им еще не приходилось ездить вдвоем в час пик. Они стояли, прижатые друг к другу, и Вера не могла сдержать дрожь, которая била ее от такого, всем телом, прикосновения к Свену. Но и когда из троллейбуса вышли, когда погрузились в жасминовый воздух соколянских садов, дрожь ее не утихла.

— Вера, — сказал он, — я не знаю, куда нам пойти с тобой. Можно только сидеть в парке на скамейке. Это то, что меня приводит в ярость в Москве.

— Мы пойдем ко мне, — ответила она.

Вера не спросила, хочет ли он этого, но по тому, как Свен сжал ее руку, порывисто и радостно, поняла, что это и есть его ответ.

Кроме входа в дом с улицы был и другой, садовый, по наружной лестнице, которая вела прямо на второй этаж. Бабушка рассказывала, что, когда строили дом, всю сумму за его строительство надо было вносить сразу, а денег у нее с мужем было не в избытке, поэтому они и выбрали самый экономный проект и поэтому на втором этаже, в мансарде, получилась только одна комната. Когда после войны ко всем соколянцам стали подселять посторонних людей, небольшая площадь морозовского дома оказалась аргументом против того, чтобы превратить его в коммуналку. Хотя, наверное, гораздо более весомым аргументом стало то, что некоторые из людей, жизни которых бабушка спасла во фронтовом госпитале, не забыли ее после войны, в успехах своей карьеры.

Раньше под крышей был папин кабинет, а после его смерти мансарда пустовала. За два года мама не нашла в себе сил ее переоборудовать, да и необходимости такой не было.

Конечно, она не спала, и Вера это знала. Мама никогда не засыпала, не дождавшись ее возвращения из театра или с концерта; больше ей неоткуда было возвращаться поздно. А сейчас и не поздно еще, не стемнело даже. Но о том, что мама может подняться наверх, в мансарду, что придется объяснять, почему они со Свеном не вошли через общий вход, придется идти в общую комнату, вести общий разговор... Нет, об этом Вера не думала, а лишь чувствовала, что всего этого не будет.

Она не видела, есть ли кто-нибудь в гостиной, окна которой выходили на улицу. Шторы не были задернуты, но все равно не видела: зрение не настраивалось.

Обошли дом. Жасминовые кусты разрослись. Чтобы пройти к наружной лестнице, пришлось раздвигать их ветки. Лепестки осыпали голову Свена. Как будто он вышел из сказочного царства, того самого, к которому относилось и слово «фьорды», и притененная глубина его глаз.

Поднялись по лестнице, остановились на узкой площадке второго этажа, Вера достала из сумочки ключи, открыла дверь, и сразу же шагнули в комнату.

— Здесь очень хорошо, — сказал Свен, озираясь. — Это твоя комната?

— Это был папин кабинет.

— Был?

— Папа умер два года назад.

— Сочувствую тебе, Вера.

Он смотрел прямым серьезным взглядом, и в прямых же его словах действительно слышалось сочувствие. Она не знала, что ответить. Наверное, для ответа предназначались такие же простые слова, но ей они были неизвестны.

Свен быстро коснулся ее плеча и подошел к письменному столу, стоящему у окна. Папа еще до Вериного рождения привез этот стол из-под Твери, из деревенского дома своих родителей после их смерти. Когда Вера оказалась в музее Чайковского в Клину, то увидела, что стол, за которым была написана Шестая симфония, точно такой же — простой, тяжелый, сбитый из широких гладких досок льняного цвета.

— Твой папа интересовался астрономией? — глядя на стол, спросил Свен.

— Ты знаешь? — Вера улыбнулась. — Да.

Она не знала ни одного человека, который понял бы, что гравированный латунный диск, подвешенный между двумя столбиками, стоящими на столе, это астролябия. То есть мама и бабушка, конечно, знали, и кто-нибудь из бабушкиных друзей знал, наверное, тоже, но никому из Вериных друзей это не было известно.

— Я видел астролабон в Британском музее, — ответил Свен. — Мне было десять лет, мы приехали в Лондон с отцом. И астролабон поразил меня больше всего.

— Почему?

Работающая мысль, воображение — все это Вера знала в себе, и ей так же естественно было чувствовать это в себе, как музыку. Но сейчас она со стороны видела, как выглядит лицо, когда внутренний дух овевает его. И не чье-то лицо вообще, а это, такое родное, как будто оно было первым, которое она увидела, родившись... Сердце ее замерло, а потом забилось стремительно в обещании счастья.

— Когда я его увидел, то сразу представил, как мир широк в пространстве и глубок во времени, — ответил

Свен. — На том астролабоне были такие загадочные знаки! Еврейские буквы и арабские, и латинские символы. Он был испанский, четырнадцатого века. А этот? — Он наклонился над астролябией. — Думаю, я мог бы вычислить, для какого региона он откалиброван, но не сумею это сделать быстро.

— Бабушка эту астролябию из-за границы привезла. — Вера с трудом отвела взгляд от его лица. — Давно еще. Может быть, тоже из Лондона, я точно не знаю. Она ее моему папе подарила, когда он стал ее зятем. Очень радовалась, что есть теперь кому подарить, потому что папа правда астрономией интересовался.

— Это была его работа?

— Нет. Он был инженер на заводе. А астрономия, история, книги — это не по работе.

Вера вспомнила, как вечерами за чаем папа зачитывал маме, бабушке и ей отрывки из какой-нибудь старой книги, купленной у букинистов на Кузнецком мосту или в проезде МХАТа, как его глаза, точно как сейчас у Свена, светились тем, что бабушка называла светом чистого знания...

Воспоминание ранило ей сердце. Она думала, что боль от его смерти перестала уже быть острой, но нет, это не так.

— Видишь, — сказал Свен, — на внешнем лимбе шкала, а вот здесь, на тимпане, проекция неба. Это полюс мира, а это небесный меридиан.

Он не касался астролябии, но от близости его пальцев она покачивалась на шнуре, вдетом в ее подвесное кольцо. Вера знала об этой особенности рук — точно такие они были у бабушки. Когда та клала на раскрытую ладонь листок бумаги, края листка приподнимались и он сворачивался в трубочку. Веру в детстве ужасно

веселил этот фокус, а бабушка говорила, что у многих врачей такие руки.

Свен не врач, но когда, сидя в лодке на Тимирязевском пруду, он впервые коснулся ладонями Вериных висков, она почувствовала, как теплая сила пронизывает ее голову, и так осязаемо, физически пронизывает, что меняет ее мысли и даже слух. Да, слух тоже — на следующее утро, играя прелюдию Баха, она слышала ее параллельные восходящие терции совсем по-другому, чем раньше.

Она тоже подошла к столу и смотрела, как, не прикасаясь к латунному диску, Свен показывает на нем небесный экватор, северный и южный тропик, а на круглой фигурной решетке, наложенной на диск — зодиакальный круг и расположение самых ярких звезд. Все это папа показывал ей, маленькой, и теперь Вера вспомнила даже, что решетка называется паук и что она ее поэтому боялась.

— Думаю, я должен сообщить твоим маме и бабушке, что я здесь, — сказал он.

— Они знают, — ответила Вера. — Им внизу не слышны наши голоса, но шаги слышны.

— Они поднимутся сюда?

— Нет.

— Это так странно.

Вера не могла понять, что слышится в его голосе. Смятение охватило ее.

— Странно, что они не войдут? — переспросила она.

— Странно, что я встретил тебя именно здесь.

Это прозвучало так непонятно и вместе с тем так ласково, что смятение сразу улеглось. Она улыбнулась и спросила:

— Но где же еще ты мог меня встретить?

— Я не очень понятно сказал. — Его глаза улыбнулись тоже, ей в ответ. — Я приехал в Москву неожиданно для себя, этого не было в моих планах. И пришел к незнакомым людям только потому, что мой приятель должен был отдать им пластинки, которые я для них привез. Я совсем не думал о любви. Я думал о том, что мне делать, вернуться в Прагу, чтобы поскорее смонтировать отснятый материал, или поспешить во Францию, потому что там происходят такие важные события. И тут вошла ты в том платье как трава и прозрачных бусах, и я не мог отвести от тебя взгляда. И уже через полчаса знал, что люблю тебя, так же точно, как знаю это сейчас.

Он смотрел ей в глаза прямо, хотя был много выше ее ростом. В его словах не было ни сбивчивости, ни недомолвки, смысл их был так же прям и ясен, как взгляд. И от этой прямоты его взгляда и слов все, что металось и клубилось у нее внутри, заставляя сердце то биться стремительно, то замирать, сделалось простым и ясным тоже. Как будто что-то давнее, детское, лучшее, что было ею, вдруг вспомнилось и стало в ней главным.

— Ты осыпана цветами. — Свен коснулся ее волос. — Как светлый альв.

— Альв? Кто это?

Голова у Веры кружилась, перед глазами вспыхивали пятна, все тело пронизывали резкие токи, и язык еле двигался во рту.

— Это дух. — Голос Свена звучал с обычной ясностью. — Как человек, только тоньше. Они живут в лесах и танцуют ночами. У них белая одежда, и люди думают, что это просто клочья тумана. — Он наклонился, его губы коснулись Вериных губ. — Кто услышит их песню, будет помнить ее всю жизнь.

Они целовались так долго, что, когда, лежа уже на диване, Вера взглянула в окно, в нем синели сумерки. А может, и ночь даже, в июне ведь она от сумерек не очень и отличается.

Это была последняя мысль, коротко мелькнувшая у нее в голове. Все остальное — трепет, притяжение, страх, восторг, боль, неловкость, нежность — накатывало как волны, соединяясь в ней, и сплошной гул стоял в ее теле, как в море.

За день мансарда прогрелась летним солнцем, и когда вошли с улицы, Вере показалось, что здесь слишком жарко. Но объятия Свена были так прохладны, физически прохладны, как будто он был не только человек, но и ручей, от этого она переставала чувствовать даже боль, им доставленную.

А может, она лишь выдумывала все это инстинктивно, сама того не сознавая, потому как раз, что боль оказалась неожиданной для нее, слишком резкой, и, наверное, ей хотелось, чтобы это поскорее закончилось. Но когда все действительно закончилось, когда, в последний раз вздрогнув, Свен отпустил ее плечи и лег рядом с нею, она чуть не заплакала.

Как мало значит боль в сравнении с тем счастьем, которым она была охвачена, когда минуту назад он весь, до последней своей частицы отдавался любви к ней! Конечно, Вера думала о том, как произойдет ее первая близость с мужчиной — что она почувствует? У нее даже разговор об этом был однажды с бабушкой, так что про боль она знала, и знала, что бояться не стоит, потому что боль вскоре сменится удовольствием, должна смениться. Но вот об этом — о полном, не телами только, соединении, которое происходит, когда соединяются тела, — не говорил ей никто. А может, никто этого и не знал, потому что так, как у них со Свеном, в этой мансарде, на этом диване, покрытом тканым покрывалом, не происходило это ни у кого и никогда?

Вера всегда чувствовала себя взрослой — бабушка говорила, что даже слишком, — а потому поняла детскость своей мысли. Хорошо, что Свен не может слышать, какие глупости мелькают у нее в голове. Что он думает сейчас, что чувствует? Она боялась посмотреть на него — боялась увидеть в его взгляде равнодушие. А может, он вообще отвернется, встретив ее взгляд...

— Мне очень хорошо с тобой, Вера. — Свен повел плечом, и Верина голова легла на него. — Но мне кажется, я испугал тебя.

— Нет.

От неловкости она не знала, что еще сказать, как передать, что чувствует сейчас, и возможно ли передать, и нужно ли ему это. Боль между ног снова стала ощутимой, саднящей. У светлых альвов все это, наверное, происходит иначе.

— Но у тебя расстроенное лицо, — сказал он. — Ты думаешь о чем-то неприятном?

— Нет, наоборот. — Вера покачала головой, чувствуя твердость его плеча под своим затылком. — О приятном.

— О чем?

«О тебе», — хотела она сказать.

Но вместо этого сказала:

— Как светлые альвы танцуют.

И прикусила язык, подумав, что теперь он уж точно сочтет ее дурой, и правильно. Но Свен кивнул — Вера видела над собой абрис его скул и подбородка — и сказал:

— Ты так и танцевала мэдисон. Как альв в зеленом льняном платье. В той комнате, где мы встретились.

— Мэдисон? — не поняла она.

— Ну да. Его сейчас везде танцуют под ту музыку, которая была на пластинке.

— Я не знала, что танец так называется.

— Это неважно. Вера!

Он лег на бок, не вынимая руку из-под Вериной головы. Теперь она касалась щекой его руки. Пока целовались, стоя у стола с астролябией, Свен расстегнул и снял блузку с нее и рубашку с себя. И блузка, и рубашка были в крупную синюю клетку, почти одинаковую, как странно.

Верино сознание металось в тревоге.

— Что? — пролепетала она.

— Я не имею права указывать, что тебе делать по отношению к твоим родным и в твоем доме. Но чувствую себя неловко от того, что нахожусь здесь тайно. Поэтому я сейчас уйду и приду завтра. И мне не хотелось бы делать вид перед твоими мамой и бабушкой, что сегодня меня здесь не было. Ты понимаешь?

Может быть, он спрашивал лишь о том, понимает ли она его английский, а может, речь была о его мыслях. Она понимала и то и другое. И робела перед тем, как внятно и последовательно он может говорить сейчас, когда сама она пребывает в полнейшем смятении, и восхищалась тем, что он может так говорить. Все ей было непривычно в нем, и все было в нем понятно, теперь особенно.

— Да, — ответила она.

Их лица, повернутые друг к другу, почти соприкасались. Свен приблизил губы к Вериным губам и сказал:

— Я немного боюсь отношений с тобой.

— Почему?

Вера вздрогнула.

— Ты совсем юная. Видела мало событий и не знаешь себя. И даже не только поэтому.

— Почему? — повторила она.

— Ты совсем другая, чем я привык.

Вот оно! Он кажется ей таким близким, как будто она знает его всю жизнь, а для него это не так.

— Другая... — непонятно зачем повторила она.

Наверное, растерянность прозвучала в ее голосе так явственно, что Свен сказал:

— Ты очень тонкая, Вера. Это не внешне, хотя и внешне тоже. Но это во всей тебе. Как ты чувствуешь, улыбаешься, говоришь. И как мы любили друг друга сейчас — в этом тоже. Для меня физические отношения всегда были проще. Не знаю, это потому что я мужчина или из-за моей профессии. В ней надо быстро следовать за жизнью, ничего не упускать, а тонкости потом. Или из-за твоей музыкальной профессии. Или, может быть, только от того, что мы с тобой родились в разных странах.

Он говорил просто, ясно, прямо. Ему было важно донести до нее смысл своих слов и содержание своих мыслей. Впервые с той минуты, когда они вышли вместе из Иркиной квартиры, Вера отчетливо понимала то, о чем Свен сказал сейчас: что они не выросли на одной улице, что это не больше, чем ее глупая иллюзия.

— Ты самый тонкий человек, какого я знаю, — повторил Свен. — Я вспомнил про альвов поэтому. И потому, что у тебя в волосах сейчас белые лепестки.

— У тебя тоже, — сказала она.

— И теперь мне надо подумать, что я могу пообещать твоим родным.

Последняя его фраза не вытекала из предыдущих, это удивило Веру. При чем здесь ее родные?

— Что значит пообещать? — недоуменно проговорила она. — Они не ждут от тебя никаких обещаний!

— Не ждали, — поправил Свен. — Но теперь они имеют право понимать, что будет с тобой, если ты согласишься выйти за меня замуж и уехать со мной. У нас все получилось спонтанно, но дальше я обязан продумать каждый свой шаг. Я люблю тебя, Вера. — Он смотрел прямо, серьезно, и так же звучали его слова. — Это ворвалось в мою жизнь.

Она была ошеломлена, она не знала, что сказать, и поэтому сказала:

— Но я же не альв. Я просто человек обыкновенный. И я... Я тоже люблю тебя...

Как сложно оказалось это выговорить! В ней не было ни Свеновой способности говорить такие вещи спокойно, ни порывистости, какая была, например, в Ирке Набиевой — та могла что угодно выпалить без малейшего смущения. А Вере признание в любви далось так, словно она не произнесла единственные слова, которые звенели и бились у нее в сердце, а попыталась солгать.

Хорошо, что Свен поцеловал ее сразу после этих слов, иначе она заплакала бы, и это было бы уж совсем по-девчачьи, и, может быть, отвратило бы его от нее, даже испугало бы.

— Ты не обыкновенный человек, — сказал он, когда закончился поцелуй. — А более загадочный, чем альв. Кстати, их природа меняется.

Он произнес это уже другим, легким тоном, и Вера сразу почувствовала легкость тоже.

— От чего меняются их природа? — с любопытством спросила она.

— Этого не знаю. Я вообще не очень знаю мифологию. Сказал тебе то, что помню из детских сказок. Будем считать, природа альвов меняется от того, что они влюбляются.

Мифологию, тем более шведскую, Вера тоже не знала, но во все время, пока они целовались, прижавшись
друг к другу, сплетаясь руками, ногами, соединяясь телами, она чувствовала, что вся ее природа меняется
совершенно.

Глава 12

Действие фильма происходило на даче — в дачной местности его, естественно, и снимали. Пока до этой местности добралась, Маша прокляла все на свете — и отмененные электрички, и жару, и пыльную обочину, и стаю злобных собак на обочине, и свои карьерные амбиции.

Когда она наконец дотопала от платформы до дачного товарищества и отыскала в нем нужную улицу, а вернее, просеку, по обеим сторонам которой стояли под лесными деревьями домишки, аккуратненькие и примитивные, — съемки были уже в разгаре, но хоть, слава богу, не закончились. Маша вздохнула с облегчением: не хватало бы еще напрасно притащиться. У забора теснились машины и фургоны, по просеке ходили люди, чем они заняты, было непонятно, но всем своим видом каждый давал понять, что он-то здесь главный и есть. А может, кто-нибудь из них в самом деле был главным.

— Куда, девушка? — сказал один из этих людей, когда Маша подошла к штакетнику, за которым виднелись возле дачного дома киношные камеры на высоких штативах и что-то вроде подъемного крана. — Здесь съемки, посторонним нельзя.

Он был долговязый, усатый, и по тому, что лоб его был повязан цветастой ленточкой, было понятно, что к сорока или около того годам ему все еще требуется доказывать свою неординарность с помощью внешних приспособлений.

— Я к Крастилевскому, — уверенным тоном сообщила Маша. — Мы договорились встретиться.

— Не знаю, о чем вы договорились, но он в кадре сейчас, а на съемочную площадку вам нельзя. — Долговязый

на ее уверенный тон не отреагировал вообще. — Закончит — встретитесь. Ждите.

Ага, так и стала ждать! Дура, что ли? Закончит — сразу уедет, она и глазом не успеет моргнуть, и вылавливай его потом снова.

Когда Маше надо было добиться своего, вдохновение посещало ее без сбоев.

— Он сказал, чтобы я именно на съемки приехала, — глядя долговязому в лоб, прямо в вышитую ленточку, заявила она. — В массовке сниматься.

— Не нужна тут массовка, — сказал тот, впрочем, без особенной уверенности.

— Откуда вы знаете, нужна или нет? — поднажала Маша. — Давайте у Крастилевского и спросим.

— Ну давайте...

Долговязый отступил от калитки, и Маша вошла на дачный участок, уставленный камерами, какими-то пультами, белыми зонтиками и светоотражателями.

Спросить о чем-либо Крастилевского она однако же не успела: ровно в ту минуту, как дошла по вытоптанной бугристой тропинке до поляны перед дачным домиком, человек, сидящий на складном стуле с надписью «режиссер», крикнул:

— Снято!

И актеров с площадки сразу как ветром сдуло.

Режиссер поднялся со своего подписанного стула, обернулся, и Маша оказалась у него перед самым носом.

— Это кто? — спросил он.

— Говорит, в массовке позвали сниматься, — ответил долговязый.

— В какой еще... — начал режиссер, вскипая. И тут же перестал вскипать, как чайник, под которым резко выключили пламя. — О! — воскликнул он. — Что ж ты ее сразу не привел, Серега? Я же тебе говорил: нужно пятно!

— Так она только что появилась, — заоправдывался долговязый. — Я про нее вообще...

— Еще один дубль снимем, — распорядился режиссер. — Тем более Крастилевский пока не дотянул. Посадите ее на крыльцо вместо старухи. Картошку ей не надо. Книгу дайте.

Проговорив все это скороговоркой, он исчез, будто ввинтился в пространство между двумя яблонями, под которыми стоял его стул.

— Будь тут. — Серега взял Машу за плечо, как кошку, которая того и гляди заберется на дерево, и доставай ее потом. — Чтоб я тебя не потерял. Сейчас гримера пришлю.

— А кого я буду играть? — поинтересовалась Маша. — Пятно?

— Примерно. Не исчезай, главное.

«Вот так вот, — подумала она, оглядывая свои ярко-оранжевые шорты. — Ляпнула, что первое в голову пришло, а это судьба, может».

Не то чтобы она решила, что в ответ на выдумку про массовку все вдруг заметят ее великое актерское дарование, но... Чем черт не шутит! Убегать ей во всяком случае незачем, а снимаясь в одном дубле с Крастилевским, проще будет проследить, чтобы и он не убежал.

Пришла гримерша, толстая женщина в большой соломенной шляпе, сказала: «Ой, какая девочка смешная!» — усадила Машу на крыльцо, обмахнула пудрой и ушла, а Маша стала дожидаться, когда снова начнут снимать, с любопытством вертя головой, чтобы не пропустить интересное.

— Снимаем разговор протагониста с антагонистом. — Режиссер появился перед ней так же мгновенно, как только что исчез. — Ну, главного героя с его врагом. Они выясняют отношения, а ты в это время сидишь на крыльце и увлеченно читаешь. Поняла?

Не понял бы такую актерскую задачу разве что пень. Но объяснять это Маша не стала, а поинтересовалась:

— Что читать?

— Книгу! — крикнул режиссер. — Я же сказал дать ей книгу! Где реквизиторы?

— Книга не заявлена, — отозвалась женщина, похожая на гримершу, только худая.

— Ну так найдите! — рявкнул тот. — У хозяев попросите! Есть же в доме хоть одна книга!

— Не факт.

Худая женщина пожала плечами и ушла в дом — видимо, на поиски книги, — а режиссер, мгновенно потеряв к Маше интерес, если он вообще был, ушел на ту часть площадки, куда были направлены пока еще выключенные камеры. Происходящее там движение сначала показалось Маше беспорядочным, но уже через несколько минут она уловила в нем слаженность и даже ритм. Движение имело цель — его результатом должен был стать фильм, — и это делало его осмысленным. Она никогда не была на съемках, но поняла это так ясно, как если бы ей объяснил кто-нибудь знающий и толковый. Оказалось, целеполагание не только необходимо, но и так красиво, что способно заворожить.

Маша вдруг поняла, что никогда в жизни не видела, как люди, собравшись вместе, создают что-нибудь такое, чего ожидали бы все, и не только все они, собравшиеся ради своего личного дела, но еще какое-то заметное количество посторонних людей. Возможно, так же выглядело и строительство Кельнского собора, — пришло ей в голову.

Но закрепить в своей голове эту мысль, не исключено, что глупую, она не успела.

На площадку вышли двое загримированных мужчин, и один из них был Евгений Крастилевский, ради которого она притащилась в Клинский район и сидела теперь, напудренная в жару, на горячем деревянном крыльце.

Крастилевского она видела до сих пор только на сцене и в кино. О встрече здесь, в Румянцеве, договорились по телефону, а телефон раздобыл для Маши бывший однокурсник, который работал администратором в Театре Наций. Не отделенный от нее ни рампой, ни экраном, Крастилевский выглядел проще и как-то непритязательнее, чем на сцене и в кино. Маша и узнала-то его не столько по лицу, сколько по длиннорукости, которая бросалась в глаза.

— Евгений Аркадьевич, повторим то же, что в предыдущем дубле, но усилим темпоритм к финалу, — не вскипающим, а мягким, едва ли не вкрадчивым тоном сказал режиссер.

Что ответил Крастилевский, она не расслышала: из дому вышла на крыльцо реквизиторша и протянула ей «Гарри Потера», первый том, который Маше, кстати, нравился больше всех остальных.

— Держи, — сказала она. — Больше ничего не нашли. Но тебе нормально будет сказку читать. Соответствуешь.

На «соответствуешь» можно было бы и обидеться, но Маша не стала. Она открыла книжку посередине и положила себе на колени. Ей страшно интересно было увидеть, как Крастилевский включится в общее осмысленное движение, которое она уловила. В нем чувствовалось что-то, чему она не знала названия. Может быть, это следовало назвать значительностью.

Но обдумать это Маша опять не успела. Режиссер разговаривал с актерами — с Крастилевским и вторым, стоящим к Маше спиной, — недолго. Потом вернулся за свой стул и громко скомандовал:

— Приготовиться! Мотор! Начали!

И начали.

— Аристократизм, либерализм, прогресс, принципы, — сказал Крастилевский. — Подумаешь, сколько иностранных и бесполезных слов! Русскому человеку они даром не нужны.

— Что же ему нужно, по-вашему? — ответил его антагонист. — Послушать вас, так мы находимся вне человечества, вне его законов.

«Ничего себе!» — подумала Маша.

Она совсем не ожидала услышать этот диалог от актеров, одетых в поло с лакостовскими крокодильчиками и сидящих на садовых стульях из Икеи. Сначала это показалось смешным, но стоило ей вслушаться и, главное, всмотреться в Крастилевского, как впечатление неестественности происходящего улетучилось. Антагонист сидел к Маше спиной, его снимала камера, стоящая напротив, а лицо Крастилевского было видно ей, как на крупном плане. В театре так не увидишь, разве что из первого ряда.

Она видела, как он улыбнулся чуть заметно, будто подумал о чем-то более важном, чем прямой смысл произносимых слов. И поняла, что так и должно быть, что эти слова и написаны таким образом, чтобы за ними угадывалось нечто большее, чем могут выражать буквы и звуки, и улыбка Крастилевского выражает именно это, неназываемое.

Она видела, как с каждой новой репликой нарастает его волнение, как гнев пылает в его глазах, как спор, в котором он намеревался быть холодным и ироничным, волнует его и ранит.

И книга, которую она читала в школе и узнала с нескольких слов, не зря ее памяти все учителя удивлялись, — словно открылась заново, на каких-то невиданных страницах.

Она всматривалась в лицо Крастилевского, вслушивалась в его интонации, и мир поворачивался перед ней, как хрустальный многогранник, поставленный на вращающуюся поверхность: каждую секунду открывается новая грань, и не знаешь, какая появится следующей, и то, что казалось просто сверкающей игрушкой, вдруг становится завораживающей загадкой...

— Снято! — выкрикнул режиссер. — Вот теперь — то, Евгений Аркадьевич! Вот теперь получилось! Всем спасибо, на сегодня все.

Маша вздрогнула. Книжка так и лежала у нее на коленях; кажется, во время съемки она забыла сделать вид, будто читает.

Она увидела перед собой оператора с камерой на ремнях.

— Крупным планом тебя снял, — сказал он. — Очень выразительно слушала, особенно когда рот приоткрыла. Андрей Андреич, может, подмонтировать тебя захочет потом.

От его деловитых слов Маша опомнилась и вскочила со ступенек. Надо не рот разевать, а срочно перехватить Крастилевского! Неизвестно, где он окажется через пять минут.

Через пять минут Крастилевский, к счастью, оказался в фургоне гримеров. Маша обнаружила это, взобравшись на стремянку, которую нашла за домом и приставила к стенке этого фургона рядом с маленьким окошком.

Гримерша обтирала Крастилевскому лицо влажными салфетками, и хотя он сидел спиной к окошку, в которое заглядывала Маша, но его лицо отражалось в зеркале, и она увидела на этом лице выражение совершенной отрешенности от всего, что было вокруг и даже касалось его непосредственно, как руки гримерши. То, что происходило с ним на съемочной площадке, что длилось всего-то несколько минут, не отпускало его, продолжало быть реальнее самой реальности. Маша поняла это так ясно, как если бы Крастилевский сказал об этом вслух.

Вслух он ничего не сказал, но его взгляд, отрешенный и потому одухотворяющий лицо, скользнул горизонтально и встретился в зеркале с Машиным взглядом. Встреча взглядов, разделенных окном, да еще и через отражение в зеркале получилась очень уж опосредованная, но отрешенность в глазах Крастелевского сменилась интересом, это Маша как-то поняла. Она указала пальцем на него, на себя, махнула рукой себе за спину и спрыгнула со стремянки в уверенности, что он не уедет, не выяснив, чего она от него хочет.

Так и вышло. Стоя под тем же окошком, Маша ела с ладони землянику, которую насобирала рядом в траве, когда Крастелевский показался из-за угла гримерного фургона.

— Здрасьте, Евгений! — выпалила она. — Я Мария из травяных чаев. Которая вам вчера звонила.

Тут она подумала, что, может быть, следовало назвать его по имени-отчеству. Режиссер ведь назвал, и явно не вследствие провинциальной привычки, от которой Маша давно уже отвыкла в Москве. Но уж как назвала, так назвала, тем более что отчество все равно забыла.

«Нормально по имени. Ему всего-то лет сорок, наверное», — подумала она.

Но тут же вспомнила, что совсем не умеет определять возраст. Вере, например, оказалось не шестьдесят, как она предполагала, а на целых семь лет больше. Так что и Крастилевскому может быть сколько угодно, как больше сорока, так и меньше.

А выглядит он молодо потому, что работа еще не отпустила его. Вот ведь работа у людей! На зависть.

— Здравствуйте, Мария. — Крастилевский улыбнулся. — Напомните, пожалуйста, по какому поводу вы мне звонили.

Щеки у него раскраснелись, может быть, просто от того, что ему снимали грим, но это придавало его лицу взволнованное выражение.

— Насчет чая и звонила, — ответила Маша. — Чтобы вы сфотографировались с нашим чаем, а мы потом напечатали ваши фотографии на этикетках. И чтобы вы вообще говорили и писали, что любите наши травяные чаи, например, на ютюбе или в фейсбуке.

— Меня нет в фейсбуке. — Он чуть наклонил голову вправо, и каким-то необъяснимым образом этот наклон говорил, что ему интересно смотреть на Машу. — В инстаграме и на ютюбе — да, размещают видео моих выступлений. Но вряд ли мне удастся вставить рекламу чая в стихи Мандельштама.

— Можно поставить чай на стол, когда вы читаете стихи, — предложила Маша.

И сразу же ей стало стыдно, как будто она сказала какую-то глупость, хотя что же глупого, самая обычная вещь.

— Я читаю стихи стоя.

Крастилевский снова улыбнулся, и Маше показалось, что он любуется ею.

— Тогда... — начала она.

— А что это у вас за ягоды? — неожиданно спросил он. — Там, в горсточке. Поречка?

Она машинально разогнула пальцы, протянула к нему ладонь, на которой лежало несколько примятых ягод, и сказала:

— Это земляника. Везде здесь растет. Хотите?

— С удовольствием.

Крастилевский шагнул к Маше, и ей вдруг показалось, что сейчас он возьмет ягоды с ее ладони губами, как жираф. Она даже вздрогнула, представив это, и ладонь закололо, будто на нее репейник положили.

Но он просто взял Машину руку снизу и, осторожно перевернув, высыпал ягоды с ее ладони на свою. Это вышло у него интимно, как поцелуй.

— Очень вкусно, — сказал он, действительно собрав ягоды губами, но со своей ладони. — Не жалко вам?

— Не-а.

Маша потрясла головой, словно пытаясь прогнать наваждение.

— У вас здесь еще какие-нибудь дела? — поинтересовался Крастилевский.

— Какие у меня могут быть здесь дела? — удивилась она. И заодно похвасталась: — А я тоже в вашем фильме снялась!

— А я вас видел, — ответил он. — В последнем дубле вы сидели на крыльце вместо старухи. На коленях у вас лежала открытая книга, а по ней ползал большой жук вроде майского и очень внимательно ее изучал.

— Жука я не видела. — Она подумала, что это и хорошо. — А то бы завизжала и дубль испортила.

— Вы боитесь жуков?

— Я на Севере выросла, к таким жукам не привыкла.

— А вид у вас очаровательно южный. Эти бронзовые кудряшки...

Ну, началось. Сейчас скажет: ой, какая девочка смешная!

Но этого Крастилевский не сказал, а сказал совсем другое:

— Если дел у вас здесь больше нет, могу подвезти вас в город.

— Отлично! — обрадовалась Маша. — А то утром половину электричек отменили и сейчас, может, тоже.

Машина у него оказалась пижонская, красная спортивная «Тойота». Но для его возраста ничего, нормально. Не признак молодящегося старичка. Правда, уже усевшись рядом с ним, Маша сообразила, что, может, стоило все-таки договориться о рекламе прямо здесь, а домой вернуться самостоятельно. Ехать-то до Москвы часа полтора, если не больше, и вдруг он заведет какой-нибудь нудный разговор, от которого не будешь знать куда деваться.

«Тогда актерские байки попрошу рассказать, — решила Маша. — Что-нибудь интересное знает же».

Но нудного разговора Крастелевский не заводил. Он вообще никакого разговора не заводил: смотрел на дорогу с тем же рассеянным или отрешенным выражением, которое показалось Маше таким притягательным, когда она заметила его впервые, и чуть заметно улыбался, не чему-то внешнему, а своим мыслям. Интересно, о чем он думает? Ей в самом деле было интересно. Она решила, что нет никаких причин свой интерес сдерживать, и спросила:

— Вы съемки вспоминаете?

Крастилевский не удивился ее вопросу.

— Нет, — ответил он. — Я и текст уже забыл. Естественный актерский навык, выбрасывать все из головы сразу, как только снят дубль.

— А о чем вы тогда думаете?

Он посмотрел ей в глаза, не прямо, а в водительском зеркальце, и улыбнулся.

— Можно, я об этом умолчу? А то вы во мне разочаруетесь.

«А почему вы решили, что я вами очарована?» — хотела сказать Маша.

Но не сказала. К собственному удивлению.

— Почему вы так считаете? — все-таки спросила она.

— Потому что думаю я о каких-то пустяках. Актеры странные существа. Наши лица и тела могут жить самостоятельной, отдельной от мыслей и чувств жизнью. Не случайно же нас называют лицедеями.

Так не сказал бы о себе позер. Это Маше понравилось.

Ехали по лесной дороге, не слишком живописной, но приятной в первой летней зелени. Березы смотрели молодо, клены еще не развернули листья полностью, темные ели оттеняли их яркую новую жизнь.

— А почему вы играли Базарова в современной одежде? — вспомнила Маша. — И вообще во всем современном.

— А это римейк. Мы ведь живем в эпоху римейков, Мария. Думаю, вы и сами это замечаете.

— Ну... наверное.

Ничего такого она не замечала, а вернее, просто об этом не думала. Но, во-первых, раз он снимается в римейке, значит, думал об этом, и почему бы ему не поверить. А во-вторых, его предположение, что она замечает нечто, составляющее суть эпохи, было Маше приятно.

— Я снимусь с вашим чаем, — сказал Крастилевский. — И дам вам фотографии для этикеток. Матушка моя эту вашу траву обожает, так что мне она тоже известна. Агента моего беспокоить не будем, иначе ввяжемся в слишком сложные переговоры. И слишком дорого выйдет. — Он догадливо посмотрел на Машу. — А денег вам на это мероприятие, я так понимаю, отведено не слишком много.

— Вообще не отведено пока что. — Маша не собиралась в этом признаваться, но почему-то призналась. — Даже начальнику еще не говорила, сама все затеяла. Я в прошлый вторник в Театре Наций была, увидела, как вы играете. Ну и подумала, когда уговорю вас, тогда и начальнику скажу.

— Спросил бы, почему именно я привлек твое внимание, но нет, не спрошу. — Крастилевский улыбнулся. — Буду тешить себя приятной мыслью, что тебя поразил мой талант.

Это было не совсем так, но примерно. Маше в самом деле понравилось, как Крастилевский играл в дурацкой пьесе. Вернее, он показался ей единственным, кто играл что-то осмысленное, а не притворялся героем драмы абсурда, на которую эта пьеса явно не тянула. Но уговорить его отрекламировать чай она решила, конечно, не поэтому, а лишь потому, что его лицо показалось ей знакомым, и она прямо в антракте нагуглила, что он снялся в уйме рейтинговых сериалов, и сейчас снимается тоже, и вообще очень знаменитый.

— Мне надо сделать какой-нибудь выдающийся маркетинговый ход, — сказала она.

— И я для этого подхожу?

В его голосе послышалась ирония.

— Конечно, подходите, — кивнула Маша. — Вас все знают, вы вызываете доверие, потому что у вас позитивное обаяние.

— Допустим. Спрошу по-другому: почему ты подходишь к этому так торжественно? Разве это не обычная твоя работа?

Надо же, какой проницательный. Или не проницательный, а просто она выглядит дурой, устраивающей целую историю из самого обыкновенного дела.

— Для кого-то, может, и обычная. — Она вздохнула. — Но я никогда такого не делала.

— Какого — такого?

— Чего от меня не ожидают. Ну то есть на работе ничего такого не делала, — уточнила Маша. — Мне всегда казалось, что эта работа у меня только для денег, а на самом-то деле я... А на самом деле-то я и ничего.

Наверное, эта мысль начала ее беспокоить уже давно, сразу после разговора с начальником, но только позавчера стала чем-то ясным, осознанным, и более того, поразила как удар молнии.

Гроза собиралась позавчера целый день, но так и не смогла разразиться, и это, как Вера назвала, предгрозье измучило духотой и какой-то тягостью, которой не было физического объяснения. Поэтому когда ночью наконец загрохотал гром, Маша спрыгнула с кровати и вышла из комнаты на площадку над жасминовыми кустами, чтобы дождаться ливня. На площадке гудел ветер, громовые раскаты сначала слышались в отдалении, а потом ударили совсем рядом, и молнии опоясали небо. Это оказалось так страшно, что Маша схватилась за перила площадки, как будто это спасло бы ее от грозового разряда.

«Что я? — подумала она бессвязно и лихорадочно. И повторила уже с недоумением: — Что я думаю о себе, чего жду? Как будто моя настоящая жизнь проходит где-то в стороне, а та, которую живу — так, между делом».

Непонятна была связь между молниями и этой мыслью, но, стоя над зеленью соколянских садов, слушая шум деревьев и грохот грома, пока не устала гроза, Маша чувствовала эту связь. И потом, лежа в кровати — по крыше барабанил даже не дождь, а проливень — она решила, что разорвет эту дурную бесконечность, эту бесцельную ходьбу по кругу, в который так глупо и так для себя самой незаметно замкнула свою жизнь.

На следующий день она начала осуществлять это решение и позвонила Крастилевскому, который незадолго до того попался ей на глаза так кстати.

— Я не очень понимаю, о чем ты говоришь, — сказал он. — Но это и неважно.

Маша сразу отвлеклась от воспоминаний о грозе, и ей стало так стыдно, что она даже окошко слегка приоткрыла, чтобы не было заметно, как стыд залил ее лицо. Чего вдруг вздумала высказывать постороннему человеку то, что и назвать толком сама не может! Будто он обязан разбираться с ее тонкой натурой. Сейчас скажет, что не хочет с ней дела иметь, и будет прав.

Но Крастилевский сказал совсем не это.

— У меня завтра рекламная съемка. В домашней обстановке. Приходи, снимем пару кадров с чашкой, фотограф тебе их перекинет. А я подпишу разрешение на использование моего светлого образа в рекламе травяного чая. Выясню, который из них мама пьет, и дам разрешение только для него. Зато денег не возьму.

— Ой! — воскликнула Маша. — Правда?

— Не буду утверждать, что никогда не лгу женщинам, — усмехнулся он. — Но сейчас говорю правду. Это мой тебе подарок для грандиозной карьеры. Повысят зарплату, вспомни меня добрым словом.

Видимо, Машин восторг передался и Крастилевскому: всю оставшуюся до Москвы дорогу он рассказывал смешные истории, и хотя это было как раз то, что и называется актерскими байками, она слушала их с живейшим интересом.

Оказалось, что живет он в Глинищевском переулке, поэтому подвез ее до самого дома; Сокол был ему по пути.

Из открытого окна кухни доносился смешанный запах абрикосов, кажется, ванили и еще чего-то аппетитного. Услышав Машины шаги от калитки, Вера выглянула из окна и сказала:

— Через полчаса будет черешнево-абрикосовое варенье с ядрышками. Спускайся, попробуешь свежее.

Для себя она почти не готовила — говорила, что в ее возрасте должно хватать овсянки с сухофруктами, и ей хватает. Странно, что вдруг взялась выстряпывать такую громоздкую штуку, как варенье. Это же перемыть все надо, косточки вынуть, абрикосовые, наверное, еще и разбить, ядрышки достать, обратно в абрикосы запихать... Маша не способна была даже представить, что могло бы ее вдохновить на такой подвиг, совершенно бессмысленный, потому что, если уж край как захочется варенья, то можно ведь его просто купить. Или, если абрикосово-черешневое в магазинах не продается, то пойти в ресторан грузинской, или армянской, или еще какой-нибудь южной кухни, и где-нибудь оно точно будет.

— Ага, спасибо, — ответила она. И, не удержавшись, добавила: — Меня бы под пистолетом не заставили такое готовить.

— Меня тоже, — кивнула Вера. — Но мама варила черешнево-абрикосовое с ядрышками, и Кирилл успел его полюбить. Он в июле приедет.

Она сказала об этом как о само собой разумеющемся, хотя вообще-то Маша не могла знать, кто такой Кирилл, потому что разговора о нем у нее с Верой ни разу не было. Но не трудно было сообразить, что это сын и есть. Маша строила на его счет экзотические догадки — что он работает на полярной станции или что рассорился с Верой вдрызг. Иначе непонятно было, почему он к ней не заходит. А все обыкновенно, значит: просто он живет в другом городе, а скорее в другой стране, потому что в какой же другой российский город мог бы он уехать из Москвы и из дома на Соколе, ясно, что ни в какой.

— Это ваш сын? — из вежливости все-таки спросила она. — А сколько ему лет?

Второй вопрос был бы, может, и невежливым, если бы Вера сама не сообщила, сколько лет ей. И не с каким-нибудь особенным смыслом сообщила, а просто к слову пришлось, так что можно было считать, что собственный возраст она воспринимает не болезненно.

— Кириллу сорок, — ответила Вера.

«Как Крастилевскому», — подумала Маша.

Когда тот уехал, оставив ее у калитки морозовского дома, она тут же у калитки посмотрела его возраст в Википедии, поэтому неудивительно, что вспомнила сейчас. Но что она вообще вспомнила о нем, было как раз удивительно.

— Когда он приезжает, — сказала Вера, — я каждый раз думаю: как это странно!

— Что странно? — не поняла Маша. — Что сын к вам приезжает?

Она так удивилась этим Вериным словам, что даже не спросила, откуда приезжает ее Кирилл.

— Странно видеть сына взрослым. Как будто он был ребенком в другой моей жизни. Да собственно, так оно и есть. Ну, приходи через полчаса.

«Что к Крастилевскому на съемку завтра надеть? — думала Маша, поднимаясь к себе в мансарду. И себе же сразу отвечала: — Вот не все ли равно, а? Не тебя же снимать будут».

И понимала, что не все равно. Очень ей не все равно.

Глава 13

На съемку Маша снова опоздала. И на этот раз не из-за отмененных электричек, то есть не по объективной причине, а исключительно по собственной дурости: на полдороги вспомнила, что не взяла с собой коробки с чаем. Пришлось выскочить из метро, вернуться на работу, лихорадочно побросать в большой бумажный пакет все виды травяных чаев, какие были в офисе, и взять после этого такси. Но опоздала все равно, дура бестолковая.

Дверь открыла дородная дама, которую Маша приняла было за мать Крастилевского, но, приглядевшись, решила, что это его домоправительница. Или как их называют? Маша поняла, что знает только название из книжки про Карлсона, а жизнь ни разу не сводила ее с людьми этой профессии.

— Привет, — сказал Крастилевский, когда монументальная и молчаливая домоправительница провела Машу в комнату. — А я уже разгримироваться хотел. Принесла чай?

Маша высыпала из пакета на диван всю россыпь разноцветных пачек.

— Какой ваша мама пьет? — спросила она.

— А забыл узнать. — Крастилевский улыбнулся. Эту улыбку Маша полночи сегодня вспоминала. — Выбирай любой. Ирина Сергеевна, заварите, пожалуйста, чаек, который Машенька скажет.

Примерно это она и предполагала. Как-то не верилось, что он станет держать в голове чайные подробности, поэтому подготовила договор на сибирский сбор, который и без особой рекламы продавался отлично, так что правильно было продвигать как раз его, а не тот, который продавался плохо. Все как в учебнике, в общем.

Но воодушевление, с которым Маша сыпала сибирский сбор в мейсенский чайник, расписанный бледными розами, явно не учебником объяснялось, и не чаем, и даже не будущим карьерным успехом.

Не похоже было, что продюсер обрадовался необходимости делать лишние кадры непонятно для кого. Но спорить с селебрити он не стал, и фотограф отщелкал Крастилевского, сидящего с мейсенской же фарфоровой чашечкой в руке за столом под большой картиной; от волнения Маша не могла разобрать, что на ней изображено. Фотографии были тут же сброшены на Машин адрес, и пока она проверяла почту, чтобы в этом удостовериться, фотограф с продюсером собрали оборудование.

— Что ж, Машенька, будем пить твой чай? — спросил Крастилевский, когда за ними закрылась дверь. — Но я бы предложил вино. Ты бароло пьешь?

Вино было откупорено, рядом с бутылкой на подносе из венецианского стекла стояли два бокала и вазочка с клубникой. Крастилевский налил себе в тот, на дне которого уже виднелась красная лужица, а Маше в чистый.

— Бароло прекрасное вино, — сказал он при этом. — Я его когда-то полюбил и теперь каждый раз из Италии привожу. Это — прямо из деревни Бароло. — И добавил неожиданно: — Тебя, между прочим, не зря вчера в кадр посадили. Заикин режиссер, может, и не большой, но с хорошим чутьем на человеческую выразительность.

— Ага, он сказал, что ему нужно пятно, — кивнула Маша. — Я как раз подошла.

— Ты очень интересная, просто очень! — Крастилевский засмеялся. — И без комплексов, и язычок, думаю, острый, хотя у меня пока не было случая в этом убедиться. Неужели никогда не хотела в кино сниматься? Не поверю.

— Ну, когда-то — да, — нехотя призналась Маша. — Но поостыла потом.

— Интересно, почему провинциальная девочка может поостыть к мечте об успехе?

— А откуда вы знаете, что я провинциальная?

Его слова не обидели, но насторожили. Не то чтобы она мечтала выглядеть столичной львицей, но не хотелось, чтобы имело значение, откуда она взялась.

— Свежесть, милая. Ты как эта роза. — Он кивнул на чашечку с нежным рисунком. — Не яркая простушка, изящна, но все-таки слишком свежа для Москвы. Вернее, в Москве это слишком бросается в глаза. Много должно быть на тебя охотников.

Эти слова Машу мало сказать удивили. На нее — много охотников? Вот уж нет.

Но сообщать об этом она, конечно, не стала. Пусть Крастилевский думает, что ему выпало счастье присоединиться к толпе ее поклонников.

— Ты говорила, что откуда-то с Севера приехала? — спросил он.

— Из Норильска.

— Ужасный город.

Маше показалось, что Крастилевский поморщился, и она слегка обиделась, хотя вообще-то давно уже привыкла, что москвичи сами не замечают своего снобизма.

— Ничего ужасного. — Она пожала плечами. — Обычный промышленный город в зоне вечной мерзлоты.

— Обычный, только на костях стоит, — усмехнулся Крастилевский.

В этом как раз ничего необычного не было. Вернее, Маша настолько привыкла это знать, что давно перестала сознавать. В детстве ей вообще казалось, что все города построены заключенными. Потому что кто же по своей воле захочет так тяжело работать? Что работа бывает организована не безысходностью, а каким-то другим способом, что не принуждением приводится в движение огромный и слаженный механизм жизни, она впервые поняла, кажется, только в старших классах на уроках экономической географии.

— У меня дед в твоем Норильске погиб, — сказал Крастилевский. — Дворянин был, в Ленинграде арестовали.

— И у моего папы тоже родители были из зэков. — Маша почувствовала, что ниточка доверительности, так неожиданно возникшая, крепнет между ними. — Его отец ученый был по экономике. И рассказы писал, антиутопии. Только их не публиковали, конечно, он же в лагере был. И рукописи все пропали. У папы, наверное, в него способности к литературе оказались.

— А у тебя? К чему оказались способности?

Крастилевский подмигнул, тряхнув при этом головой так, словно хотел избавиться от неприятной темы. Маше жаль стало оборванной ниточки, но гармоничность каждого его движения нравилась ей больше, чем собственные невнятные соображения.

— К чат-ботам, — самым непринужденным тоном ответила она.

— К чему?!

От удивления у него даже глаза округлились.

«Не ожидал от смешной девочки, — весело подумала она. — Бывают в жизни сюрпризы, да».

— Это такой маркетинговый прием, — объяснила Маша. — Канал для общения с пользователем. Запускают в разных мессенджерах алгоритм, чтобы разобраться, что вы хотите купить, и поскорее вам это продать.

Удовольствие видеть изумленного Крастилевского было так велико, что она предпочла забыть, что сама прочитала о чат-ботах совсем недавно, когда решила взяться за свой профессиональный рост, и что для небольшой компании, продающей травяные чаи, такие технологии, пожалуй, дороговаты, поэтому она их может применять разве что для произведения эффектного впечатления на мужчину, которому хочет понравиться.

«Я хочу ему понравиться?» — подумала Маша.

А что тут думать? Конечно.

— Договор принесла, кстати?

Вопрос вернул ее от гипотетических маркетинговых стратегий и мечтаний к реальности.

Она достала из рюкзака договор, Крастилевский быстро просмотрел его и подписал.

— Когда у начальника будешь подписывать, можешь сказать, что в обмен на мой ясный лик на ваших этикетках будет картина моей бывшей жены, — сказал он. — Должен же я и ей что-то подарить.

Маша тут же впилась глазами в картину, мимо которой взгляд до сих пор скользил, не задерживаясь. Оказалось, ничего особенного: тяжеловесный натюрморт с тщательно прописанными фруктами на блюде, вот на этом самом, из венецианского стекла. Верина невестка куда как получше рисует. Каждый раз, переставляя у себя в мансарде расписанные ею фанерные ширмы, Маша видела их роспись по-новому, и каждый раз ее воображение откликалось на эти сложные красочные сигналы.

— Далеко ваша бывшая жена живет?

Непонятно, как вырвался у нее такой бесцеремонный вопрос! И, главное, зачем ей это знать.

— Она живет в Питере, а вот матушка моя живет в соседней квартире, и я должен зайти к ней. — Не обратив на бесцеремонность внимания, Крастилевский поднялся из-за стола. — Рад был тебе помочь, Машенька-пружинка.

Он улыбнулся, а Маша чуть не заплакала от того, что именно сейчас, после этих его слов, после того, как взглянул он на ее растрепанную голову и веселые морщинки собрались в уголках его глаз, они расстанутся, и навсегда.

— Д-да, спасибо... — пробормотала она, запихивая договор обратно в рюкзак. — Вы мне правда очень помогли, очень.

Вышли из квартиры, Крастилевский запер дверь. Маша поплелась к лифту, но вспомнила, что от расстройства забыла попрощаться, и обернулась.

— Маша... — Его голос дрогнул. Или ей показалось? — Мне как-то жаль с тобой прощаться.

«Мне тоже!» — едва не выкрикнула она.

И выкрикнула бы, но не успела.

— Может, заглянем по-быстрому к матушке, а потом поедем ужинать? — сказал он.

— Давайте.

Маша постаралась произнести это самым непринужденным тоном. Хотя понятно ведь, что не может она воспринимать его предложение как само собой разумеющееся. Или это только ей понятно, а ему совсем нет? Сказал же он, что на нее должно быть много охотников, может, правда так думает.

Крастилевский позвонил в соседнюю дверь тремя короткими звонками и сразу же открыл ее своим ключом.

— Мама, к тебе гости! — крикнул он, входя.

— Кто, Женюра? — донеслось из комнаты сквозь оглушающие звуки телевизора.

Голос был дребезжащий, и старушка, перед телевизором сидящая, оказалась до того тоненькая, что будто бы вся дребезжала. Телевизор работал на полную мощь, звуковой эффект усиливался от того, что шло какое-то ток-шоу и гости в студии орали друг на друга и едва не дрались. И даже не едва: в тот момент, когда Крастилевский выключил телевизор, на экране кто-то как раз двинул кому-то в ухо.

— Мама, сколько я тебе говорил, не смотри этот кошмар, — сказал он. — Побереги здоровье.

— Женечка, ты неправ! — патетически воскликнула старушка. — Я должна знать, что происходит в мире. А откуда мне черпать информацию? Компьютера у меня нет, ты меня никуда не водишь, сама я дальше лавочки не выйду, а превращаться в бабку на лавочке унизительно, ты не находишь? Ужасные вещи творятся в этом Киеве! Оттуда приезжают просто кошмарные типы, как их только пускают на телевидение. Я вообще не понимаю, как там нормальные люди теперь живут, ну да, впрочем, нормальных людей в Киеве наверняка уже не осталось...

— Мама, познакомься с Машей! — Крастилевский вклинился наконец в этот монолог. — Мы тебе вина принесли. Сладкое, ты такое любишь.

— Бароло? — тут же спросила старушка, зорко глянув на бутылку, которую Крастилевский, оказывается, захватил с собой; от волнения Маша этого не заметила. — Прелестное вино! Вам оно нравится, Маша? В Италии прекрасно все, и вина тоже. Я Элина Андреевна, Женечка не счел нужным меня представить. Вы тоже актриса? В каком театре?

— Маша продюсер, — прежде чем она успела ответить, сказал Крастилевский. — Организует мои съемки.

— Напрасно вы не избрали артистическую судьбу, — заявила старушка. — У вас выразительная внешность. Не лирическая героиня, конечно, но характерные роли вам удавались бы. У меня была подруга, ну, подруга это сильно сказано, но приятельница, хотя я от нее всего могла ожидать, сложная была дама, Женя, помнишь, Мокрицкая, ты меня возил на ее похороны, так вот она на вас, Машенька, очень была похожа. И огромный успех имела! В молодости, конечно, и главным образом в антрепризе, но в денежном смысле это даже выгоднее, чем служить в репертуарном театре, гастролей больше, в провинции всегда полные залы... К чему это я? — удивленно произнесла она.

— Не знаю, мама, — поморщился Крастилевский. — Маша не собирается на сцену. Ты пообедала?

— Да, — кивнула старушка. — Поля готовит хорошо, но на мой вкус чересчур калорийно. Тебе такая еда тоже не полезна, я ей так и сказала. Но она у тебя такая молчаливая, даже непонятно, услышала ли мое мнение. Вообще, она со мной держится так, будто ей поручили соседскую кошку: принесла еду, что-то там убрала и ушла, слова не добьешься.

«Бедный Крастилевский, — подумала Маша. — И ничего ведь с этим не поделать».

Она быстро обвела взглядом комнату. Все здесь было такое же мелкое и дробненькое, как внешность Элины Андреевны, и на всем лежала печать старости, от которой делалось тоскливо. Даже старинная, с золотистыми древесными разводами мебель не смягчала этого впечатления.

— У меня была кошка, — сказала Маша. — Абиссинская.

— И как выглядит эта порода? — с живейшим интересом спросила старушка.

— Рыжеватая такая.

— Как вы?

— Мама! — укоризненно заметил Крастилевский.

— Не совсем, — ответила Маша. — Не лохматая, а гладкошерстная. И с большими ушами.

— А характер? — продолжала допытываться старушка.

— Характер ничего такой. Умная и любопытная. Не вредная и ласковая.

— Вы сказали «была»? А куда же она подевалась?

Фрося осталась у Игоря, это была его кошка. Когда Маша уходила, та проводила ее до двери с таким жалобным мяуканьем, что она едва не забрала кошку с собой. Но старушке незачем было это знать, да и Крастилевскому тоже.

К счастью, не получив ответа на свой вопрос, Элина Андреевна тут же переключилась на новую тему.

— В вашем возрасте я играла Нефертити, — сказала она. — Да-да, не удивляйтесь! Я была преэффектная дама, хотя теперь в это, конечно, нелегко поверить.

— Почему же... — начала было Маша.

Но Крастилевскому, видно, стало совсем уж невмоготу.

— Все, мама, мы пойдем, — сказал он. — У нас миллион дел.

— Но ты еще зайдешь сегодня?

— Не знаю. Позвоню.

Старушка проводила их до двери. Двигалась она проворно, дробно семенила маленькими ножками.

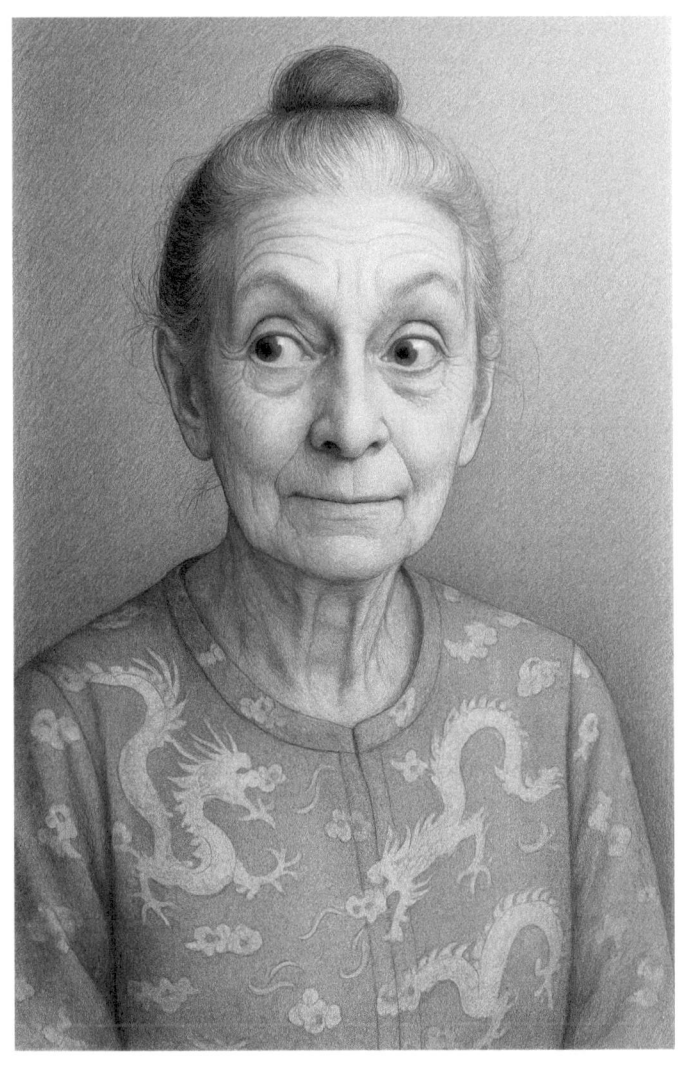

Если бы не пронзительный голос, общение с ней совсем не представляло бы труда.

— Вы произвели на меня самое приятное впечатление, Маша, — сказала она в прихожей. — Я тоже хотела бы завести абиссинскую кошку, Женя.

— Мы потом это обсудим.

Дверь за ними закрылась. Маша была уверена, что старушка смотрит в глазок им вслед.

— Ну извини, — сказал Крастилевский. — Не надо было тебя сюда тащить. Но если бы я не зашел, она бы начала мне названивать и... И помешала бы нам, — проговорил он, глядя Маше в глаза.

От этого долгого взгляда у нее закружилась голова. Натурально закружилась, физически. Может, от бароло, конечно, оно было крепкое, сладкое и до сих пор пьянило.

— Готова ужинать? — бодро спросил Крастилевский, поспешно отводя взгляд.

Маша кивнула. Ужинать ей не хотелось совсем, да и ничего не хотелось. То есть хотелось — чтобы он ее поцеловал. Да что там поцеловал! Если бы он усадил ее на подоконник прямо здесь, в подъезде, она не смогла бы сопротивляться, а вернее, не захотела бы. Но при этом в ее влечении к нему было что-то совсем другое и более сильное, чем физическое желание. Нить, соединявшая их взгляды, сделалась крепче каната.

— Идешь со мной? — спросил он.

— Да, — ответила она.

Глава 14

У Крастилевского оказалась легкая рука. То есть лицо, конечно. После того как его лицо появилось на пачках сибирского сбора и везде, где этот сбор рекламировался, Машина работа с селебрити пошла как по маслу. Он не был так известен, как какой-нибудь телеведущий, но любой телеведущий вызывал у одних желание ему подражать, а у других отвращение, особенно теперь, когда телевизионные ток-шоу напоминали сумасшедший дом. А Крастилевский ни у кого отвращения не вызывал.

— А, так вас Женя рекламирует? — говорили довольно известные актеры, к которым Маша обращалась в следующие две недели. — Ну тогда и я согласен.

Начальник был доволен — узнаваемые лица на чайных пачках льстили его тщеславию и поднимали продажи, — а Маша вообще летала как на крыльях. Правда, это лишь в малой мере было связано с ее профессиональным успехом.

В тот день, когда фотографировали чай в квартире в Глинищевском переулке, а потом заходили к старушке, ужин так и не состоялся. Спустились на первый этаж, а когда дверь лифта открылась, Крастилевский посмотрел Маше в глаза вопросительным взглядом. Она не знала, каким взглядом ответила ему, но когда он снова нажал на кнопку седьмого этажа, возражать не стала. А зачем притворяться, маленькие они, что ли? Все же понятно.

Он был совсем другой, чем Игорь — полностью отдавался своей страсти, не пытался это скрыть, и каждый захлебывающийся звук исторгался из самого его нутра, и каждый удар его тела внутри нее означал всей своей силой: сколько бы не было у него раньше женщин, жен, любовниц, сейчас она единственная, кто нужна ему и желанна. При этом он не рассказывал глупостей про то, что не любит нюхать цветок в противогазе, и вел себя осторожно, хотя секс с его стороны был похож на утоление голода, что Машу удивило — неужели у него давно не было женщины? Но спрашивать об этом она не стала. Видно было, что его желание не абстрактно, а направлено именно на нее, и это ошеломило ее так, что было не до вопросов.

— Бог тебя мне послал, милая пружинка, — утирая со лба самый настоящий крупный пот, сказал Крастилевский.

Он только что отпустил Машины плечи, перекатился на бок и упал на спину рядом с ней. Грудь его ходила ходуном от прерывистого дыхания.

— Ты такой верующий?

От растерянности, от смятения, от неожиданности происшедшего она не знала, что сказать, и сказала, как обычно, глупость.

— В меру. — Он улыбнулся. — Пожалуй, больше суеверный, чем верующий. Но дело не в этом.

— А в чем?

— В том, что ты меня подзавела. Пружинка и есть. Хорошо, что ты появилась.

Маша тоже думала, что это хорошо. И спустя две недели после той ночи, которую они с Крастилевским впервые провели вдвоем, не стала думать иначе.

Ключ у нее был от обеих квартир, поэтому перед тем как зайти к нему, она заглянула к Элине Андреевне. Что собой представляет матушка Крастилевского, стало Маше ясно еще в первые десять минут общения, и это впечатление за два месяца не изменилось тоже.

Когда в школе проходили «Мертвые души», она думала, что Гоголь, конечно, выдумал Коробочку, а теперь видела ее перед собой каждый день и поражалась, как точно она описана. То, что матушка Крастилевского не жила помещицей в глуши, а играла когда-то на столичной сцене, путешествовала и говорила по-французски, ничуть не мешало ее абсолютной глупости и дребезжащей легковесности, и не похоже было, что эти качества приобретены ею с возрастом, а не являются врожденными.

Крастилевский и сам это понимал.

— Но что делать, родственников не выбирают, — сказал он. — Близких особенно.

С этим трудно было не согласиться, и Маша согласилась. Да и что ей стоит зайти к Элине Андреевне, не горшки же из-под нее требуется выносить. Всю работу по дому, то есть по обеим квартирам выполняла безмолвная Поля, а от Маши старушка хотела только разговоров. И хоть после получаса таких разговоров начинала гудеть голова, это вполне можно было перетерпеть.

— Машенька, — сказала Элина Андреевна, едва она переступила порог, — ты не можешь себе вообразить, что говорили вчера вечером.

— Кто говорил? — спросила Маша. — Здрасьте, Элина Андреевна.

— Я не запомнила фамилию, но такой респектабельный человек, политолог. Его Соловьев часто приглашает, а Соловьев мне, ты знаешь, очень импонирует, он умный и к тому же не скрывает, что еврей, это производит прекрасное впечатление, так вот у него был в студии политолог и сказал, что в Северной Корее все не так ужасно, как мы думаем.

Как можно, полчаса послушав телеведущего Соловьева, не понять, что он врет как дышит и все его гости тоже, было для Маши загадкой. Но спорить с матушкой Крастилевского она, конечно, не стала. Не хватало еще, чтобы у той какой-нибудь приступ случился. Выглядит-то бодрой, но мало ли, Женя вон на следующей неделе врача к ней вызвал...

Она просидела у Элины Андреевны час, все это время сгорая от нетерпения. Съемок у Жени сегодня нет, он дома, и если бы Маша не знала, как он доволен тем, что она проводит время с его матерью, то, конечно, давно уже была бы у него, и не просто у него, а в его постели. Если в тот, первый раз он утолял с ней голод, а она лишь отвечала в смятении, то теперь чувствовала, что ее тяга к нему разгорается с каждым днем, становится такой жгучей, что доставляет даже боль, но счастья все же доставляет больше.

— Вот ты мне когда-то не поверила, что репертуарный театр — это сплошные интриги за мизерную зарплату, — говорила Элина Андреевна, раскладывая пасьянс, — а Женечка как раз особенно доволен своими ролями в антрепризах.

Маша хоть убей не помнила, чтобы она поверила или не поверила чему-то про театр, но это не имело значения. Ее удивило, что старушка сказала «когда-то» о том, что происходило всего два месяца назад, но еще больше удивило, как точно это соответствует тому, что она чувствует сама. Ей казалось, что ее жизнь переплелась с Жениной давно и прочно, и она не представляла, как это будет иначе — как сможет она жить без него.

«А зачем представлять? — Маша вздрогнула от одной лишь мысли об этом. — Этого не будет!».

— Машенька, ты говорила, у вас скоро появится в продаже новый чаёк? — спросила Элина Андреевна. — Нюта мне вчера рассказывала по телефону, это та Нюта, с которой я когда-то работала в Театральном обществе, в том, что раньше было на улице Горького, прекрасные были времена, теперь оно переехало на Арбат, так вот вчера Нюта видела передачу про плесень, а я пропустила, и представь, плесень обнаруживается в самых разных продуктах, даже когда ее не видно. А вы проверяете чай на плесень? Маша! Что же ты молчишь?

— Ага, скоро появится. — Маша постаралась поскорее отогнать от себя пугающие мысли. — Чай с медовыми добавками. Я вам принесу. Он без плесени.

Заодно пришлось пообещать принести распечатанную статью, в которой разъяснялись полезные свойства меда в сотах по сравнению с выкачанным, а также найти предсказания Ванги о том, что пчелы скоро исчезнут с Земли и это будет началом Апокалипсиса. В Апокалипсис старушка верила не очень, но живо интересовалась, как он связан с пчелами.

Когда Маша наконец выбралась от Элины Андреевны, голова у нее бренчала, как барабан стиральной машины, в который набросали дроби. На первом курсе она устроилась подрабатывать в магазин одежды, но через месяц уволилась, и не столько потому, что эту работу оказалось невозможно совмещать с учебой, сколько из-за того, что от повторения множества одинаковых действий со множеством одинаковых предметов у нее вот точно так же начинала бренчать голова и она теряла всякую способность жить и радоваться.

Но от Элины Андреевны не уволишься. И если Маша не будет к ней ходить, то Жене придется делать это вдвое чаще, а ему переносить мамину пустую болтливость гораздо труднее, чем женщине, которая к болтовне привычна все-таки больше, чем мужчина.

Женя учил роль перед зеркалом в своем кабинете. Он сидел спиной к двери, и когда Маша вошла, то сразу увидела его затылок и взгляд. Затылок был плотно, как броней, закрыт темными волосами, а взгляд блеснул ей навстречу так, что даже зеркало осветилось.

— Пружинка! — Женя встал, но обернулся не сразу, как будто чувствовал, что от такого, через зеркало, скрещения взглядов у Маши сердце екает. — А я тебя жду, жду...

— Я к Элине Андреевне заходила.

Она с трудом удержалась от того, чтобы броситься ему на шею прямо от двери, как ребенок или истосковавшаяся любовница; по отношению к нему это было для нее одно и то же.

— Хочу тебя безумно... — низким вздрагивающим голосом проговорил Женя.

Конечно, он чувствовал ее тягу к нему, да и невозможно не чувствовать, наверное — это исходит от нее, как флюиды.

— И я, — сглотнув комок в горле, кивнула Маша.

— Разденешься?

Ему очень нравилась эротическая игра, которую он ей предложил в первую же ночь: она раздевалась перед ним при ярком свете — тогда, ночью, он специально включил все лампы в комнате, — а он сопровождал каждое ее движение комментариями такой откровенности, бесстыдства, грубости, бешеного желания, что у нее сводило живот, скулы, огнем жгло между ног, подкашивались колени, и она еле удерживалась от того, чтобы упасть перед ним на спину и раскинуть ноги, как изнемогающее животное. Это было до крика сладостно в ту ночь, и точно так же это было сейчас, когда одна за другой падали на пол ее одежки. Хорошо, что летом их мало: Женя, может, и хотел бы отсрочить ту минуту, когда со стоном набросится на голую Машу, но она ждала, чтобы эта минута наступила поскорее, немедленно, и никакие эротические отсрочки ей не были нужны.

Хоть пружинкой Женя называл ее, но и сам он заводил Машу одними только словами, голосом, взглядом так, что к моменту, когда подхватывал ее подмышки и усаживал на себя, пронзал собой, ей было достаточно нескольких мгновений, чтобы возбуждение разрядилось таким удовольствием, от которого она вскрикивала, билась и вызывала последнее удовольствие, такое же сильное, у него.

И после этого он был пронзительно нежен с ней, и она забывала, что было возбуждение, а чувствовала к нему одну лишь ответную нежность, от которой хотелось плакать, и не всегда могла сдержать эти слезы.

— Ну-ну, Машенька... — Женя похлопал ее по голым плечам, ласково провел ладонью вдоль спины. — Чего ты опасаешься? Ты мне безумно дорога. Не представляю, как я жил без тебя, и не планирую этого в дальнейшем. Скажи, чего хочешь? Луну на серебряной тарелочке?

Она ничего от него не хотела, но он так трогательно сказал про эту луну, что слезы сразу высохли и Маша рассмеялась.

— Что там мама? — спросил Женя.

— Как обычно. Рассказывала про какого-то политолога и про плесень.

— Ну, это практически одно и то же.

— Я ей объяснять не стала.

— Ты умница! Дивный дар.

— Какой у меня дар? — заинтересовалась она.

— Ты сама — дар. Уж не знаю, от кого, но надеюсь, что лично мне. Мне?..

Он наклонился над ней, лежащей навзничь, и принялся целовать, покусывая ее губы, сминая плечи, возбуждая снова. Но продолжения не последовало — он нехотя отпустил ее.

— Что ты, Женя? — Дыхание у нее частило, сердце билось в горле. — Ты... не хочешь?

— Хочу, милая. Я тебя всегда хочу.

Он улыбнулся той мимолетной улыбкой, которую она любила до восторга. Когда он так улыбался, Маша чувствовала, что есть в его жизни что-то гораздо большее, чем она, что-то значительное и всепоглощающее, к чему он никогда ее не допустит. Это и манило, и терзало, и наполняло смыслом, и делало счастливой — все разом.

— Тогда почему же ты?..

Она стеснялась своих жалобных интонаций, но не могла их унять или хотя бы скрыть.

— У меня завтра ответственные съемки, Машенька. — Как ребенку сказал он ей это! — Еще и текст не выучен. А главное, я должен быть полон энергии. И совершенно сосредоточен. Это важный для меня фильм. Не халтурка в сериале про тяжелую женскую долю, а нечто гораздо большее. Ты должна понять.

— Я понимаю. — У нее даже в носу закололо от стыда за свою назойливость. — Мне сегодня не ночевать?

— К сожалению, нет. И не только сегодня. Съемки в Ярославле. Я неделю буду в экспедиции.

Неделю!.. Ни разу за эти два месяца они не расставались так надолго. Да что надолго — они вообще не расставались. Маша не всегда ночевала у него, и даже редко ночевала, но виделись они почти каждый день, обычно так же, как сегодня: она заходила к его матери, потом к нему... Спектаклей до сентября не было, а съемки летом проходили в основном на натуре — Женя объяснил, что продюсеры ловят каждый солнечный луч, — поэтому заканчивались с заходом солнца, и он спешил домой. Это он сам ей сказал, что спешит — к ней и в нетерпении. Она предполагала, что после целого дня съемок он должен возвращаться усталым, выжатым, как лимон, но оказалось, что это совсем не так. Он возвращался в волнении, в сильнейшем возбуждении и даже стыдился жадности, с которой устремлялся к ожидающей его Маше.

— Ты стыдишься? — рассмеялась она, когда Женя впервые сказал ей об этом.

Лицо у него было в ту минуту такое смешное, такое трогательное смущение в самом деле читалось на нем, что невозможно было не рассмеяться.

— Конечно. — Он потер лоб. — Набрасываюсь на тебя, как подросток в гормональной буре. Но после работы не получается иначе, Машенька. Мне это необходимо. Такие вот издержки профессии.

— Иначе и не надо, — шепнула она.

И в очередной раз поразилась сладости его губ, не в переносном смысле, а в самом прямом. Они были как клубника, с норильского детства навсегда желанная ягода.

И вдруг оказывается, что всего этого не будет! Хоть Женя и сказал только про неделю, Машу пронял ужас. И неделя без него казалась бесконечной, и, главное, почему-то не верилось, что он к ней вернется.

Эта мысль — или не просто мысль, а догадка? — была такой отчетливой, что вырвалась словами:

— Ты не вернешься!

— Это почему еще? — Он посмотрел на нее почти с испугом. — После Ярославля павильонные съемки, они на Мосфильме.

— Ко мне не вернешься... — с совсем уж детским глупым отчаянием пробормотала она.

Женя заглянул ей в глаза с каким-то особенным вниманием, потом притянул ее к себе и снова стал целовать, то ласково, то больно сжимая плечи.

— Вернусь, дружочек, — приговаривал он между поцелуями. — А ты меня будешь ждать, правда? Ждать и хотеть... Если б ты знала, как это... когда тебя так бешено хотят... — Он вдруг оттолкнул ее и, сев на край кровати, сказал как выстрелил: — В этом моя сила!

Зачем он это делает, зачем?! Зачем целует, доводя до исступления, зачем отталкивает, зачем продолжает поглаживать ее ногу так, что по ней мурашки бегут, впиваются в тело? Маша боялась, что сейчас закричит, зарыдает, и Женя, конечно, сразу ее выгонит, истеричку.

Но он лишь провел по ее ноге последний раз и сказал голосом уже ровным и чуть рассеянным:

— Ну, иди, милая, пора. Из Ярославля позвоню. Во сколько ты завтра к матушке зайдешь?

Он рассеянно смотрел, как Маша одевается, грустно пошмыгивая носом, потом быстрым движением пригладил рукой ее волосы, и она ушла.

Глава 15

Посидела на Тверской возле книжного магазина на бывшей троллейбусной остановке, которая год назад стала автобусной, потом поболталась в автобусе до Сокола, потом нырнула в сплетение поселковых улиц, как в воду... Все это немного успокоило, уняло досаждающую дрожь. К той минуте, когда Маша открыла калитку и пошла по травяной тропинке, глупость собственных мыслей уже была ей так очевидна, что оставалось только недоумевать: с чего она взяла, что Женя ее бросит, почему пришла в такой ужас от перспективы недельной разлуки? Ей казалось, что даже морозовский дом смотрит на нее с удивлением всеми своими окнами.

Окна первого этажа были ярко освещены и поэтому закрыты, чтобы мошки на свет не налетели. Но когда Маша уже поворачивала за угол, к своей лестнице в давно отцветших жасминовых кустах, одно окно распахнулось. От этого деревенского способа коммуникации, ставшего уже привычным, она совсем успокоилась.

— Наконец-то! — Вера выглянула из окна. — Мы тебя ждали-ждали, проголодались и сели за стол. Но съели еще не все, присоединяйся.

«Кто — мы?» — чуть не спросила Маша.

Но тут же вспомнила: да ведь сын ее приехал. Вера и на ужин звала, и, кажется, к какому-то определенному времени, а она забыла, потому что собиралась остаться у Жени, то есть не собиралась, а хотела, чтобы он ее оставил, но вот как вышло.

— Ой! — воскликнула Маша. — Я совсем забыла, извините!

— Не извиняйся, а входи.

Друзей у Веры было немало, в том числе среди соседей, каждый день кто-нибудь забегал то на чай, то просто поболтать, но сейчас за столом в гостиной сидели только ее сын с женой — с Мариной, ее имя Маша вспомнила.

Марина была так же располагающе мила, как при первой встрече за этим же столом, а сын, появившийся впервые после Машиного водворения в морозовском доме, производил странное впечатление. Удивительно было, что у Веры с ее колдовской догадливостью и всегдашним блеском в глазах сын выглядит так отстраненно. Совсем не похож на нее. То есть чертами лица, может, и похож, но всем обликом — ни капельки. Закрытый, едва ли не мрачный, и даже цвета глаз не разберешь.

Но какое ей дело до его глаз? Маша поздоровалась, сообщила, что она Маша, узнала, что напротив нее рядом с Мариной за столом сидит Кирилл, и разговор, начавшийся до ее появления, продолжился. Есть ей не хотелось: не совсем еще прошло недавнее волнение. К тому же говорили по-английски, так что приходилось изо всех сил вслушиваться, чтобы улавливать суть, а жевание создавало в ушах ненужный шум и потому мешало.

«Ничего себе у Веры родственнички! — подумала она. — Вот так вот приедут навестить, и не разберешь, дома ты или на международных переговорах».

Но возможность послушать разговорный английский — вернее, американский, Маша сразу это поняла, не зря же сериалы смотрела, — была во всяком случае поинтереснее, чем еда, даже такая аппетитная, как сейчас на столе.

— У моей бабушки было похожее кольцо, — сказала Марина. — Она вообще похожа была на тебя.

— Лестно слышать, — ответила Вера.

— Я ее помню только очень-очень старой, но и тогда она была так же, как ты, самодостаточна.

Маша обрадовалась, что поняла это непростое слово.

— Я — самодостаточна? — удивилась Вера. — Хотя... Теперь, наверное, да, ты права.

Ее сын поднял глаза от айфона и посмотрел на нее непонятным взглядом.

— Представь, моя прабабушка могла стать алкоголиком, — сказала Марина.

— Ну, это многие могут, — усмехнулась Вера.

— Но она почти стала. — Марина улыбнулась тоже. — Не потенциально, а реально.

Улыбка была прекрасная. Естественность ее облика больше всего на улыбке и держалась.

— Как же с ней это получилось? — спросила Маша.

Ей было до того интересно, что она даже не побоялась ошибиться, задавая вопрос. Правда, она и вообще этого не боялась. Ее английские курсы в Брайтоне начались с того, что преподаватель сказал:

— Самое глупое, что вы можете делать, это бояться речевых ошибок. Представьте, что в Москве к вам подходит иностранец и спрашивает: как моя будет проходить на Красный площадка и Кремль? Ведь вы поймете, чего он хочет, правда? И не станете над ним смеяться, а просто покажете дорогу. Ну и над вами никто не станет смеяться в Англии. Говорите как можете и не беспокойтесь совсем.

— В юности моя прабабушка была флэппер, — ответила Марина, глядя на Машу с доброжелательным интересом. — Эмансипированная, платье до колен. Все это шокировало общество. А она вдобавок работала в офисе, была финансово независима и ходила на коктейльные вечеринки в тайные клубы. Тогда как раз ввели сухой закон, алкоголь стал запретной роскошью. И тогда же придумали коктейльные кольца.

Маша невольно взглянула на Веру, хотя кольцо с бледно-зеленым камнем видела на ее руке сто раз, а вернее, всегда. Ее удивило, что та слушает рассказ, казавшийся Маше интересным, с совершенно бесстрастным лицом. Тоже сто раз уже слышала, наверное. В руке она держала бокал, вино отражалось в камне, и от этого он переливался, меняя цвет.

— Если девушка ходила на коктейльные вечеринки и носила такое вызывающе огромное кольцо, то она будто бы говорила «давай выпьем вдвоем», — объяснила Марина. — Так к этому относились тогда. И конечно, это означало, что она независима.

— Почему? — спросила Маша.

Все остальные молчали.

— Потому что сама купила себе дорогое кольцо.

— Не обязательно сама купила, — заметила Маша. — Мог и муж подарить.

— Считалось, что мужья не дарят коктейльные кольца, — сказала Марина. — И даже считалось, что коктейльное кольцо — антитеза обручальному.

— А Вера... — начала было Маша.

Она хотела сказать, что Вера-то как раз носит свое кольцо на правой руке, как обручальное, но осеклась.

— На правой руке носят обручальные кольца только в России, — сказала Вера. — А в Европе, в Америке — да, антитеза.

Маша уже не удивлялась, что та угадывает ее мысли, и даже не мысли, а намерения мыслей, и даже не угадывает, а будто бы слышит. Но кристальная бесстрастность в Верином голосе все-таки показалась ей необычной.

— То прабабушкино кольцо потом носила и моя бабушка, — сказала Марина. — В шестидесятые годы они снова стали невероятно популярны. Это неудивительно.

— Да, тогда в моде был вызов, — тем же бесстрастным тоном произнесла Вера. — Везде в мире все менялось на глазах. Во всяком случае, нам так казалось. Маша, почему ты не ешь? — спросила она. — И ты тоже, Кир.

— Я сыт, мама, — по-русски ответил Кирилл. — И жду варенья с ядрышками. Это не значит, что пора перейти к чаю, — уточнил он.

— Варенье мы сварили, — кивнула Вера.

— Кто — мы? — спросил он.

— Мы с Машей.

— Я только по банкам разливала, — возразила Маша. — И то разбила одну.

Все перешли на русский и стали говорить про варенье и прочее подобное. Оказалось, что Верин сын вовсе не мрачный, а такой же непринужденный, как его жена, просто у него отстраненная манера держаться. Он вспоминал про сад каких-то Левертовых с улицы Сурикова, про смородиновые кусты, которые в нем росли, и как Евгения Вениаминовна Левертова приносила из своего сада смородину размером с вишню всем соседям, потому что урожай с этих по науке выращенных кустов получался небывалый, а бабушка Люся делала страшно вкусный мусс и тоже всех соседей угощала, и только он, родной внук, мусс этот есть не мог, потому что в детстве на смородину у него была аллергия.

— Для меня это всегда было феерией, — сказала Марина. — Я говорю о домашней еде, невероятно вкусной в России, — пояснила она Маше, которая смотрела на нее во все глаза.

И как было не смотреть!

«Если бы я была наполовину такая красивая, — думала она, слушая историю о том, как Марина впервые попробовала икру из запеченных баклажанов, — то Женя, может, и на съемки без меня не поехал бы».

Стоило ей подумать о Жене даже таким случайным образом, как печаль охватила ее. Нет, печаль неправильное слово. От того, что его нет рядом и так долго еще, невозможно долго рядом не будет, Маша чуть не заплакала.

— Я вернусь к чаю, — сказал Кирилл, вставая. — А сейчас должен отвлечься. Интернет по-прежнему быстрее работает в саду?

— Да, — ответила Вера. — Это плохо?

— Приемлемо. Я сяду в беседке.

— Удача, что Кир вообще смог приехать в Москву, — сказала Марина, когда ее муж вышел через балконную дверь на веранду, а оттуда в сад. — Он работает так много, что это много даже для Америки. Друзья-немцы, с которыми мы учились в Стэнфорде, недавно уехали домой. Сказали, что американцы крэйзи, а они нормальные люди и хотят не только работать, но и жить.

«Кирилл что ли ненормальный и жить не хочет?» — подумала Маша.

Из Марининых слов следовало именно это, но такое впечатление могло возникнуть и от того, что русский не был ей родным. Это было понятно, несмотря на ее русское имя и на то, что не все русские говорили по-русски так грамотно, как она.

Но что означают слова Вериной невестки, как работает ее сын, нормально это или нет, — все не имело значения по сравнению с тем, что неделя это все-таки не очень долго, она пройдет, и Женя улыбнется мимолетной своей улыбкой, и обнимет прямо на пороге, потому что Маша выйдет ему навстречу, потому что, конечно, будет ждать его в этот день и не захочет пропустить ни одной минуты, которую уже можно будет провести с ним.

Она смотрела сквозь стеклянную дверь на августовский сад, на разноцветные флоксы, на Вериного сына, сидящего за ноутбуком в беседке, увитой актинидией, и улыбалась той улыбкой, которой может улыбаться только бесконечно счастливый человек.

Глава 16

Летняя краткость ночей сошла уже на нет, в августе темнело почти по-осеннему, и силуэт Кирилла едва угадывался в беседке. Но экран освещал лицо, и Вера видела все его черты ясно. Впрочем, она и без света видела бы их так же. Связь с сыном, поразившая ее в ту минуту, когда акушерка подняла его над столом в родзале и она встретила его совершенно взрослый и направленный на нее взгляд, не менялась ни в какую минуту ее жизни и ни на одну минуту не прерывалась. Если бы она сказала об этом вслух, прозвучало бы трогательно, но в действительности эта связь была не трогательна, а пронзительна, и выдерживать ее было нелегко, иногда даже мучительно.

«Какое счастье, что он приехал, — подумала она. — Какое это огромное, невозможное счастье!»

Кирилл закрыл ноутбук. Вера спустилась с веранды в сад и пошла по тропинке, посыпанной мелкой белой галькой.

— Ты еще занят? — спросила она, останавливаясь у беседки.

Отстраненное выражение его лица не обманывало ее. Такое оно всегда, и это всегда означает разное.

— Все, ма, — ответил он. — И завтра днем буду весь твой.

— Надеюсь. В Америке-то завтра днем будет ночь. Не исключено, что работа на некоторое время остановится.

— Извини.

— Ничего. Посижу с тобой?

— Конечно. Я еще не собираюсь спать.

— Из-за джетлага?

— У меня его не бывает. Могу идти в дипломаты.

— Ты хочешь?

— Точно нет. Странно, что ты спрашиваешь.

— Я боюсь, что перестану тебя понимать, — сказала она почти жалобно.

— Если этого до сих пор не случилось, то не случится и впредь.

— Ты не теряешь язык. — Она улыбнулась. — Читаешь русские книжки?

— Давно нет. — Он покачал головой. — Классику перечитывать некогда, а в новинках ничего существенного не попадается. Русские авторы стали как-то провинциальны, тебе не кажется? Их волнуют локальные проблемы. Как будто не было ни Достоевского, ни Чехова.

— Или критики не высвечивают тех, кого стоило бы высветить. И тебе просто неоткуда о них узнать. Даже я уже замечаю: те, о ком много пишут, не оказываются мне интересны. И вряд ли дело в моем снобизме.

На соседском доме висели фонарики, они освещали и морозовский участок. Кирилл говорил ровно, ясно, и так же ясно видны были Вере все подробности черт и выражений его лица. И снова она поймала себя на мысли: это и без света было бы так.

Он улыбнулся той редкой улыбкой, которая меняла его лицо.

— Кстати, может получиться так, — сказал он, — что я некоторое время буду работать в Москве. Ты рада?

Вера почувствовала, как задрожало сердце. Счастье было таким сильным, что показалось ей паникой.

— Сказала бы — да. Но боюсь.

— Чего?

В его голосе и взгляде появилось недоумение.

— Боюсь, ты подумаешь, что в этом есть для меня необходимость.

— А ее нет!.. — произнес он то ли вопросительно, то ли укоризненно.

— Бытовой — нет.

— Эта Маша тебе помогает?

— С чего ты взял? — удивилась Вера.

— Ты сказала, что вы вместе варили варенье.

— А, это!.. Просто совпало. С таким же успехом могла зайти Нэла Гербольд, и варенье варили бы с ней. Она опять сошлась с Антоном, знаешь? И счастлива.

Вера понимала, что уводит сына от неприятного ей разговора об одиночестве так неуклюже, что он может это и заметить. Ну какое ему дело до Нэлы? В казаки-разбойники когда-то вместе играли, не более. Он ее и не помнит, наверное.

— Да, Нэлка мне писала, — кивнул Кирилл. — Турбулентное счастье у нее, я бы сказал. Хорошо, ее муж все-таки спохватился, что ему досталось сокровище, которое глупо было бы потерять.

«Ну да, фейсбук, инстаграм, — подумала Вера. — Все давно всех нашли и знают, у кого какой сегодня обед на другом конце света».

— Машина фамилия Морозова, кстати, — сказала она.

— И поэтому ты сдала ей мансарду?

Какая глупость! Сама вернула его к теме, от которой сама же хотела уйти.

— Это вышло случайно. — Вера надеялась, что спокойствие ее тона замаскирует ложь. — Она быстроумная и добросердечная. И из Норильска.

— Это что-нибудь для тебя значит?

Когда Кирилл хотел в чем-либо разобраться, обойти его намерение было сложно. Он умел задействовать сразу все направления, которые вели к цели. Системное мышление.

— Для меня — уже ничего. — Вера пожала плечами. — Бабушка Оля еще вздрагивала при этом слове. Но ее можно было понять.

— Не заговаривай мне зубы, — поморщился он. — Причем бабушка Оля, причем Норильск? Тебе одиноко, но ты не решаешься мне об этом сказать.

— Зачем бы я стала темнить? Прямодушным Бог дарует благо.

— Как-как? — заинтересовался он. — Откуда ты знаешь?

— От псалмопевца, — улыбнулась Вера. — Не волнуйся обо мне, Кирка. Я самодостаточна, твоя жена правильно заметила. Она по-прежнему в Нью-Йорке?

— Конечно.

— И как ее дела?

— Прекрасно. Только что была выставка. О ней много писали.

— Да, Марина мне присылала ссылки.

— Тогда почему ты спрашиваешь меня?

«Чтобы мы не разговаривали обо мне», — подумала Вера.

А вслух сказала:

— Просто интересно твое мнение. И, кстати, интересно, когда вы будете жить вместе.

— Мы и так вместе, — пожал плечами Кирилл.

— Да, но... — начала было Вера.

— Это Америка, ма, — прервал он. — Когда муж с женой живут на разных побережьях, это нормально.

Кирилл всегда резко реагировал на попытку вторжения в его личное пространство, даже когда никто и слов таких еще не знал, ни он сам, ни Вера. Странно было бы, если бы это изменилось к сорока его годам.

«Он здесь, — подумала она. — Он здесь, со мной, сколько бы это ни продлилось. Он похож на всех, кого я любила. Он смотрит, как они, говорит, как они, с теми же интонациями».

— Это нормально, — повторил Кирилл. — Так бывает.

Глава 17

— Так бывает, Верочка. Чаще всего так и бывает.

Бабушка никогда не говорила с ней как с ребенком, поэтому ее слова прозвучали обидно. То есть прозвучали бы так, если бы Вера могла сейчас испытывать такое мелкое чувство, как обида. Если бы она вообще могла что-нибудь чувствовать.

Вчера, когда она сказала, что Свен предложил ей выйти за него замуж, мама вскрикнула. В ее вскрике прозвучал ужас.

— Ты уверена? — В бабушкином голосе, напротив, не послышалось ни отзвука волнения. — Ты правильно его поняла?

— Правильно, правильно. — Вера знала, что улыбка на ее лице выглядит блаженной, но это было ей все равно. — Оказалось, что я хорошо знаю английский.

— И что ты ему ответила?

— Я его люблю.

— А все же?

— Ответила, что согласна. Свен придет завтра к пяти и сам вам об этом скажет. И... В общем, я и так уже его жена.

— Не трудно догадаться. — Бабушка пожала плечами и, обернувшись к маме, сказала: — Люся, ты так рыдаешь, будто твоя дочь собирается замуж за каторжника. Если все действительно так, как она говорит, за нее стоит порадоваться.

Веру немного покоробила рациональность, с которой бабушка относится к тому, что саму ее приводит в трепет и лишает ясных слов. Но бабушка ко всему относилась именно так, и трудно было бы ожидать, что известие о замужестве внучки окажется исключением.

— Господи, чему радоваться?! — воскликнула мама. — Ей восемнадцать лет! И... что дальше?..

— Кстати, — сказала бабушка, — это резонный вопрос, Вера. Где он намеревается жить?

— В Швеции. — Вера удивленно пожала плечами. — Где еще?

— Кто его знает, — усмехнулась бабушка. — Может, он коммунист и мечтает поселиться на родине Ленина.

— Я не спрашивала, но кажется, нет, — покачала головой Вера. — Его отец пастор, вряд ли Свен может быть коммунистом.

— Может быть все, — заметила бабушка. — Но это мы выясним уже у него. А ты?

— Что — я? — не поняла Вера.

— Ты собираешься уехать с ним?

— Ба, ты сегодня какая-то!.. — воскликнула она. — Странные вопросы задаешь. Если я выхожу за него замуж, то как же могу не уехать с ним?

— Выхожу... — Мамин голос срывался то на крик, то на шепот. — Кто тебе позволит выйти?! Господи, ты совсем ничего... Ты просто ребенок...

— Мама! — Вера оторопела от возмущения. — Что ты говоришь?! Мы с ним любим друг друга! Кто может нам... Как ты можешь нам запретить?!

Мама посмотрела на Веру так, словно считала ее даже не просто ребенком, а младенцем, и замолчала. В ее глазах плескался страх.

— Люся, прекрати! — прикрикнула бабушка. — Не буди лихо, пока оно тихо.

Веру рассердил этот обмен бессмысленными фразами, она ушла в свою комнату и села за фортепиано.

Но занималась машинально, и вряд ли из-под ее пальцев выходило что-нибудь толковое. Музыка не будоражила, не волновала, как это бывало всегда, но лишь вводила ее сознание в какое-то измененное состояние, в котором легче было дожидаться завтрашнего дня.

И сон, отделивший завтрашний день от сегодняшнего, был не сном, а забытьем.

И вот теперь этот завтрашний день пришел и прошел, они снова сидят втроем в той же комнате, на тех же местах за столом, разговор их будто не прерывался, и что делать, непонятно.

— Вера, ничего страшного не произошло. — Видимо, бабушке надоело утешать, и тон ее сделался жестким. — Даже если ты действительно успела влюбиться, разочарование не окажется чрезмерно сильным. Слишком недолго вы были знакомы и слишком все это было... маловероятно, твоя мама права.

Были, было!.. Как можно говорить об этом, будто о прошлом?!

— Не говори так! — воскликнула Вера. — Свен... С ним ничего не случилось!

— Я тоже не вижу причин для паники, — кивнула бабушка. — Как и для того, чтобы до ночи выглядывать суженого в окошко. К счастью, склад твоей личности таков, что тебе есть чем наполнить свою жизнь и без него.

Бабушка была скупа на похвалы, и если бы Вера услышала такое про склад своей личности еще вчера, то была бы польщена. Но сегодняшний невыносимый день все переменил. Он был наполнен лишь одним: ожиданием. И от того, что оно оказалось бесплодным, Вера чувствовала себя как шарик, из которого вдруг выпустили весь воздух.

Ах, если бы как шарик!.. Уже на следующий день, да что там, еще ночью она поняла, что это первоначальное ощущение опустошенности было все-таки благом.

Ночь она провела без сна. Казалось, в грудь ей вложили раскаленный кусок металла — ни вынуть невозможно, ни вытерпеть. В ушах звенело, губы ссохлись, глазные яблоки готовы были лопнуть... Все это было так мучительно и обрушилось на нее так внезапно, что она не сразу смогла осознать, от чего происходит такое состояние. Но к утру боль не то чтобы утихла, скорее, сделалась не резкой, а ровно саднящей, и Вера начала потихоньку разбираться, прислушиваться, вглядываться, даже разговаривать с нею.

«Мне стыдно, что он меня обманул? Обидно, что бросил? Ах, какая ерунда! Стыд, обида... Все это вообще ничего не значит. Мне без него невыносимо. Только это имеет значение. Я не могу без него жить, не хочу без него жить. Что мне делать?!»

Ни ответа не было на этот вопрос, ни сна, который принес бы облегчение, затуманив разум. Вера чувствовала свой разум физически, как жгучий шар у себя в голове. Оттого и губы сохли, и глаза выдавливались из глазниц.

Посветлело окно. Она поднялась с кровати, прошла несколько шагов вперед, вправо, влево. Комната была маленькая, и Вера ударялась то коленями о стул, то боками об углы стола и комода. Наконец она запнулась о круглую табуретку возле фортепиано и села на нее. Это неожиданно успокоило. Тысячи раз, устраиваясь на этой вертящейся табуретке, Вера ощущала именно такое спокойствие, поэтому сразу узнала его.

Инструмент был открыт. Она положила руки на клавиши. Звук показался слишком громким, ударил в уши, но почему-то успокоило и это. Она проиграла первые такты до-минорного ноктюрна Шопена. Тупая боль в сердце оставалась неизменной, но в глазах — утихла. Она смогла сглотнуть слюну, которая наконец наполнила горящий рот. Пальцы двигались совсем иначе, чем всегда. Раньше Вера, может быть, назвала бы их движение легким, но теперь она знала, что это слово не подходит совсем. В пальцах появилась какая-то невозможная гибкость. Кисть приобрела способность двигаться так, словно кости и сухожилия исчезли из нее совсем. Вера впервые понимала, что размеренный аккомпанемент в левой руке — это похоронная процессия, траурный марш. Отчаяние, и ужас были в ее игре.

Она провела за фортепиано весь следующий день — в ночной рубашке, босиком. Мама открывала дверь и плакала, стоя на пороге. Бабушка вошла в комнату, послушала, ушла. Вечером вошла снова и, сняв Верины руки с клавиатуры, опустила крышку фортепиано. Помогла дойти до туалета. Отвела в комнату снова. Мама принесла что-то в стакане. От горячего чая с малиновым вареньем — принесено было, оказывается, это — Веру прошиб пот. Она не помнила, как снимали с нее насквозь мокрую ночную рубашку, как переодевали в сухую.

Проспала она сутки. Проснулась с такой слабостью во всем теле, что не сразу смогла подняться с кровати. Но поднялась все-таки, оделась, умылась, причесалась. Она делала все это машинально, но руки у нее не дрожали. Не дрожали они и когда она снова села за фортепиано. Мама испугалась, стала уговаривать не играть, просила прилечь, но Вера сказала, поморщившись:

— Мама, я не сошла с ума. Мне так лучше. Я могу жить.

Эти простые слова точно описывали то, что она чувствовала. Все следующий дни — сколько их прошло, три, пять, быть может, — Вера играла все более ровно. То смутное, мощное, пугающее, что она ощутила в себе, в своих пальцах в первый день, сменилось рациональной способностью извлекать из инструмента предчувствуемые звуки в единственно правильном порядке. Она повторяла и повторяла одни и те же пассажи, играла Бетховена как гаммы, и гаммы играла тоже.

— Все это к лучшему, быть может, — сказала бабушка. — Поступит в консерваторию. Она ведь хотела. Собственно, только того и хотела, пока не появился этот... К лучшему, к лучшему, — повторила она.

Вера слышала ее слова через открытое окно. Бабушка с мамой сидели за столом в саду и перебирали на варенье ягоды или, может, абрикосы. Правды не было в бабушкиных словах, но возражать Вера не хотела. Не потому, что не было сил возражать — силы как раз восстановились, и она владела ими в полной мере, как никогда раньше, — но из-за сосредоточенности, в которой находилась. Сосредоточенность позволяла не думать ни о чем, кроме музыки, и тем была для нее спасительна, она это понимала и не хотела разрушать ее пустыми разговорами.

Так она занималась все время, остающееся до вступительных. За день до первого экзамена, вернувшись с консультации, Вера села за инструмент, чтобы проиграть этюд Листа, не дававшийся ей накануне. Она думала только об этом этюде. Только о том, как сыграет послезавтра. Только о том, как станет студенткой и ее жизнь снова войдет в ровные берега, из которых Свен непонятно зачем вывел ее, чтобы потом бросить.

Она положила руки на клавиши и поняла, что играть не может. Правую кисть словно судорогой сковало. Выглядела она совершенно обычно, пальцы не были

ни вытянуты, ни скрючены. Но пошевелить ими Вера не могла.

Все, что происходило назавтра — врач, еще один врач в поликлинике Большого театра, разговор с Леонидом Иосифовичем, который вел у нее специальность, потом с директором Мерзляковского училища, — происходило будто не с нею.

— Вера, вы поступите в следующем году, — сказал Леонид Иосифович. — У меня в этом нет ни малейшего сомнения. Вы сделали колоссальный рывок, это будет иметь последствия.

— Это уже имеет последствия, — безучастно проговорила она.

— Да. Если бы я знал, сколько вы занимаетесь, то просто запретил бы вам это. Но я полагал, вы сами понимаете… Переиграли руку, так бывает, к сожалению. Но это не приговор, Верочка.

Может, это не было приговором. Но и совпадением не было тоже, она даже не чувствовала это, а просто знала. И, подтверждая ее знание, рука тупо ныла от кисти до локтя.

Выйдя из Мерзляковки, Вера чуть не попала под машину у Никитских ворот.

«Надо взять себя в руки. Погибнуть глупо. Стать инвалидом еще глупее».

Все это ей пришлось проговорить себе так отчетливо, что, может быть, даже вслух; она не была уверена, что идет по Тверскому бульвару молча.

— Вера Кирилловна, постойте-ка.

Ее никто никогда не называл по отчеству. Это прозвучало так неожиданно, что она в самом деле остановилась, обернулась.

— День добрый, Вера Кирилловна.

Ей показалось, что человек, стоящий перед нею, повторяет ее отчество для того, чтобы ошеломить. Да, наверняка так. Дни, таким новым, таким странным образом проведенные за инструментом, обострили не только ее музыкальные способности — бесплодно обострили, как теперь стало понятно, — но и все, что бабушка назвала складом личности.

Вследствие этого Вера понимала, что видит человека ничтожного и самоуверенного. Но не все ли равно? Даже если бы на его месте стоял сказочный принц, желания поговорить с ним у нее не возникло бы. А единственный человек, который был ей необходим как воздух, как сама жизнь, появиться перед ней не мог. Она точно знала, что не мог, хотя не понимала, почему это так.

— Что, Вера Кирилловна, натворили дел? — сказал ее неожиданный визави. — На скамеечку давайте присядем. Вот тут, за Тимирязевым.

— Зачем? — спросила Вера. — Кто вы?

Разговоров с незнакомцами на улице, тем более в разгар дня на Тверском бульваре, она, разумеется, не боялась. Но в этом незнакомце было что-то знакомое и настолько неприятное, что разговаривать с ним не хотелось не из страха, а из брезгливости. Да-да, впервые в жизни Вера чувствовала брезгливость по отношению к человеку. Это было так странно, что вызвало у нее неловкость за себя, и вследствие этой неловкости, иначе не объяснить, она села на скамейку, на которую он ей указал.

— Кто я, в деталях вам знать ни к чему, — сказал он. И добавил с пошлой многозначительностью: — Пока ни к чему. Выполняю свои служебные обязанности, достаточно вам будет. Ну что, Вера Кирилловна, доигрались?

Отвращение к нему сделалось таким сильным, что пересилило неловкость.

— Почему вы называете меня по отчеству? — холодно произнесла она.

— А ты как думала? — В его голосе явственно послышалась издевка. — Маленькой девочкой хотела считаться? Не получится. Умеешь перед мужиком ноги раздвигать, умей и отвечать по-взрослому.

Эти слова были так грубы, что словно по лицу ее ударили. И сразу же Вера поняла, почему собеседник показался ей знакомым. Нет, она никогда не видела его, но ощущение, что ей дали пощечину, испытала, и совсем недавно. Когда тип такой же бесцветный, как этот, материализовавшись за ее спиной у памятника Маяковскому, произнес таким же тоном: «Подумай, шлюшка, с кем связалась», — и это подействовало на нее как плевок в лицо или пощечина, хотя ни того ни другого ей никогда получать не приходилось.

Но если тогда, у памятника Маяковскому, Вера хватала воздух ртом, не зная, что сказать, и чуть не крича от растерянности, то теперь, у памятника Тимирязеву, она почувствовала совсем другое. Не просто холодное, но ледяное спокойствие охватило ее.

— Прекратите меня оскорблять. — Голос тоже стал ледяным, и она слышала его будто со стороны. — Я не собираюсь с вами разговаривать и немедленно ухожу.

Она сделала движение, чтобы подняться со скамейки, но он быстро схватил ее за руку. Захват был такой, точно удержать требовалось не Веру, а чемпиона по вольной борьбе. Она чуть не вскрикнула от того, как сжали запястье его пальцы.

— Не бойся, не сломаю ручку драгоценную. — Он ухмыльнулся, глядя ей в лицо прозрачными глазами. — Хоть она тебе и без надобности теперь, а? Ложку удержишь, и скажи спасибо. На завод устроишься, с голоду не помрешь. У нас тут не капстрана Швеция.

Вера сидела молча и неподвижно. Он не напугал ее и даже не ошеломил. Но ей необходимо было собрать все силы для того, чтобы не вслушиваться в его слова. Она понимала, что будет, если они приживутся, обустроятся у нее в голове — какую власть приобретет над нею выраженная ими подлая мысль.

— А вот ведь как вышло. — Он ухмыльнулся снова. — С рукой-то, а? Сама жизнь тебя на место поставила. Нам и вмешиваться не пришлось.

— Во что вмешиваться? — машинально спросила она.

— Ну как во что? Ты же в консерваторию собиралась поступать. А сама с гражданином капиталистической страны вступила в половую связь. И, может, не только в половую. Какая после этого может быть консерватория? Вот тебя Бог и наказал. Веришь в Бога? Мамаша в церковь бегает, мы знаем. А еще преподаватель вуза! Ладно, мамаша это не твой вопрос. А вот во что тебя твой швед втянул...

— Он ни во что меня не втягивал!

Тут же ей стало стыдно за свой выкрик. Как будто оправдывается перед этим типом.

— Мои личные отношения с кем бы то ни было это мое личное дело. Они никого не касаются, — произнесла она тем холодным тоном, который сразу взяла в разговоре с ним.

— Ой-ой-ой, будет она меня учить! — хмыкнул он. — Соплячка. Какое он здесь задание выполнял, это тебе известно? Вон три года назад точно такие иностранцы картину из Музея изобразительных искусств похитили, до сих пор найти не можем, за границу вывезли, конечно.

— Какую картину? — ошеломленно спросила она.

— Портрет святого Луки.

Он ответил так, будто ее интересовало название. В ошеломляющей абсурдности его ответа было то же издевательство, что и в обращении к ней то по имени-отчеству, то на «ты», что и в грубости, с которой он говорил о ее раздвинутых ногах. Все это было одно, она почему-то знала, и нельзя было позволить ему подступиться к ней никаким из способов, которыми он владел.

Наверное, он ожидал, что она спросит еще что-нибудь — про картину, и при чем здесь Свен, и при чем она... Но Вера молчала.

— С какой целью он в Прагу из Швеции прибыл, а потом из Праги сюда? — Ему пришлось прервать молчание первым. — Почему именно сейчас? Ты вообще представляешь себе, что в этой Чехословакии сейчас творится?

Она вспомнила, как Свен рассказывал ей о своих съемках на улицах Праги, о том, что людей переменила пражская весна, буквально переменила, лица словно подсвечены изнутри, это будет видно на пленке, и он хочет построить фильм на особенной игре света, но, конечно, это станет только внешним выражением того, на чем его фильм будет построен... Она скорее откусила бы себе язык, чем рассказала что-нибудь из всего этого бесцветному типу, который вглядывается в ее глаза с цепкой злобой и вливает ей в уши замедленный яд, который будет потом отравлять ее мозг и выжигать душу.

— Где сейчас Свен? — спросила Вера.

Ей пришлось собрать все силы, чтобы это спросить. Ответ страшил, но был ей необходим.

— Для тебя — на том свете.

Несмотря на издевательский тон она поняла, что к смерти эти слова отношения не имеют. Но все равно, как же они оказались мучительны! Физически мучительны, как удар в живот. Она ощутила от них боль, тянущую и тупую.

— Ты его больше не увидишь. — Голос бесцветноглазого вздрагивал от удовольствия, которое он получал от каждого слова, и его удовольствие тоже было физическим, Вера это слышала. — И ничего больше не увидишь. По гастролям хотела ездить? Мир посмотреть, все такое... Бабка нарассказывала небось. А вот не поездишь теперь. И аплодисментов не дождешься. — Он нанизывал подлые эти слова, как бусины на леску, и ожерелье, которое при этом получалось, сдавливало Вере горло. — Будет у тебя жизнь пустая. Убогая. Нищая. А как ты хотела? Знаю я вас, таких. Много об себе понимаете. Не научила вас жизнь не высовываться. Всё чего-то особенного хотите добиться. Ну так ничего ты не добьешься!

Последнюю фразу он почти выкрикнул, и с таким торжеством, что Вере показалось, сейчас он забьется в конвульсиях. Она вздрогнула. Но не от того, что испугалась, а потому что природа этих конвульсий, физическая, даже физиологическая природа, была слишком похожа на то, что она впервые увидела совсем недавно, когда Свен... Но этого не могло быть! То ведь было совсем другое...

Мысль эта — может быть, не мысль даже, а лишь ощущение — мелькнула в ее голове и тут же исчезла. Иное ощущение стало таким сильным, что не обращать на него внимания было невозможно... Боль, которую она почувствовала, когда бесцветный сказал, что она может считать Свена мертвым, действительно была физической болью, в этом теперь не было сомнений. Она сжала живот, выплеснулась вниз, и Вера инстинктивно схватилась за подол платья, натянула его на колени.

— Услышала, что сказал? — с гнусной своей ухмылкой произнес бесцветноглазый. — Давай, осмысляй. Времени у тебя теперь достаточно. И мой тебе добрый совет: сиди как мышь за веником. Чтобы мы про тебя забыли.

Может быть, он сказал еще что-то прежде чем поднялся со скамейки и пошел по бульвару, растворяясь в летней дымке. Может быть, о чем-то ее спросил. Вера не слышала, не отвечала — отчаяние охватило ее.

Все время после исчезновения Свена она была уверена, что их встреча не была случайной. Она чувствовала его в себе, он был ее частью, может быть, ее сутью, и то, что произошло между ними, не могло пройти бесследно. Она знала, что у нее будет от него ребенок, сын, это не могло быть иначе! А теперь стало очевидно, что это было наивностью, глупостью, что ее уверенность была бессмысленна до идиотизма.

Кровь выплескивалась из нее, текла по ногам, капала на песок аллеи. Вера застыла, понимая, что не может подняться со скамейки. Но стыд, обычный стыд от женского житейского казуса, она ощущала гораздо менее остро, чем отчаяние, которое не имело отношения ни к чему житейскому.

Это был крах окончательный, крушение всего, что делало ее жизнь осмысленной. Любовь, музыка, ребенок — все оказалось иллюзией, все исчезло одновременно, и единственным следом, который остался, были капли крови на песке.

Часть II

Глава 1

«Если он меня разлюбил, я повешусь. Или из окна выброшусь. Или отравлюсь».

С недавних пор Маша повторяла эти слова как мантру, и воздействие, которое они оказывали на ее жизнь, было похоже на воздействие мантры. Во всяком случае, однокурсница Арина, которая продавала через интернет мандалы и благовония, рассказывала, что мантра способна отогнать злых духов; Маша забыла, как они у буддистов называются.

Так же отгоняли злых духов и заклинания, что она не будет жить, если Женя ее разлюбит. Когда она уже впадала в отчаяние от его молчания, он вдруг звонил и просил, чтобы после матушки она зашла к нему, или предлагал встретить его возле театра после спектакля, или звал на спектакль, потому что собирался играть сегодня как-то иначе, чем раньше, и хотел, чтобы она это увидела... И сразу становилось понятно, что он любит ее по-прежнему, а его недавнее раздражение означало только, что у него было плохое настроение, или ему требовалось уединение, или с ним происходило еще что-нибудь такое, что может происходить с каждым человеком, ничего направленного именно на нее в его раздражении нет, и можно жить дальше, дышать полной грудью и ожидать, что будущее окажется таким же счастливым, каким стало для нее настоящее, когда в ее жизни появился Женя.

Но нынешнее его раздражение — или желание уединения? или нервное напряжение? она не знала — длилось уже неделю. Маша извелась так, что готова была, выходя от Элины Андреевны, нажать кнопку звонка у Жениной двери или даже просто открыть ее ключом, хотя понимала, что делать этого не надо, потому что ни к чему хорошему ее навязчивость не приведет.

Кнопку она не нажала, дверь не отперла и поплелась домой в таком унынии, от которого и мантры скоро перестанут помогать, наверное.

— У тебя что-то случилось? — поинтересовалась Вера.

Таким мимолетным тоном она всегда интересовалась тем, что не имело к ней непосредственного отношения, это Маша давно уже заметила. Ей почему-то казалось, что Вера переняла этот тон у своей бабушки Ольги Алексеевны. Портрет свидетельствовал же об их внешнем сходстве, почему не быть и сходству в манерах.

Маша в этот момент собиралась уже подняться наверх по своей лестнице, но задержалась, обрывая перезревшие гороховые стручки с веревочек у забора, а Вера как раз вышла на веранду и увидела ее.

— Не-а, — соврала Маша. — Почему сразу случилось?

— Потому что вечерами никуда не выходишь.

— Работы много, домой приходится брать. — Врать так врать, чего там. — Август же, все в отпусках.

— А ты почему не в отпуске?

— Скоро пойду.

Это тоже было враньем, но ответить честно Маша не могла. Не скажешь же: потому что Женя хочет взять отпуск осенью, в бархатный сезон. Да кстати и это тоже будет ложью, потому что он не говорил Маше о своих планах, она случайно от старушки узнала, а значит, и влияния на ее личные отпускные планы это оказывать не могло.

К счастью, Вера была так занята сейчас собственной жизнью, что до Машиной дела ей было не много. Ее сын все еще оставался в Москве и хотя дома бывал мало, Веру его присутствие как-то взвинтило или, вернее, воодушевило. Обед она теперь готовила каждый день, было в этом даже что-то лихорадочное, зато Маша наконец поняла, что имела в виду Верина невестка, когда говорила, что российская домашняя еда это феерия. Машина мама готовила просто и сытно, ничего феерического в ее готовке не было, суп да мясо с макаронами. А все московские подружки и того не умели — обедали в кафе, заказывали еду на дом или обходились тем, что, принеся из супермаркета, надо было только разогреть. Несколько раз, когда у Веры бывали гости, Маша ела вместе со всеми всякие вкусные штуки, но не знала, откуда они взялись, Вера в лавке какой-нибудь купила или гости принесли, может, да и не очень она об этом задумывалась.

Теперь же, если бы не безотказный метаболизм, Маша растолстела бы точно. Каждый день к обеду бывали какие-то рассольники или селянки, котлеты по-молдавски или гювеч, сливовые пироги и французские торты из красной смородины, и все это в таком количестве, что оставалось и к Машиному возвращению с работы. И когда невестка Марина уехала сначала в Петербург, а потом на этюды в Плес, еды не стало меньше, хотя вряд ли Верин сын нуждался в таких обильных и разнообразных обедах — однажды Вера сказала, что днем он появляется дома на какой-нибудь час.

В общем, можно было догадаться, что Машино настроение Веру не интересует точно. И прекрасно — она предпочла бы, чтобы та вообще не вспоминала о ее существовании. Если бы кто-нибудь еще совсем недавно сказал, что это будет так, Маша не поверила бы, но теперь необходимость общаться хоть с одной Верой, хоть еще и с ее родственниками стала для нее тягостной. Женя заполнял ее всю, по уши, и любое другое существо или событие оказывалось у нее внутри инородным. Ее просто затапливало от всего лишнего, она боялась захлебнуться.

Но иногда заходить к Вере все-таки приходилось, хотя бы по необходимости, и именно о такой необходимости та сообщила Маше сразу после того, как спросила про отпуск.

— У Нины внучка точно такого размера, как ты. И роста такого же, — объяснила Вера. — Нина ей платье шьет.

— Зачем? — удивилась Маша.

«Бедная внучка, — подумала она при этом. — И ведь никуда не денешься, придется носить. Ну, она, может, не часто бабушку навещает».

Наверное, все это ясно читалось у нее в глазах, потому что Вера засмеялась и сказала:

— Нина, между прочим, закройщица высокого класса, у Сен-Лорана когда-то стажировалась. Зашел разговор о моде шестидесятых, внучка и заинтересовалась. Так что можешь бедной девочке не сочувствовать, совсем наоборот, — добавила она со своей колдовской догадливостью. — Та сейчас по Италии путешествует, Нина хочет к ее возвращению платье сшить сюрпризом, но нужна примерка. Заодно отвлечешься, — добавила она тем своим тоном, который Маша как раз и приписывала Ольге Алексеевне Морозовой.

И вот Маша стояла посередине комнаты на табуретке, а эта самая Нина, крошечная, как карлица, закалывала подол платья, которое в самом деле оказалось совершенно сумасшедшим. В нем не было ни единой линии, которая не притягивала бы внимание, и непонятно было, почему так. Оно было очень простое, без воротника и рукавов, в крупную и странную цветную клетку. Нина сказала, что это мотивы живописи Питера Мондриана, что шестьдесят лет назад такие платья из новой сен-лорановской коллекции убили весь Париж наповал, а Маша подумала, что сама бы от такого наповал убилась.

Взять ноты для дочери, которой Вера давала уроки музыки, зашла еще одна соседка, ту звали Наташа. По сравнению с Верой обе они выглядели старушками, хотя, судя по разговору, в котором мелькали общие соколянские воспоминания, понятно было, что они ровесницы. Недавно Маша искала в сети зачем-то понадобившийся Жене альбом древнерусской живописи, с тех пор изображения всяческих икон и фресок так и сыпались на нее из всех девайсов, поэтому она сразу подумала, что Наташа похожа на портрет кисти Феофана Грека. Работала она в школе и все время, пока шла примерка, рассказывала, как воспитывает в своих учениках гражданственность.

— Наташка, прекрати об этом говорить, я тебя по-человечески прошу, — сказала наконец Вера.

— Это многим неинтересно, я знаю, — усмехнулась та.

— Дело не в интересе.

В Верином голосе мелькнуло раздражение. Это было так непривычно, что Маша даже обернулась, чтобы увидеть ее лицо, и укололась о Нинину булавку.

— Мы должны это делать для детей, — твердо сказала Наташа. — Порядочные люди делали это для нас, и мы должны передавать эстафету. Несмотря ни на что.

— Да невыносимо же это! — Воскликнула Вера. В голосе ее слышалось уже не раздражение, а что-то гораздо более сильное. — Невыносимо снова об этом говорить, еще и с гордостью, жизнь этому посвящать невыносимо!

Очередные жизни через очередные пятьдесят лет — все тому же. А мы просо сеяли — а мы просо вытопчем... Это не эстафета, а дурная бесконечность!

— И что ты предлагаешь? — Наташин голос переменился тоже, теперь он звучал жестко и холодно. — Позволить им сажать детей в тюрьму за репосты картинок?

— Не знаю, Наташ. — В Верином голосе гнев сменился усталостью. — Не вижу, как бы я могла им этого не позволить. А говорить об этом очередные правильные слова — незатейливый мазохизм, больше ничего. Или уж идти к Навальному и со всем этим по-настоящему бороться, или уезжать. На первое у меня не хватает самой обыкновенной смелости. Так что и говорить мне не о чем.

«А на второе?» — чуть не спросила Маша.

Но не спросила. Она знала Веру не долго, но чувствовала ее почему-то больше, чем знала. И чувство, непонятно откуда взявшееся, подсказывало ей, что в таком вопросе было бы для Веры что-то гораздо более болезненное, чем в обычном разговоре на политическую тему, которых Маша никогда от нее и не слышала, кстати.

— Девочки, не ссорьтесь, — выплюнув булавки, сказала Нина. — Политика того не стоит, чтобы мы из-за нее ссорились. И вообще, в нашем возрасте надо думать только о позитивном. Верочка, у тебя бордовые пионы умопомрачительные, я о таких мечтаю. Дашь кусочек корня?

— Дам, — ответила Вера. — Пионы, говорят, через неделю надо будет рассаживать.

— Кто говорит?

— В фейсбуке, в садоводческой группе.

— Ты такая продвинутая! — восхитилась Нина. — Я только скайп умею включать, а у тебя весь дом в электронике. Ну, тебя Кирюша консультирует, конечно. Он же у Стива Джобса работает?

— Стив Джобс умер. — Вера чуть заметно улыбнулась. — Но что-то вроде, да.

Маша спрыгнула с табуретки, Ниночка расколола и сняла с нее платье, соседки обсудили еще флоксы и фиолетовые гортензии, которые тоже росли в морозовском саду, и ушли.

— Я никогда не слышала, чтобы вы о политике говорили, — сказала Маша. — Думала, вам это не интересно.

— Мне это действительно не интересно, — усмехнулась Вера. — Это же не цирк. Да и не политика, кстати.

— Что не политика? — не поняла Маша.

— То, что ты ею называешь.

— А что же это?

— Жизнь и смерть. И всегда так было. И уж точно это не предмет для бесплодных разговоров.

— Ваш Кирилл поэтому в Америку уехал? — осторожно спросила Маша.

— Не поэтому.

Вера ответила таким замкнутым тоном, что расспрашивать дальше Маше расхотелось. И тоска, приутихшая было от любопытства, которое всегда тем или иным образом вызывало у нее общение с Верой, заныла внутри снова. Вот прямо физически заныла, под ложечкой прямо.

Она поднялась к себе в мансарду. Есть не хотелось. Заварила чай, выпила. От горячего чая бросило в жар. Выпила холодной воды. Переставила расписные ширмы так, чтобы получилась маленькая выгородка, и, передвинув стул, уселась в ней. Верины глаза смотрели теперь со всех сторон, переливались, как камень в ее кольце, и так же, как это странное кольцо, были непонятны. Маша почувствовала что-то похожее на стыд, поежилась даже. Хотя за что ей может быть стыдно перед Верой? Вообще не за что.

Тоска не отпустила ни от горячего, ни от холодного, ни от расписного.

«А можно пойти к Элине Андреевне, — подумала Маша. — Обещала, что завтра пятничную «Комсомолку» ей принесу, но газета ведь уже сегодня вышла, наверное. Старушка рада будет. А если вдруг Женя зайдет...»

Что будет, если Женя зайдет к матушке как раз в тот момент, когда там будет она, думать было то ли радостно, то ли страшно. Но и отказаться от этой мысли было уже невозможно.

Маша выбралась из фанерного закутка и, оглянувшись на Верины глаза, провожающие ее непонятным взглядом, вышла из комнаты.

Глава 2

Завтрашнюю «Комсомолку» Маша еле нашла. Зачем из метро убрали газетные лотки, было ей непонятно, но размышлять о том, что не можешь изменить, она считала глупым, поэтому просто спросила у айфона, где продаются свежие газеты, и направилась к уцелевшему киоску на Пушкинской.

И сразу же подумала, что все-таки надо было сделать это завтра. Идти к Элине Андреевне не хотелось так, что даже ноги становились тяжелыми, стоило только представить, как она входит в квартиру, отвечает подряд на десять вопросов, которые вылетают из старушкиного рта, будто мыльные пузыри из круглой рамочки, потом слушает новости или вернее то, что Элина Андреевна считает новостями, потому что об этом сообщает газета «Комсомольская правда»... Но, поймав себя на таких мыслях, Маша их тут же и устыдилась. Старушка ведь не виновата, что у них с Женей произошло... А что у них произошло? Маша и сама не знает. Из Ярославля он вернулся такой воодушевленный, что прямо летящий какой-то, был рассеян, думал о чем-то своем, улыбался той прекрасной улыбкой, от которой у нее сердце замирало. Но с тех пор прошло уже два месяца, и его воодушевленность спала, вернее, сменилась раздражением. Роль ему не давалась, что ли? Он не говорил, а понять это самостоятельно Маша не могла. Они не виделись уже неделю, вот что она понимала, и это было для нее так невыносимо, что уже и мантры не помогали.

Лифт не вызывался — может быть, открывалась-закрывалась дверь на каком-нибудь этаже, это случалось часто, — и Маша пошла на седьмой пешком. Как обычно в таких случаях, стоило ей уйти, лифт тут же поехал вниз и, когда она была на третьем этаже, забрал с первого тех, кто пришел после нее.

«Какие глупости замечаю, — уныло думала Маша, поднимаясь по широкой лестнице. — Конечно, когда вся жизнь дурацкая...»

Ей стало так жалко бессмысленно проходящих в одиночестве дней, превратившихся уже в неделю и превращающихся во вторую, что она шмыгнула носом и чуть не всхлипнула. Но дверь Элины Андреевны была перед ней, и, раз уж пришла, являться к старушке с распухшим носом и унылым видом было совершенно ни к чему.

Когда, прижав газету подбородком, Маша рылась в рюкзаке, чтобы достать ключи, лифт приехал на этаж и дверь его открылась. Она оглянулась. Газета, как сыр у вороны из клюва, упала на пол с тяжелым шлепком. Но те, кто были в лифте, не обратили внимания ни на этот звук, ни на Машу.

Они вообще ни на что не обращали внимания. Они стояли в лифте и целовались. Женин тонко вычерченный профиль виден был в самом выгодном ракурсе, Маша уже научилась это различать, а женщина... Что за женщину он целует, красивая она или нет, какие у нее глаза... Маша видела только руку, лежащую на Женином плече. Огромное кольцо на среднем пальце состояло из нескольких разноцветных камней. Рука выглядела как деталь скульптуры Микеланджело. Хотя никаких колец на микеланджеловских скульптурах нету.

«Давай выпьем вдвоем», — медленно всплыло у Маши в голове.

Она не могла вспомнить, где слышала эти слова, но зачем-то пыталась вспомнить. Ее сознание хваталось за их несуществующий смысл, потому что иначе развеялось бы, размылось.

Двери лифта закрылись. За ними раздался колокольчиковый смех, и они раздвинулись снова. Женя и его женщина вышли на площадку перед квартирами.

«Коктейльные вечеринки. Тайные клубы».

Маша вспомнила, с чем было связано «давай выпьем вдвоем». Правда, смысл этого воспоминания был ей непонятен. Да и не было смысла, наверное.

Женя смотрел на нее в упор. В его глазах не было сейчас той таинственной дымки, которую она так любила, все было открыто, ясно, явно. Он хотел женщину с колокольчиковым смехом, и мгновенная неловкость, которую он почувствовал от Машиного появления в такой неподходящий момент, быстро сменилась досадой. Все это длилось несколько секунд. Не сказав ни слова, он прошел к своей квартире и, повернувшись к Маше спиной, отпер дверь. Женщина вошла в квартиру тоже. Дверь за ними закрылась.

«Коктейльные вечеринки. Тайные клубы».

Маша постояла под дверью старушкиной квартиры — сколько, она не понимала. Оставаться здесь больше не было смысла, и она пошла к лестнице. Но остановилась. Села на ступеньку. То есть не села, а просто ноги подкосились. Дрожь била такая, что она не могла идти. Отчаяние, гнев, паника — все охватило ее разом, и это было не все, что ее охватило.

«Он не должен... не может... Так нельзя!»

Слова не рождались в голове, а выплескивались в нее непонятно откуда, как сгустки темной энергии. Или наоборот, ослепительной, жгучей энергии. Да, именно жгучей — они доставляли физическую боль.

«Он мог мне сказать! — Наконец эти выплески приобрели внятную форму. — Должен был мне сказать».

— Это нечестно!

Ее голос дрожал, но слово «нечестно» прозвучало громко. И как только оно было произнесено вслух, словно лавина обрушилась у нее внутри.

Да, это главное. Не отчаяние, не боль, не бессмыслица будущего, а ложь. Она была неожиданна, как удар. Маша вдруг поняла, что никто не лгал ей. Никто и никогда. То есть и ей врали, и она врала, но все то мелкое житейское вранье было совсем другое — в нем не было подлости. А в этом...

Маша поднялась со ступеньки и подошла к Жениной двери. Глупость того, что она собирается сделать, была ей очевидна, но и не сделать этого она не могла.

Звонок сыграл нежную мелодию, сначала одну, потом другую. Потом сигнал сделался обыкновенным звонком, тревожным, резким, назойливым. Маша нажимала на кнопку снова и снова. Наконец дверь открылась.

Белая рубашка была на Жене расстегнута, волосы растрепаны так, как это бывает, когда их взъерошивают ласковым прикосновением. Маша вспомнила микеланджеловскую руку с коктейльным кольцом и сразу же представила, как эта рука расстегивает пуговицы на его рубашке, проводит по его лбу, треплет густую челку... Кровь бросилась ей в голову, в глазах потемнело.

— Почему ты мне не сказал? — задыхаясь от бешеного сердцебиения, спросила она. — Ты должен был просто сказать мне!

— Я тебе ничего не должен. — Он говорил спокойно, но что-то клокотало в его горле. — Думал, ты это понимаешь. Тебе пора становиться взрослой, Маша.

— Я...

— Ты ведешь себя с требовательностью подростка. От этого лучше отвыкнуть. Чтобы потом не было больно.

— Мне уже сейчас больно.

Это вырвалось невольно, само собой. Она хотела сказать только о его лжи, а о своей боли говорить совсем не хотела. Какое ему до этого дело? И дело совсем не в этом!

— Это твоя проблема, Маша. Только твоя, пойми. Так устроен взрослый мир. А мир творческих людей особенно.

Однажды Маша услышала, как папа сказал про что-то «пошлость», слова этого, конечно, не поняла, спросила, что оно значит, и папа ей ответил. Ответа она не запомнила, потому что была совсем маленькая, но всю свою жизнь узнавала пошлость везде и во всех видах, в каких она ей встречалась. Вряд ли вследствие не понятого и забытого папиного объяснения, но почему-то она всегда думала, что это именно так.

И теперь пошлость Жениных слов, произнесенных пошлым же назидательным тоном, была для нее так очевидна, что даже зубы заныли, как от оскомины.

— Ты же просто пошляк, — глядя на него почти с удивлением, проговорила она.

И сразу же качнулась назад и чуть не упала на спину, потому что Женина ладонь, большая, тяжелая, хлестнула ее по щеке.

— И отвечать за свои слова тебе тоже пора научиться, — произнес он тем же назидательным тоном.

Как будто не было никакой пощечины. Как будто они просто обсуждают что-то и он высказал свое мнение.

Если бы кто-нибудь когда-нибудь сказал Маше, что ее ударят по лицу, она не поверила бы. Вернее, она точно знала бы, что этого не переживет, а значит, этого

и быть не может. И вот это произошло, она жива, и...
И чувствует такую легкость, как будто не пощечину получила, а подарок.

Она вдохнула так глубоко, что воздух наполнил не только ее легкие, но, кажется, даже глаза, и вместе с этим глубоким вдохом поняла: все, что так долго казалось ей то счастьем, то мукой, что было для нее главным, казалось ей главным, — все это кончено. Все! Больше этого нет.

Это было так понятно, что не нуждалось даже в произнесении вслух. Единственное, чего она теперь не понимала: как это вообще могло происходить с ней, как могло длиться?

Она с изумлением взглянула на себя, то есть на ту часть себя, которую могла увидеть — ноги в «нью-бэлансах», джинсы с дырками на коленях, руки, сжимающие ключи на колечке... Да, ключи. Она бросила их на пол, на кокосовый коврик, к узким носкам черных блестящих туфель.

Вот теперь абсолютно все.

Глава 3

«Девочка уверена, что ничего не заметно, а между тем на лбу у нее написано, что она влюблена и страдает».

Вера улыбнулась, как всегда, когда думала о Маше Морозовой. Бывают же такие — всегда выглядят детьми и всегда поэтому вызывают улыбку. Может, для них это и плохо, потому что люди не воспринимают их всерьез, но если бы Вере пришлось выбирать между собственной врожденной серьезностью и детским отношением к миру, которое так ясно чувствовалось в Маше, она не колебалась бы ни минуты. Понятно же, в чем больше счастья.

И очень жаль, что в Кирилла серьезность тоже встроена по умолчанию. Как они это называют, фича?

— Или баг, — улыбнулся он, когда она высказала ему это свое предположение.

А вот мама ее считала серьезность благом, спасшим Веру от такого отчаяния, преодолеть которое не помогло бы легкомыслие.

Как странно Вера ее вспоминает! Словно бы мельком, по касательной, но ни одного дня не проходит без воспоминания, буквально физического — мама появляется то в комнатах, то в саду, то на лестнице, ведущей в мансарду, хотя после папиной смерти перестала туда подниматься.

Вера считала уже, что мансарда навсегда останется слепым пятном их дома, но, когда должен был родиться Кирилл, мама сказала:

— Думаю, мне лучше перебраться наверх. А в моей нынешней комнате сделаем детскую. И ребенок будет рядом с тобой, и, если окажется беспокойным, я смогу брать его к себе, чтобы ты в тишине отдохнула.

— Я думала, ты не захочешь... папин кабинет... — пробормотала Вера.

— Я же приземленное существо. — Мама грустно улыбнулась. — О возвышенных вещах правда не думаю. И зачем держать в доме пустую комнату, когда она так необходима? А папины вещи перенесем в кладовку.

Тяжеловесный стол из тверской деревни, астролябия, папки с газетными вырезками пробыли в кладовке до тех пор, пока Кириллу не исполнилось шесть. Потом он их обнаружил, изучил и попросил принести к нему. Они и теперь стояли в его комнате, бывшей детской, бывшей маминой, бывшем кабинете первого бабушкиного мужа Виктора Антоновича Морозова, фамилию которого они все носили, хотя никто из них не был ему родней.

В маме совсем не чувствовалось того, что принято называть мудростью. Ее советы почти никогда не совпадали с тем, что Вера считала для себя правильным. Но в дни самого большого краха, который она когда-либо переживала в жизни, только они вошли в нее как ключ, и отомкнули дверь, и отчаяние через эту распахнувшуюся дверь вышло, и она смогла жить.

Такой холодности от бабушки она не ожидала.

То есть знала, что та спокойно реагирует на события, которые Вере кажутся из ряда вон выходящими, однако приписывала это бабушкиному жизненному опыту, усталости, может быть. Но чтобы, услышав, что произошло с ее внучкой, только пожать плечами... От этого Вера оторопела.

Она пришла к бабушке в комнату назавтра после разговора с пустоглазым человеком на Тверском бульваре. И не потому, что не могла держать это в себе, а больше потому, что во всем этом оставались для нее неясности, и даже нервное возбуждение, в котором она находилась, не было сильнее ее желания понять, что же произошло и что ей теперь делать.

Бабушка читала, сидя в своем кресле у балконной двери. Книжка была английская, на ореховом столике у нее под рукой лежал открытый словарь, и легкий ветер трогал его страницы.

— Стала забывать язык, — сказала она, увидев, что Вера смотрит на словарь. — То ли возраст, то ли невостребованность.

Вообще-то Верин взгляд упал на ореховый столик случайно. Не могла собрать мысли воедино, ну и взгляд рассеивался тоже.

— Ба, — сказала она наконец, — Свен меня вовсе не бросил...

Она постаралась передать вчерашний разговор как можно более точно, даже интонации своего собеседника воспроизвела.

Бабушка слушала с таким непроницаемым видом, что Верино недоумение становилось все сильнее.

«Может, я как-то не так рассказываю?» — подумала она.

А вслух сказала:

— Я не знаю, что мне делать, и...

Она хотела объяснить, что ей нужен совет, но не успела.

— Я тем более не знаю.

Бабушка пожала плечами. Голос ее звучал бесстрастно. Тишина повисла в комнате. Вере нечем было нарушить эту тишину.

— Во всем этом с самого начала не было перспективы. — Бабушка все-таки заговорила сама, но словно бы нехотя. — Был один шанс из тысячи, что тебе позволят за него выйти и с ним уехать. Но строить свою жизнь

из расчета на такой мизерный шанс... Это было бессмысленно и оказалось бессмысленно.

— Но почему?! — воскликнула Вера.

— Ты не маленькая, сама должна понимать.

Бабушка замолчала. Ожидать объяснений не стоило, это было единственное, что Вера поняла. Она открыла балконную дверь и вышла в сад, краем глаза увидев, как бабушка берет с орехового столика словарь.

Собиралась гроза, в саду было душно. Вера прошла к отцветшим кустам жасмина и села на нижнюю ступеньку лестницы, ведущей по наружной стене дома в папину мансарду.

Морозовский сад не мог сравниться с лучшими садами Сокола: с тем, что был при доме из розового туфа на улице Шишкина — в нем сменяли друг друга разные цветы, появлявшиеся вместе с первыми весенними проталинами и исчезавшие только под снегом, или с тем, который посадила Наталья Васильевна Зубова возле своего дома на улице Левитана — она любила горы, ездила то на Кавказ, то на Памир и отовсюду привозила необыкновенные растения. Да, их сад был самый обыкновенный, но все соколяне знали, что у Люси Морозовой зеленый палец, и цветы, которые она сажает у себя или дает другим, приживаются всегда.

Но даже пестрая вереница июльских цветов вдоль дорожки не радовала сейчас, а лишь резала глаза. Вера отвела от них взгляд и посмотрела вверх, на блеклое за предгрозовыми облаками солнце.

Она выпала из мира, в котором естественна была красота, не могла вернуть себя туда, и некому было ей помочь, в этом она только что убедилась.

— Не смотри на солнце, глаза заболят.

Вера вздрогнула. Она не видела, что мама в саду, та и подошла незаметно, и заговорила неожиданно. В одной руке у нее был совок, в другой цветок на длинном стебле и с комом земли на корнях; наверное, она собиралась его пересадить.

— Ничего. — Вера сама слышала, как безучастно звучит ее голос. — Я его и не вижу.

С этими словами прорезались живые интонации, но она не обрадовалась. Интонации эти были жалобны, а ей совсем не хотелось, чтобы ее жалели. Совсем не этого ей хотелось.

— Коля Гербольд заходил, книжку тебе вернул, — сказала мама. — Я на пианино положила. Но ты ее там не оставляй. Прибери.

В ее словах слышалась опаска. Вера посмотрела на маму с удивлением. Коля Гербольд жил на улице Сурикова, они с Верой вместе ходили в сто сорок девятую школу, пока он не поступил в художественное училище, а она в музыкальное. Опасаться его не было никаких причин.

— Какую книжку? — спросила она.

— «Тарусские страницы».

«Тарусские страницы» Вера зачитала если не до дыр — она не позволила бы себе так обращаться с книгой, — то до такой степени, что могла листать ее с закрытыми глазами, а многое в ней просто помнила наизусть, не только стихи, но даже прозу — Казакова, Балтера, Паустовского.

— Ты так говоришь, будто боишься, — сказала она.

— Конечно, боюсь, — согласилась мама. — Так боюсь, что ночами в панику впадаю.

— Книжки боишься?

Вера улыбнулась, несмотря даже на то, что совсем ей было не весело.

— А чему ты удивляешься? Она же запрещенная.

— Мама, — поморщилась Вера, — ты ерунду какую-то говоришь. Почему вдруг запрещенная? Папа ее у букинистов купил.

Она вспомнила, как в тот день, когда папа купил «Тарусские страницы» у букинистов в проезде МХАТа, он вбежал в дом, действительно вбежал, взлетел по ступенькам крыльца, как нетерпеливо разорвал газету, в которую была завернута книга, каким звенящим голосом сказал, что это лучшее, что издано за последние десять лет, а может, и больше. И как она открыла книгу наугад, будто гадать по ней собиралась, и прочитала вслух:

— «Золото моих волос тихо переходит в седость. — Не жалейте! — Все сбылось, все в душе слилось и спелось. Спелось — как вся даль слилась в стонущей трубе окраины. Господи! Душа сбылась: умысел твой самый тайный».

Смысл этих стихов ускользал, был непонятен, слишком от Веры далек, но они потрясли ее. Подборка занимала много страниц, она перелистала в начало, прочитала, что автор стихов Марина Цветаева, спросила папу, кто это...

Воспоминание было таким сильным, что и сейчас Вера задохнулась, вспомнив счастье, испытанное тогда. Хотя сейчас ей и не до стихов было, и не до счастья.

— Купил!.. Когда это было? — вздохнула мама.

Страх соединялся в ее глазах с печалью, и боль к этому добавлялась тоже.

— Всего три года назад, — возразила Вера.

— Вечность.

— Почему?

— Потому что все переменилось. Как и не было.

— Ты... о папе? — осторожно спросила Вера.

Ей стало стыдно из-за того, что она ожидает от всех сочувствия, и настойчиво ожидает, навязчиво, а мама между тем нуждается в сочувствии гораздо больше, потому что ее горе длится и длится, не теряя остроты.

— Нет, сейчас не о нем. — Мама произнесла это спокойно, и только в самой глубине ее голоса слышалось то, что появилось в нем после папиной смерти и уже не ушло. — Я за тебя боюсь, Вера.

— А что за меня бояться? — невесело усмехнулась она. — Все наладилось. Свена выслали. Я не беременна. Если тебя это пугало.

— Не знаю, что меня больше пугало. Что его вышлют. Что тебя вместе с ним вышлют. Что тебя с ним не вышлют. Куда ни кинь, всюду клин.

— Что мы просто поженимся и будем счастливы, ты почему-то не думала, — укоризненно заметила Вера.

— Этого быть не могло.

В мамином голосе звучало все то же странное спокойствие, оно изумляло и возмущало.

— Но почему?! — воскликнула Вера. — Вы с бабушкой так уверенно говорите, будто этого только дураки не понимают. А я не дура, мама! Но я не понимаю...

— Вера, они свои игры кончили. — Теперь мамин голос звучал не просто спокойно, а сурово и очень ясно. — Оттепель какая-то, фестивали, я шагаю по Москве, что еще они там придумывали. Выманили вас из норок, а теперь тепленькими начнут брать и жизни ваши молодые поломают. Бабушкину поломали — теперь за твою взялись.

— Но почему?.. — повторила Вера.

— Потому что они по-другому не умеют.

— Нет — почему бабушкину жизнь поломали?

Это мамино сообщение было так неожиданно, что понять его казалось Вере более важным, чем думать о собственной жизни. Вернее, она почему-то чувствовала, что то и другое связано очень крепко, и именно это ей нужно было понять: в чем связь?

— Ну а как назовешь? — Мама пожала плечами. — Она мужа своего без памяти любила. А его — в лагерь.

— Как в лагерь? — растерянно спросила Вера. — Я думала, он умер... Почему же она никогда мне не говорила?

— А как бы ты жила, если бы она тебе об этом сказала? Как бы ты на людей смотрела? Все время бы думала: вот человек идет, лицо у него хорошее, ясное такое, простое лицо, на работу спешит, а может, он у себя там на работе беззащитного человека ногами бьет, а если не бьет, а сапоги чинит, то домой приходит и доносы на соседку пишет. Во многом знании много печали, — добавила она.

Вера вспомнила, как бесцветный тип сказал: «Мамаша в церковь бегает, но это не твой вопрос».

Ей стало так страшно, что она вздрогнула посреди душного июльского дня.

— Ты так про всех людей и думала, да? — тихо спросила она.

— Да, — кивнула мама. — Я про Виктора Антоновича лет в четырнадцать случайно узнала. И хоть он мне был никто, я его и не видела даже, родилась, когда он давным-давно в Норильске был, но жить мне после этого стало невыносимо. Просто постыло мне стало жить. На людей смотреть не могла. О будущем своем думать — тем более.

— За что его посадили?

— Да за что тогда сажали? Причин особо не искали. Он ученый был, экономист, книги в Оксфорде издавались.

В Госплане работал, пока нэп был. Потом обвинили, что поддерживал врагов народа, ну и достаточно. Бабушка пыталась его вытащить, она же влиятельных людей оперировала, партийцев. Но ей один такой сказал, влиятельный: ничего для него сделать нельзя, и сидите вы, Ольга Алексеевна, как мышь за веником, это в ваших интересах, может, о вас забудут.

Вера вздрогнула. Совпадение было дословное, она не представляла, что такое может быть.

— Они не изменились. И никогда не изменятся, — сказала мама. — Так что от бабушки ты совета не жди. Ей тебе сказать нечего.

Вера поняла, что во время ее разговора с бабушкой та стояла в саду за приоткрытой дверью балкона. Но слов про мышь за веником она точно не произносила, и слышать их мама не могла.

— А тебе? — спросила Вера.

— Да мне ведь повезло. — Ее лицо осветилось так мгновенно и сильно, что это поразило Веру. — Мало кому так в жизни повезло, как мне. И что же я могу тебе посоветовать? Везучие советовать вообще не должны, это даже неприлично.

Вот эти слова были уже точно о папе. Странно, но отчаяние, лежавшее у Веры в груди как камень, стало будто бы легче. Через него проступило, почувствовалось даже что-то простое и внятное. Любопытство, вот что!

— Ты в папу сразу влюбилась, да? — спросила она.

— Не знаю, сразу или не сразу. — Мама развела руками. — Учились вместе, он мне конспекты давал по сопромату. Я и не поняла даже, что со мной происходит. Потом только, когда поженились уже. Я же с юности такая обыкновенная была, такая какая-то... смазанная.

Что я о себе знала? Ничего во мне яркого не было. Может, так и бывает, когда дети не от любви рождаются.

— Почему не от любви? — насторожилась Вера.

Разговоров о мамином отце в доме никогда не бывало. Она знала, что бабушка родила без мужа и в такие годы, когда у нее уже не было надежды иметь ребенка. Но все это было так давно, так мало отношения имело к Вериной жизни, к музыке, ко всему, что было для нее важно...

Она не предполагала, что это может вдруг приобрести для нее значение, но теперь это стало так — становилось так прямо сейчас, душным июльским днем.

— Виктор Антонович из лагеря на поселение вышел, — сказала мама. — Это еще при Сталине было, но уже после войны. И бабушка хотела в Норильск к нему приехать. Врачи-то везде нужны, тем более такие, как она, тем более с военным опытом.

— И что?

— Он написал, что приезжать не надо. Что в лагере полюбил другую женщину, ее как поволжскую немку посадили, они вместе освободились, и... И все.

«А потом?» — чуть не спросила Вера.

Но не спросила. Праздность собственного любопытства показалась ей кощунственной перед этой простой и суровой картиной разбитой любви и жизни.

— За бабушкой тогда один пациент ухаживал. — Мама словно услышала ее вопрос. — Музыкант был, кстати, вот в кого у тебя способности.

— Какой музыкант? — вырвалось у Веры.

Невероятные предположения завихрились у нее в голове — то Гилельс представился, то Нейгауз, то почему-то ее педагог Леонид Иосифович.

— Не знаю, — ответила мама. — И никогда не знала. Она его имени ни разу мне не назвала. Но любви там не было никакой, это знаю. Тем более он женат был, для нее это было табу. Было бы табу, — уточнила она. — Если бы не отчаяние ее. И вдруг беременность, а ей за сорок, и ребенка она в молодости при родах потеряла. Так что повезло мне. И тебе тоже.

Она улыбнулась, но ее короткая улыбка тут же сменилась выражением привычной тревоги.

— Я за тебя и так-то страшно боялась, Верочка, — сказала она почти жалобно. — А тут еще этот швед… Тем более из Праги!

— Мама, ну при чем Прага?

Вера улыбнулась. Все, что полчаса назад казалось ей в собственной жизни таким огромным и пугающим, сделалось теперь мизерным, не стоящим даже волнения.

— Как же при чем? Полгода уже все только про нее и говорят, про эту пражскую весну. Даже бабушка. Но бабушка-то ладно, а что ты втянешься, я боялась. Вы же молодые, не жизнь у вас, а сплошное заблуждение.

— А я думала, ты не хочешь, чтобы я в консерваторию поступала, потому за меня и волнуешься, — удивленно проговорила Вера.

— Господи, да что я, совсем дура! С чего мне этого не хотеть? Я бы только рада была…

Мама осеклась. Наверное, не хотела пробуждать у нее мысли о разрушенных музыкальных планах. Не могла же она знать, что и планы эти уже кажутся Вере мизерными тоже.

Да, именно так, хотя она только теперь это поняла. Мизерными, жалкими, пустыми казались ей мечты о музыкальной карьере. Разве значила для нее музыка то, что, например, для Рихтера? Чего больше было в ее мечтах, самой музыки или желания не славы даже, а яркой жизни? Как ни неприятно было это сознавать, но пустоглазый оказался в этом смысле довольно проницателен.

И Свен... Она едва могла вспомнить сейчас его лицо, только притененные глаза видела ясно. Любовь ли это была? Вера не знала.

— Ты уж не влезай в это, Вера, очень тебя прошу. — Мама думала только о своих страхах и только о них могла говорить. — Ничего хорошего из этих пражских дел не выйдет. Только мне нервы, а тебе... Подумать страшно!

— Ты так говоришь, будто я диссидентка, — пожала плечами Вера.

— Но со шведом связалась же.

— Это совсем другое.

— Другое или нет, а слава богу, что кончилось.

Мама взяла цветок, который поставила было под куст жасмина, и пошла за угол дома к палисаднику.

Ее слова о Свене — испуганные, какие-то даже пренебрежительные — подействовали на Веру неожиданным образом.

Она совсем не думала о нем. То есть была уверена, что не думает. Его исчезновение, неожиданное и жестокое, обрушило что-то у нее внутри, переигранная рука подтолкнула эту лавину, потом появился пустоглазый с отвратительными словами, вернее, с отвратительным смыслом этих слов, потом... Она и теперь вздрогнула, вспомнив, как наивна была ее уверенность, что она родит от Свена сына, и как ненавидела она себя за эту наивность, глядя на капли крови на песке аллеи.

После того, что она так неожиданно узнала — о бабушке, о Викторе Петровиче Морозове, о любви и отчаянии, — все прежнее, детское, эгоистическое, мелькнуло в ее сознании, как звезда на ночном августовском небе, и так же, как падающая звезда, исчезло бесследно.

Вера подняла глаза. Тучи сгустились, и солнца уже не было видно за ними, но она больше не чувствовала у себя внутри гнета, который так ощутим был всего полчаса назад, до разговора с мамой. Почему это стало так, Вера не понимала. То, что она чувствовала теперь, не было облегчением. Как расставание со Свеном переменило ее отношение к музыке, так теперь не музыка уже, но сама жизнь явилась ей в своей суровой правде, и все ее чувства обострились, и этими своими новыми, не физическими чувствами она стала видеть жизнь ярче, резче, чем до сих пор.

Это было ново, странно, это могло быть даже страшно... Но страха не было в ней. А как назвать это новое, Вера не знала.

Глава 4

Она переменилась полностью, а на работе все осталось по-прежнему.

Когда Маша пришла в офис на следующий день после того, что случилось на лестничной площадке в доме Крастилевского, ощущение у нее было такое, будто ей вставили новые глаза. Как прошла ночь, она не помнила, поэтому можно было предполагать, что как раз за ночь-то это и произошло.

Но ничего особенного она этими своими новыми глазами не увидела. Появился наконец кондиционер — к концу лета, самое время. Появилась новая пиарщица Анюта.

— Ее Ананьев взял, — сообщила Ленка Зуева, когда та вышла на улицу покурить.

Сообщила таким многозначительным тоном, что сразу можно было понять: новенькая сотрудница является также и новенькой ананьевской подругой. Но они менялись у босса с периодичностью времен года, и вряд ли это следовало считать более важным событием, чем появление кондиционера. А именно Анюта и вовсе не стоила внимания, так явно она кичилась своим неформальным статусом и так надменно на всех смотрела.

Гораздо больше Машу занимало собственное состояние. Она пыталась понять, что означает ее странное спокойствие, но понять не могла. Да это и не спокойствие было, а что-то прежде ей неизвестное. Какое-то неведомое существо то ли выжало ее, как лимон, то ли разломало на кусочки, как шоколадку. И теперь требовалось собрать себя в одно целое, но сил на это не хватало, а те, которые она в себе все-таки находила, глупо было бы тратить на ананьевскую любовницу.

Но Анюта, видно, считала, что теперь все должны направить усилия именно на общение с ней. Она долго и подробно о чем-то расспрашивала Ленку, из-за тягучей надменности ее интонаций Маша не могла даже понять, о чем именно, потом так же долго вызванивала какого-то техника и требовала, чтобы он пришел наладить кондиционер, который слишком сильно кондиционирует, по всему этому было понятно, что ей доставляет огромное удовольствие демонстрировать свою значимость там, где она впервые появилась два часа назад, все это было глупо и... Незатейливо, вот как. Маша вчера услышала это слово от Веры, а сегодня оно пришлось кстати.

— И кстати, Маша, перекинь мне базу селебритиз, — тем же тоном, каким только что разговаривала с техником, сказала Анюта. — Теперь я буду ими заниматься.

— Да? — хмыкнула Маша. — С какой это стати?

— Олег Антонович мне поручил. Можешь сама у него спросить, если есть желание.

Желания такого Маша не испытывала — все и так было ясно. Торжествующий блеск Анютиных глаз был выразительнее, чем нарочитая небрежность тона, которым она отдавала распоряжения.

Случись такое неделю назад, неизвестно, как Маша себя повела бы. Может, в самом деле отправилась бы к боссу доказывать, что это ее проект, который она никому не отдаст. И уж точно поискала бы правильные слова для этой самозваной начальницы, и точно их нашла бы. Теперь же она только плечами пожала, и единственное слово, которое всплыло у нее в сознании, снова было Верино «незатейливо».

Незатейливо обвел ее Ананьев вокруг пальца своей липовой доверительностью, незатейливо передал плоды ее трудов черт знает кому... Реагировать на незатейливость Маше не то что не хотелось — это было просто невозможно. Стало для нее невозможно, а почему, не объяснить.

Отправив Анюте все файлы, связанные со знаменитостями, из своего компьютера она их тут же вычистила. Один файл почему-то открылся прежде чем улететь, и профиль Крастилевского мелькнул перед ней. Должно было быть больно увидеть его. Но не было.

Сезон отпусков еще не закончился, продажи шли ни шатко ни валко, форсировать их пока не стоило, и работы поэтому толком не было. Маша листала инстаграм — ее лента состояла из ерундовой ерунды, она только теперь это заметила, — смотрела на ютюбе какие-то ролики, не понимая, про что они, а главное, зачем она их смотрит.

Самое правильное было бы, конечно, смыться с работы, и в прежние времена она смылась бы обязательно, однако делать это при дуре Анюте не хотелось, и, не переставая удивляться своей рассудительности, Маша досидела до конца рабочего дня.

Но идти куда-нибудь, делать что-нибудь, общаться с кем-нибудь — нет, на это ни рассудительности у нее не хватало, ни желания. Морозовский дом был единственным местом, куда ее тянуло, только в его мансарде она и могла сейчас находиться, чувствуя себя в безопасности. Хотя кто ей угрожает вообще-то? Да никто же.

Телефон зазвонил, когда Маша уже шла по улице Поленова к дому. Это не мог быть Крастилевский, но пока она искала телефон в рюкзаке, перед глазами у нее плясали бешеные пятна.

Звонила мама.

— Марусенька, а я знаешь где? — сказала она. И прежде чем Маша успела спросить, где же, сама ответила: — В Домодедове!

— Ничего себе! — Пятна сразу развеялись. — А почему не предупредила, что прилетаешь?

— Ой, так неожиданно вышло! Сможешь сейчас подъехать? Повидались бы.

— Куда подъехать? — не поняла Маша.

— В Домодедово, говорю же. У нас четыре часа между рейсами.

— Так ты не... — начала было Маша. Но сообразила, что все вопросы лучше будет задать при встрече, и поспешно сказала: — Сейчас посмотрю, чем быстрее добраться, мам. Еду!

На ходу глядя в айфон, она выяснила, что быстрее будет сразу взять такси, чем сначала добираться до Павелецкой, а потом ехать аэроэкспрессом до Домодедова. Хорошо, что на карточке еще остались деньги, не всегда так бывало перед зарплатой, хорошо, что дороги оказались желтые, а не красные. Хоть в чем-то должно же везти!

Глава 5

Мама ожидала у табло с расписанием вылетов. Вид ее показался Маше каким-то необычным, но может, это просто потому, что они давно не виделись.

Пока училась в Вышке, Маша ездила домой на зимние каникулы. Холодно в Норильске зимой, конечно, но во-первых, она привыкла, а во-вторых, на время каникул летних устраивалась на какие-нибудь работы, поэтому ездить домой не получалось.

Мама прилетала к ней два или три раза, но всегда ненадолго — говорила, в Москве ей не по себе, и Маша видела, что это в самом деле так. Сначала она пыталась понять, за что мама могла бы полюбить Москву, показывала ей то Третьяковку, то Парк Горького, брала билеты в Большой театр и подумывала даже, не сводить ли в Мавзолей, мало ли, вдруг ей именно это и нужно, но потом поняла, что не нужно ничего. Москва сразу оказалась для мамы слишком большим, слишком людным и совершенно чужим городом, таким и осталась, и «не по себе» было мягко сказано. Что ж, Маша еще ребенком поняла, как сильно различаются их стремления, и ни удивления, ни особого расстройства поэтому не испытала.

— Господи, какая же ты худенькая! — воскликнула мама, обнимая ее. — В чем душа держится!

— Держится, держится. — Маша точно знала, что это будут первые мамины слова, и обрадовалась им. — А куда ты летишь?

— Да вот, Марусенька... — Мама смущенно посмотрела на нее и обернулась. — Познакомься с Пашей. Мы в Турцию летим. Отдыхать.

Паша сделал шаг вперед и кивнул. Лицо у него было словно топором вырубленное. Кому-нибудь могло бы показаться, что он смотрит с неприязнью, но Маша видела такие лица все свое детство и узнавала с первого взгляда, как в придорожном валуне с первого взгляда узнаешь придорожный валун и не ожидаешь, что он должен светиться. Ничего не значила ни грубость черт, ни суровый взгляд — Паша мог оказаться душа-человеком, который последнюю рубашку с себя снимет ради первого встречного. С такой же вероятностью мог и не оказаться, но что зря гадать.

— Здрасьте, — улыбнулась Маша. — Жалко, что вы не надолго.

— Паша горящую путевку взял, — тем же смущенным тоном объяснила мама. — Повезло, сезон же. Я и купить ничего не успела для пляжа.

— Там все купим, — наконец подал голос Паша. И добавил: — Может, в кафе посидим? Раз мать считает, что ты худенькая.

В кафе он, впрочем, сидеть не стал, а, усадив Машу с мамой за столик, сказал, что ему надо кое-что приобрести, чего в Турции не будет, может, и растворился в толпе, пообещав объявиться через двадцать пять минут.

— Он военный? — спросила Маша.

— Не совсем военный... — ответила мама.

— Вохра?

— Ну...

— Мам, ну что ты стесняешься? Как вышло, так вышло, — сказала Маша.

«Мне с ним не жить», — подумала она при этом.

И почувствовала то же самое облегчение, которое впервые почувствовала, когда увидела свою фамилию в списке поступивших и поняла, что теперь у нее будет своя жизнь, какая, неизвестно, но своя, и только от нее зависит, окажется ли эта жизнь счастливой. Много раз после этого она понимала, что все не так просто, но каждый раз, когда встречалась с мамой, сложности и нюансы уходили на второй план и снова проступало главное: она может жить так, как подсказывает ей все, что есть она, и это не изменится никогда.

— Он человек-то хороший, — сказала мама. — Ко мне уважительно относится. Ни в чем не отказывает. Порадовать хочет. Путевку вот взял, — зачем-то напомнила она.

— Да что ты оправдываешься!

— Я думала, тебе неприятно будет... Насчет его работы.

Правильно думала, конечно. С чего бы Маше приятны были вохры? Папа фамилию свою и даже имя через архивы когда-то восстанавливал, потому что его отец умер, едва выйдя из лагеря, даже рождения сына не дождался, а мать посадили повторно, и его отдали в детдом. Но такая биография в Норильске была не из редких, и не бросаться же теперь внукам друг на друга из-за того, что деды натворили.

Но говорить все это маме было ни к чему. Да Маша и сама не очень-то об этом размышляла. Просто в нее это было встроено. Фича такая, не баг.

Мама расспрашивала про ее жизнь, она отвечала, понимая при этом и чувствуя, что та слушает вполуха, потому что вся поглощена собственной жизнью, в которой появилась радость. Когда-то Маша была поражена, впервые поняв, что у каждого человека своя жизнь, и даже самое мелкое, что в его жизни происходит, для каждого и есть самое важное. Но то открытие было сделано в десять лет, потому и потрясло, а за следующие пятнадцать лет своей жизни она успела к этому привыкнуть.

«Так всегда и будет. Бывают же люди, которые родились для одиночества. Наверное, это я».

А вот эта мысль пришла ей в голову только сейчас, и она была такой разительно ясной, что Маша замолчала посреди разговора.

— Как на отца покойного стала ты похожа, — сказала мама. — Похудела — поэтому. В детстве-то я тебя откормить старалась, ты и была как кубышечка, славная такая. А теперь копия Гена.

Папа не любил, когда его называли Геной, переиначивая немецкое имя.

«Он и всей своей жизни не любил. Для другой родился. Но другая не получилась».

Как странно, что она поняла это именно сейчас, в домодедовском кафе, когда папина жизнь, и прежде ей неизвестная, уже совсем далека от нее и в пространстве, и во времени. Как будто то новое, что появилось в ней, что она почувствовала в себе, проснувшись сегодня утром, стало охватывать и время, и пространство в любую сторону и на любое расстояние.

Как странно!..

— Если что случится, ты, Марусенька, знай: я тебе всегда помогу, — сказала мама.

Это прозвучало с трогательной торжественностью. Маша улыбнулась. Что мама не в силах ей помочь ничем, кроме денег, да и те лучше заработать самой, она знала с тех пор как почувствовала себя взрослой. Произошло это очень рано, поэтому можно было считать, что она знала это всегда.

— И не смейся. — Мама произнесла это не обиженно, но укоризненно. — Вы, молодые, беспечные все.

А мало ли что с девчонкой может случиться, тем более в Москве одна. Забеременеешь, да бросят, тьфу-тьфу, конечно... Но имей в виду: на меня всегда можешь рассчитывать. Хоть у меня Паша, хоть что.

— Я знаю, мам, — кивнула она.

Тяжеловесный Паша был легок на помине. Он появился с большой коробкой, и мама сразу переключилась на него — стала расспрашивать, что купил, да не дешевле было бы в дьюти-фри, он напомнил, что пора на посадку, она обняла Машу, всхлипнула, сказав, что редко видятся, да нет, я понимаю, тебе в Норильске нечего делать, и хорошо, что в Москве ты прижилась, а мне вот Норильск родной, я оттуда ни ногой...

Слово это, «прижилась», почему-то засело у Маши в голове, и все время, пока добиралась до Сокола, теперь на аэроэкспрессе и метро с пересадками, потому что торопиться было уже незачем, она примеряла его к себе.

Прижилась ли она в Москве, было ей непонятно. Но что именно в Москве она прижилась, приладилась к себе самой, понятно было даже очень. Может, это надо было называть как-то по-другому, но, поднимаясь в темноте, под яркими августовскими звездами, к себе в мансарду, Маша чувствовала полное согласие с собой и знала, что исчезнуть оно уже не может.

Глава 6

Все уехали на выходные в Плес, а она осталась дома.

Хотя ее тоже звали, Вера особенно — заманивала левитановскими пейзажами, которые видны будут прямо из окна какого-то домашнего отеля, где кормят свежим творогом и чем-то еще свежим, что Маше совсем не повредит.

Случись такая поездка неделю назад, Маша отправилась бы в нее непременно. То есть не неделю назад, тогда она еще ждала, что ее куда-нибудь позовет Крастилевский... В общем, сейчас ехать никуда не хотелось, и она осталась в морозовском доме одна.

Одиночество не то чтобы радовало — радость вышла из нее, как гелий из проколотого шарика, — но было приемлемо главным образом тем, что не требовало разговоров. Она не могла сейчас представить человека, с которым ей хотелось бы поговорить. Даже Вера таким человеком не являлась, не говоря о ее сыне, невестке и двух подругах, которые поехали в Плес тоже.

Утро было солнечное, днем пошел дождь, а к вечеру солнце снова вышло на подернутое облаками небо, и сад засверкал, как алмазами осыпанный, и перистые листья ясеня стали тускло прозрачны, как камень в Верином кольце, и ступеньки лестницы, на которой Маша сидела во время заката, согревали ее босые ноги.

За домом раздался какой-то резкий звук. Она поняла, что это хлопнула калитка, и вскочила со ступенек. Ну точно, калитку не заперла! Дура какая.

Вообще-то и Вера не всегда запирала калитку днем, да и забор был невысокий, а по фасаду и вовсе состоял из штакетника. Вера говорила, что когда-то в поселке были запрещены заборы выше метра восьмидесяти, а штакетник вдоль улицы был обязателен. С тех пор, конечно, все переменилось, но Вера ничего менять не стала, и забраться в ее двор не трудно было даже при запертой калитке.

В соколянском образе жизни вообще было что-то деревенское, Маша уже привыкла к этому, как и все обитатели поселка. Но от того, что после ее вчерашнего вечернего похода в магазин калитка не была заперта всю ночь и неизвестно, кто в нее вошел, когда она дома одна, ей все-таки стало не по себе. Хотя скорее всего это пришла какая-нибудь соседка. За пионами, может, или что там Вера недавно в саду рассаживала.

Маша успела спуститься по наружной лестнице вниз, но дойти до калитки не успела: человек, вошедший с улицы, уже показался из-за угла. По инерции она сделала еще шаг вперед, оскользнулась на мокрой траве и остановилась, хватаясь за воздух, чтобы не упасть. Прислонившись плечом к обшитой серым тесом стене дома, перед ней стоял Крастилевский.

Он стоял и молчал, и смотрел на нее в упор. На секунду она почувствовала себя как кролик под взглядом удава. Но секунда и есть секунда, пролетела и исчезла. Да и кто знает, как себя чувствуют удав и кролик.

Наверное, Крастилевский понял, что Машина оторопь исчезла так же быстро, как возникла. Он всегда был проницателен в том, что касалось ее состояний, и всегда умел ими управлять. Она с удивлением заметила, что понимает это. А раньше не понимала. Не напрасной, значит, оказалась пощечина. Или не из-за пощечины стала она такой догадливой, а из-за последующих одиноких размышлений? Неважно!

— Маша, — сказал он, — я повел себя отвратительно. Извини меня.

— Всё?

Ее короткое слово совсем не прозвучало как прощение, и это Крастилевский понял тоже.

— Не всё, — сказал он. — Ты мне дорога. Я хочу, чтобы ты это знала.

«А я не хочу», — подумала Маша.

Капсула, в которую она сама себя заключила, оказалась тверда, как бронированное стекло. Жить в такой капсуле было трудновато, Маша за неделю убедилась. Но сейчас эта твердость оказалась очень кстати.

Читать ее мысли Крастилевский все-таки не умел. Или разучился? Как бы там ни было, он сделал шаг вперед и взял Машу за руку. Она попыталась отдернуть руку, но он не дал.

— Машенька... — Его голос дрогнул. — Я все понимаю. И, может быть, зря ожидаю прощения. Не прощай! Но я хочу, чтобы мы попробовали... Дай мне еще один шанс.

Неизвестно, стоит ли ей быть благодарной папе Генриху Морозову за внешность — за дурацкие медноватые пружинки на голове, в частности, — но за способность различать фальшь надо, наверное, благодарить именно его. Больше вроде не в кого ей обладать такой способностью.

— Зачем я тебе понадобилась? — изучая проникновенный взгляд Крастилевского, спросила она. — Маму развлекать?

И по тому, что мелькнуло в его глазах, по мелкому, какому-то блудливому выражению, сменившему нарочитую взволнованность, поняла, что попала в точку. После того, что произошло на лестничной площадке, у нее

и так-то не оставалось иллюзии, будто она привлекает
его своей сногсшибательной сексуальностью или еще
чем-нибудь сногсшибательным, а теперь она в этом
просто убедилась.

— Зачем ты так, Маша?..

Мелкое выражение прорвалось случайно, исчезло
из его глаз мгновенно, и голос сразу же дрогнул, поддер-
живая нужный градус проникновенности. Интересно, для
какого спектакля он это отрепетировал? Хотя вряд ли
для спектакля, скорее для сериала. На Шекспира не тянет,
слишком незатейливо.

Верино слово ободрило, и Маша снова попыталась высвободить свою руку из руки Крастилевского.
Никаких тайных токов, которые от его прикосновения
могли бы парализовать ее волю, она не боялась. Просто
ей хотелось выключить эту пошлость, как выключают
телевизор.

Но Крастилевский не только не отпустил ее руку —
он притянул Машу к себе таким резким и сильным движением, будто собирался танцевать с ней танго. Маша
ударилась лбом об его подбородок, это рассердило ее
так, что она изо всех сил уперлась свободной рукой
Крастилевскому в грудь и, оттолкнув его, высвободилась
наконец из фальшивых этих объятий.

— Пошел вон! — крикнула она.

Это прозвучало глупо и к тому же писклято, потому
что у нее сорвался голос. Но на такую ерунду ей было
наплевать — крутнувшись на босой пятке, кипя от возмущения, она стремительно пошла к своей лестнице.
Минуты лишней было ей жаль на него!

Он догнал ее на середине лестницы. Маша слышала,
как стучат по ступенькам его подошвы, но не останавли-
валась и даже не оборачивалась. Дверь мансарды была

открыта, и она собиралась захлопнуть ее у Крастилевского перед носом.

Но не успела. Уже стояла на пороге, когда он схватил
за ее плечо, развернул лицом к себе.

— Думаешь, со мной как с собакой можно?..

Маше знаком был этот клекот в его горле, и впервые она испугалась. Показалось, что он сейчас сбросит
ее с лестницы. Судя по тому, что сверкало в его глазах,
это было вполне возможно.

— Пошел вон, сказала! — крикнула она.

Наверное, лучше было бы промолчать, но Маша
не считала, что это лучше. Она хотела от него избавиться,
и как же ужасно, что у нее не хватает на это сил, не вну-
тренних, а самых обыкновенных физических сил!

— Ты — мне? Это я тебе сказал, поняла? — Он тоже
не произнес, а выкрикнул это. — Сказал, ты со мной так
разговаривать не будешь!

— Я с тобой никак не буду разговаривать! — успела
еще ответить Маша.

И тут же он толкнул ее в грудь, и она ввалилась
в комнату спиной вперед, и растянулась на полу.

Захлопнулась дверь. Маша увидела над собой
светлый фанерный потолок и белое от ярости лицо
Крастилевского.

— Извинения мои тебе не нужны? Ну так сама
прощенья попросишь!

Он выкрикнул это громко и бессмысленно. Но то,
что сделал потом, было очень даже осмысленным. Присев
на корточки, Крастилевский одной рукой прижал Машу
к полу, а другой стал дергать молнию у себя на джинсах.
Она попыталась оттолкнуть его коленом, но он ударил
ее носком туфли в щиколотку так быстро и так больно,
что в голове у нее словно огненный шар взорвался. Она

вскрикнула, слезы брызнули из глаз. Показалось, что он перебил ей кость, она хотела схватиться за щиколотку, но не могла, так крепко он прижимал ее к теплым светлым доскам пола. Да, она чувствовала спиной их тепло, и от этого все происходящее становилось еще более диким, невозможным, хотя более было уже, кажется, некуда.

В глубокой тишине пустого дома особенно громко слышалось его дыхание. Крастилевский упал на пол, коленями раздвинув Машины ноги. Длинная футболка, которую она надела утром, задралась до шеи, а под футболкой не было на ней ничего. Дурацкая утренняя лень! Даже одеваться толком не стала, правда, и не собиралась ведь никуда дальше лестницы...

От нелепости происходящего Машу охватила такая слабость, как будто все кости растворились у нее внутри. Но тут же она почувствовала, как Крастилевский ткнулся ей между ног, и это было так унизительно, так отвратительно, что силы не только вернулись к ней, но даже удвоились. Она забилась, заколотила босыми ступнями по полу, а кулаками по его плечам, стараясь попасть в глаз или в нос. Он уворачивался, вдавливался в нее и, тяжело дыша, выплевывал слова:

— Ты у меня... получишь... сучка... дрянь... ноги мне будешь... лизать... все лизать... будешь...

И уши было не заткнуть, и приходилось впускать в себя эти гнусные слова, и тело его, горячее, ненавистное, придется впустить тоже! Поняв это, Маша заплакала, то есть не заплакала, а завыла, как собака, которых она вообще-то боялась.

Она выла, пытаясь свести колени, извивалась на полу, кусалась, плевалась — все это лишь распаляло его, и все было бесполезно. Потолок закружился у нее перед глазами, она вдохнула побольше воздуха, чтобы

побольнее ударить его прежде чем потеряет сознание...
И вдруг почувствовала, что тяжесть, которая вдавливала
ее в пол, исчезла. Но тяжесть не могла исчезнуть так мгновенно, значит, сознание она все-таки потеряла? А что же
тогда видит перед собой, над собой? Светлый потолок
и взлетающее вверх искаженное лицо Крастилевского...

Лицо исчезло. Что-то грохнуло так, что загудела
фанера, которой обшиты были стены.

Не успев понять, что происходит, Маша изверну-
лась, как кошка, оттолкнулась от пола коленями, локтями,
ладонями и вскочила на ноги. В самом деле как кошка,
на одном только инстинкте, без малейшего участия
разума.

Комната приобрела привычный вид, разве что все
в ней подергивалось немножко, но это от того, что Маша
дышала, будто полумарафон пробежала.

— В чем дело? — услышала она.

Вопрос прозвучал так отстраненно и даже холодно,
словно задавший его сидел за столом в своем кабинете,
а кто-то вошел не постучав и следует разобраться, в чем
цель визита.

Но Верин сын не сидел за столом, а стоял спиной
к Маше, глядя на стену. То есть не на стену, а на Крастилевского, который сидел на полу, привалившись к этой
стене спиной, и крутил головой с совершенно бессмысленным видом. Об стенку ударился, наверное, оттого
и фанера гудела.

— Выйдите отсюда немедленно, — сказал
Кирилл.

Маша на его месте, конечно, первым делом ляпнула бы что-нибудь беспомощное, бессмысленное
и бестолковое. Кто вы, как вы сюда попали... Правда, она и на своем месте ничего толкового не сказала

и не сделала. Оставить калитку открытой да выть на полу, вот все, на что оказалась способна.

— Сам выйди, — прохрипел Крастилевский. — Мне с ней поговорить надо.

— Через минуту вы должны находиться за калиткой, — тем же отстраненным тоном произнес Кирилл. — Дальнейшее на усмотрение Маши.

— А что, если нет? Полицию вызовешь?

В голосе Крастилевского издевательские интонации смешивалась с яростными. Маша представила, что будет, если Кирилл действительно вызовет полицию — как приедет наряд, если еще приедет, начнет выяснять, действительно ли гражданин ворвался в дом или девушка сама его пригласила, выяснить будет невозможно, потому что каждый говорит свое, да и больно надо патрульным в этом разбираться...

— Думаю, полицию вызывать не стоит, — ответил Кирилл. — Спущу вас с лестницы, этого будет достаточно.

Маша не выдержала и фыркнула, так не совпадал его тон со смыслом его слов, да и со всем происходящим. Хотя вот вскочит сейчас Крастилевский на ноги да бросится на Вериного сына, не до смеха будет. То ли разнимать их тогда, то ли самой в полицию звонить, то и другое без толку.

Но для того, чтобы представить дальнейшее, ей все-таки не хватило проницательности. Или знания жизни, может.

— Ну ладно... — пробормотал Крастилевский, глядя в невидимое Маше лицо Кирилла.

Ни ярости, ни усмешки, ни угрозы в его голосе при этом уже не слышалось, а слышалась одна только опаска, притом такая же блудливая, как то выражение, которое Маша заметила в его глазах, когда догадалась, что она понадобилась ему, чтобы развлекать матушку. И точно такая же догадливость подсказывала ей сейчас, почему Крастилевский не стал спорить: холодный голос, ровный тон и что-то еще, что она от растерянности не могла обозначить словами, — все это исключало саму возможность угрожать Кириллу Морозову.

Крастилевский оперся ладонью о пол, стал подниматься, охнул, схватился за спину, пошел, прихрамывая, к двери. Маша молча смотрела на это.

Дверь закрылась тихо, как будто тоже с опаской. Кирилл обернулся к Маше.

— Ты в порядке? — спросил он.

Вряд ли то, как она сейчас выглядит, называется порядком. На коленях ссадины, на икрах царапины, на щиколотке сизое пятно, а что на голове творится, лучше даже не представлять.

— Ага, — кивнула Маша.

— Я могу уйти?

Она снова кивнула. Кирилл смерил ее внимательным взглядом и пошел к двери. Она чуть не крикнула, чтобы он не уходил, потому что ей страшно оставаться одной, и, может, Крастилевский дождется, пока он уйдет, да и вернется снова. Но выкрикивать глупости было стыдно.

Дверь за Кириллом закрылась. Маша услышала, как он спускается по наружной лестнице в сад.

И в ту же минуту ей стало не просто страшно — ее охватил панический ужас. Никогда в жизни она такого не испытывала! Руки дрожали, зубы стучали, ноги не держали ее. Маша не закричала в голос только потому, что Кирилл мог услышать, как она орет, и это был бы уже не просто стыд, а стыдное стыдобище. Но слезы сдержать все-таки не смогла и, сев на табуретку в дальнем углу комнаты, трясясь, будто в лихорадке, заплакала так, что майка в одну минуту промокла чуть не до колен, потому что соленые ручьи стекали со щек и подбородка.

Как ни странно, мысли ее при всем этом были ясны, как ключевая вода.

Любовь!.. Маша передернулась от этого слова, даже не произнеся его вслух. С ним, с ним было связано все бессмысленное, бестолковое, просто глупое, что происходило в ее жизни. Забывала все, чему училась, становилась глуха и слепа, не могла распознать манипулятора такого явного, что его распознал бы даже младенец, теряла разум, волю, себя... Да пропади она пропадом, эта любовь!

Из-за клацанья зубами, шмыганья носом, шума в ушах и прочих неприятных физиологических явлений она не сразу расслышала стук в дверь — не в ту, что выходила на внешнюю лестницу, а в противоположную, которая вела внутрь морозовского дома. Стук повторился, уже погромче. Крастилевский не мог бы подняться в мансарду изнутри дома. Это, конечно, Кирилл, и дверь ему надо открыть.

Маша вскочила с табуретки и вытерла нос рукавом растянутой майки. И одернула еще эту майку, чтобы растянуть побольше и закрыть дурацкие ссадины на коленях. Она так обрадовалась, что он вернулся! Невозможно оставаться одной, ей страшно, хоть и непонятно отчего, но страшно так, как никогда в жизни не было!

— Могу я войти? — спросил Кирилл, когда она открыла дверь. И объяснил: — Думаю, я не должен был понимать твои слова, что ты в порядке, так буквально. Может быть, все-таки будет лучше, если я побуду с тобой.

— Ну... — пробормотала Маша. — Вообще-то да...

По тому, как гнусаво прозвучал ее голос, она поняла, что нос у нее распух. А глаза, значит, сузились до щелочек.

Но сразу же, вдогонку, с облегчением поняла и то, что об этом можно вообще не думать. Вериному сыну дела нет до ее вида, а самой ей важно сейчас только то, что с его появлением унялась дрожь в коленях и руках, а как она при этом выглядит, не важно ни чуточки.

Кирилл сел на табуретку у стола, а Маша вернулась на ту, что в углу. Она думала, он сейчас спросит, что здесь вообще происходит, и придется объяснять ему, кто такой Крастилевский, а главное, почему она такая идиотка. Но он сказал:

— Мне кажется, тебе может быть интересно посмотреть астролябию.

Что угодно она ожидала услышать, но не какое-то непонятное название! Тем более произнесенное таким тоном, будто она пришла в Планетарий и ей предлагается экскурсия.

— Ага, — кивнула она. — Интересно.

Только от удивления так ответила, конечно.

— Тогда пойдем вниз?

Маша кивнула снова и, как в сказке про мальчика с дудочкой, пошла за Кириллом.

Глава 7

Когда спускались по темной внутренней лестнице, Маше уже в самом деле было интересно, что он собирается ей показать. А когда вошли в гостиную и она увидела на круглом ореховом столике подвешенный между двумя опорами латунный диск с непонятными то ли узорами, то ли буквами, — Крастилевский стал казаться ей сном, и даже не кошмарным. Поразительное действие оказывал на нее морозовский дом!

— Вот, — сказал Кирилл. — Это астролябия.

— А для чего она? — с любопытством спросила Маша.

— Это зависит. — Кирилл говорил по-русски немного странно: акцента нет, но по тому, как строит фразы, чувствуется, что английский ему привычнее. — Это зависит от местоположения, — поправился он. — Людям пятнадцатого века астролябия служила для определения их координат. А я использовал ее для упорядочения мыслей.

«Мне как раз не помешает», — подумала Маша.

Никогда она этой астролябии в гостиной не видела. Когда Кирилл успел принести ее сюда и, главное, как догадался, что ей понадобится мысли упорядочивать?

— У тебя тоже что-то случилось? — поняла она. — Поэтому мысли вразброд пошли, да?

И тут же прикусила язык. Он вот не стал ее расспрашивать о том, что его не касается, хотя вообще-то его гораздо больше касается, почему в его дом врывается черт знает кто, чем ее — почему ему требуется упорядочивать мысли.

К счастью, Кирилл не обратил внимания на бестактность Машиного вопроса.

— Видишь, вот это тимпан. — Он коснулся латунного диска. — На нем проекция неба — полюс мира, небесный меридиан. А вот это, где шкала — внешний лимб. Эта астролябия откалибрована для региона, в который входит Великобритания. Оттуда ее когда-то и привезли.

С каждым его словом страх, паника, волнение, подавленность — все, что десять минут назад вызывало слезы и сопли, — вылетало из нее, как вышибленное неведомой силой. Хотя он явно не ставил перед собой такой задачи. Или ставил?

Маша посмотрела на Кирилла с удивлением. Кто он, что он?.. Она даже профессии его не знает. Да что профессии — она настолько не обращала на него внимания, что и лицо его только сейчас разглядела.

Лицо необычное, это точно. В чем необычность, Маша поняла не сразу, но, пока Кирилл показывал еще какие-то знаки, выгравированные на астролябии, все-таки поняла: просто она никогда не видела таких правильных черт. Покрасивее видела, и сколько угодно, да вот хоть Игорь красавец был, а Крастилевский так и вовсе. Но правильность, точность каждой линии, этого не видела в таком совершенстве.

И, удивленно отметив про себя, что уже думает о Крастилевском не только без страха, но даже без интереса, Маша принялась разглядывать лицо Вериного сына, пока он рассказывает про средневековые способы навигации и не обращает внимания на ее неприличное любопытство.

Отчасти он был похож на Веру, но все-таки не очень. Было бы жалко, что не похож, если бы его внешность не представляла собой другую, не Верину, разновидность явной, но неопределимой тайны, а раз представляла, то и жалко не было.

У Веры глаза были непонятные потому, что цветом напоминали камень в ее кольце, а у ее сына потому, что вообще невозможно было определить их цвет. Как не определишь цвет почвы в глубокой тени — из темной земли она состоит, из гранита или, может, из одной только травы.

Тут Маша спохватилась, что Кирилл хоть и погружен в объяснения того, где на астролябии обозначен небесный экватор, северный и южный тропик, а где зодиакальный круг и самые яркие звезды, но может вдруг отвлечься и заметить, что она разглядывает его, как неведому зверушку.

— А откуда ты все это знаешь? — спросила она, как только он взглянул не на астролябию, а на нее.

— Изучал в детстве. Меня это интересовало, — ответил он. И прежде чем она успела спросить еще что-нибудь, спросил сам: — А нога у тебя не болит? Щиколотка опухла.

Маша глянула на свою щиколотку. Опухла, да.

Наверное, лицо ее переменилось так заметно, что он повторил:

— Болит?

Не могла же она объяснять, каким невыносимо ясным сделалось в эту самую минуту ее унижение от всего произошедшего.

Как могла она позволить себя ударить?! Как будет после этого жить?..

— Маша... — В голосе Кирилла послышалось сочувствие, хотя она не произнесла ни слова. — Я уверен, ты совершенно не виновата в том, что случилось.

— Как ты можешь быть в этом уверен? — Она потерла нос, чтобы из глаз не полились слезы. — Ты же не знаешь...

И, забыв, что все связанное с Крастилевским ей невыносимо, стала говорить сбивчиво и быстро — о нем, о необъяснимой своей глупости, которую почему-то считала любовью, о микеланджеловской кисти на его плече, о пощечине... Да, о пощечине тоже. Она была уверена, что никогда и никому не сможет об этом рассказать, но рассказывала так, будто это не было самым страшным унижением в ее жизни.

Она говорила, не глядя на Вериного сына, обхватив себя за плечи, как будто боялась упасть со стула, и правильно боялась, потому что в конце концов именно упала, то есть упала бы, если бы Кирилл не придержал ее.

— И... в общем, я себе так противна, как... Как не знаю что, — закончила она и наконец подняла глаза.

Он очень высокий, только теперь Маша это поняла. Когда он приехал, она вообще не обратила на него внимания, потом почти не встречала его и потому не обращала внимания тоже, а сегодня, когда трудновато было бы не обратить, все время находилась в таких странных положениях — то на спине, то на четвереньках, то скрючившись на табуретке, — что рост его был ей неясен, а вернее, не до того ей было.

Сейчас ей показалось, что он упирается головой в потолок.

— Почему ты себе противна? — спросил Кирилл.

С высоты своего устрашающего роста он смотрел на нее, будто из тени.

— Потому что он прав, — ответила Маша.

Она поняла это только в ту минуту, когда произнесла, глядя в глаза, выражение которых было ей как раз совершенно непонятно.

Наверное, выражение ее собственных глаз переменилось при этом так сильно, что Кирилл сказал:

— Подожди. Я думаю, стоит немного выпить. Нам будет легче говорить.

И прежде чем Маша успела ответить, открыл буфет, который Вера использовала как бар, и достал оттуда высокие стаканы и бутылки.

— Это что, «отвертка»? — спросила Маша, когда он поставил перед ней стакан с чем-то переливчатым, красновато-оранжевым.

— Отвертка?

— Ну, водка с апельсиновым соком.

— А! Нет, там кампари. Принести лед?

Лед был Маше без надобности — она выпила коктейль залпом. И хоть кампари явно предназначался не для такого простецкого употребления, это оказалось именно то, что нужно.

— Почему ты считаешь, что он прав? — спросил Кирилл.

Когда он предложил выпить, Маша думала, это потому, что хочет поменять тему, которая его, конечно, интересовать не может. Но оказалось, что он хотел именно того, о чем и сказал — чтобы легче стало говорить. Ей, во всяком случае, точно стало легче, и не только говорить, но вообще жить. Этому стоило бы удивиться, потому что Маша точно знала: алкоголь действует на нее только физически, притом не слишком приятно, голова кружится, в сон клонит, а никакого душевного освобождения не приносит вовсе.

Но, наверное, что-то изменилось в ее жизни, и сильно, и, может быть, необратимо. Все предстало перед ней по-новому, даже коктейль с кампари.

— Крастилевский прав, потому что я пыталась врать, — сказала она. — Мне было скучно с его матушкой, но я все равно к ней ходила. А это же вранье. Вранье и расчет. Ну и что теперь святую жертву из себя корчить? Я пыталась его за веревочки дергать — он меня.

— Мне так не кажется.

— Почему?

— По всему, что ты рассказала.

Маша не могла вспомнить, что именно рассказала перед тем как Кирилл предложил выпить и коктейль с кампари так неожиданно привел в порядок ее чувства и разум. Странно, что он вообще разобрался в ее сбивчивой речи.

— Дурой выгляжу, я понимаю, — вздохнула она.

— Это не так.

— Так. А я про все это курсовую писала вообще-то. Про манипулирование и прочее. С примерами из фокус-групп. В центр специальный ходила, ну, где женщины на передержке, которых мужья колотят.

Кирилл расхохотался. До сих пор Маша замечала улыбку только у него в глазах, и то невозможно было сказать с уверенностью, есть ли она. Поэтому не ожидала смеха и, может, обиделась бы, но когда, задрав голову, посмотрела на него, то обижаться забыла.

В нем совсем не было того, что привычно называют обаянием. Да и может ли оно быть при такой правильности черт? И смех не разрушил их выверенности. Но другое стало для Маши очевидным, когда он засмеялся...

В нем было так много правды, что казалось, только из нее он и состоит. В математически разумном чертеже его облика ложь была не предусмотрена так же, как все ее производные — пошлость, фальшь. И это было в нем естественно, как симметрия, которая предусмотрена в снежинке еще на стадии ее появления и даже на каких-то более дальних и давних стадиях.

— Извини, — сказал Кирилл. Смеяться он перестал, но улыбка еще высвечивала гармонию его облика, и от этого захватывало дух. — Я заглядываю в русский твиттер, поэтому, возможно, пока еще чувствую юмор. Ты очень смешно сказала про женщин на передержке.

Ничего особенно смешного Маша в своих словах не находила, но у него другой взгляд, наверное. Интересно, где он учился? В Йеле, может, или в Гарварде. Когда она готовилась сдавать тойфл и смотрела на ютюбе лекции по психологии, тренируясь понимать устный английский, то в гарвардской, то в стэнфордской аудитории видела такие лица. Какие «такие», она объяснить не смогла бы, но, увидев, узнала бы, и ей казалось, что у него именно такое лицо.

— А где ты работаешь? — спросила Маша. — Если не секрет, конечно.

— Не секрет. В Пало-Альто.

— Ух ты! — восхитилась она. — Никогда живого Стива Джобса не видела. В смысле, кого-то вроде Стива Джобса.

— Вряд ли это про меня.

Показалось, он сейчас снова расхохочется, но нет.

Ей стало так любопытно, что даже пружинки на голове зашевелились, наверное. Она не то что не видела кого-то вроде Стива Джобса — мир, в котором его можно было бы увидеть, представлялся ей шкатулочкой с редкостными диковинами, разглядеть которые поближе так же невозможно, как интересно. Нет, не подходят к этому фантастическому миру такие словечки — «шкатулочка», «диковины». Маша даже не понимала, откуда они вообще взялись у нее в голове. Из сказок про золотое яблочко, может, которое катается по серебряному блюдечку и показывает все, что только есть на белом свете.

— Ты искусственный интеллект изобретаешь? — спросила она.

— Изучаю поведение людей. Проверяю интуитивные догадки. Биг дата.

— А!.. — глубокомысленно произнесла Маша.

Что такое биг дата, она, конечно, знала, но не настолько хорошо, чтобы с ходу понять, при чем здесь интуитивные догадки.

— А тебе это подходит, — все-таки ляпнула она.

Ну ей правда так показалось! Весь его облик подходил к странному, призрачному, математическому, но пугающе живому океану, который плескался внутри ее айфона и о котором Маша не думала, потому что он находился за пределами того, о чем она способна была думать.

— Почему ты так считаешь? — Кирилл улыбнулся. — Я похож на дельфийского оракула?

При чем дельфийский оракул, она не поняла уже совсем. Ей стало стыдно, что она пытается выглядеть в его глазах умнее, чем есть, и она сказала:

— Вообще-то я не очень-то понимаю, что с биг дата делают. Рассчитывают, как правильно кроссовки продавать?

— Биг дата — это большие массивы данных об индивидуальных предпочтениях пользователей сети. В том числе о кроссовках, которые они хотели бы покупать. Ее правильное толкование позволяет выполнять тонкую подстройку любого продукта для любых целевых аудиторий.

Смысл его слов был понятен, но следующий вопрос Маша задала все-таки с почтительной опаской:

— И ты это делаешь?

— Да.

— А откуда ты знаешь, какое толкование правильное?

Он улыбнулся снова, и Маше показалось, что и расхохочется сейчас снова тоже. Интересно, что такого глупого в ее вопросе?

— Ты все понимаешь очень быстро и точно, — как будто расслышав ее мысли — совсем как Вера! — сказал Кирилл. — Но очень смешно шмыгаешь носом. Да, дело именно в том, чтобы найти правильное толкование. Иначе все эти гигантские массивы данных просто случайный хлам в цифровой яме. Потому я и вспомнил про дельфийского оракула. А ты сегодня ела?

Задавать неожиданные вопросы он умеет, чего уж. Правда, это только для нее они неожиданные, может, а для него очень даже логичные. Следуют из анализа биг дата.

— Мне не хотелось, — честно ответила Маша.

— А теперь?

— Теперь хочется.

— Мне тоже. Можем пойти в ресторан. Можем поесть здесь. Только во втором случае это будет незатейливо.

— Почему?

На этот раз улыбнулась уже она, услышав Верино слово от ее сына.

— Потому что готовой еды в холодильнике нет. А готовить я отвык. Если вообще привыкал когда-нибудь.

«Жена готовит, наверное»», — подумала Маша.

Мысль о жене охладила ее. Весь личный опыт доказывал, что общение с чужими мужьями — дело предсказуемое. Ты его можешь рассматривать как друга, товарища и брата, но он тебя рассматривает так, как если бы никакой жены у него не было, и через час общения начинает к тебе клеиться с понятной одноразовой целью.

Она поскорее отогнала эти мысли. Во-первых, Кирилл к ней не клеится. А во-вторых... То есть не во-вторых, а в главных, такие неприятные чувства, как страх и отчаяние, исчезли с его появлением, и кажется, исчезли бесследно, но если его не будет, то, может быть, вернутся... Маша вздрогнула, представив это.

— Можем открыть овощную икру, — сказала она. — Нина три банки самодельной принесла. Твоя мама разрешит, наверное.

— С тобой трудно не смеяться! Наверное, разрешит.

Верина подруга сказала, что икру из морковки, чеснока и сладкого перца надо есть в качестве приправы к мясу, но Маша решила, что и просто с хлебом очень даже наешься. Правда, хлеб оказался черствый, поэтому она поджарила его в яйце и молоке, пока Кирилл открывал банки с икрой и абрикосовым вареньем.

— Я правда отвык, — повторил он извиняющимся тоном, глядя, как она сбрасывает гренки со сковородки на тарелку. — В Долине же с нас все бытовые заботы сняты. И кормят безлимитно.

«Ничего себе! Везет вам», — хотела сказать Маша, но тут же поняла, что и в ее жизни, проходившей совсем не в Кремниевой Долине, бытовые заботы тоже никогда не были не только главной, но и вообще сколько-нибудь заметной трудностью. Игорь был прав: она так рано стала жить одна, что все для себя необходимое делала не задумываясь. Да и еды ей надо было так мало, что питаться безлимитно можно было даже на ее умеренную зарплату. Но разве в этом дело!..

Странное сходство между ее и Кирилловой жизнью поразило ее.

— Красиво у вас в Долине? — спросила Маша.

Узнать это было ей поинтереснее, чем расспросить, кто стирает кремниевым обитателям одежду и готовит еду. Но это ей интересно, а он, может, вообще о таком не думает. Биг дата же, наверное, по двадцать пять часов в сутки надо изучать, не до красот.

— Красиво, — ответил он. — У Брина возле офиса скелет динозавра стоит. У кого-то вроде Стива Джобса лисы всюду бегают.

— Ух ты! Кусаются?

— Если их не трогать, то нет.

— Я когда-то хотела в Америку поехать, — сказала Маша. — Учиться. Даже язык сдала.

— Когда-то — это когда?

Маша рассердилась на свою ненужную болтливость. Конечно, при ее детсадовском шмыганье носом и пружинках вместо прически «когда-то» звучит глупо. Про свои мечтанья она никому не рассказывала, и ему бы не надо. Сейчас снова расхохочется.

Раскладывая икру по тарелкам, Маша искоса и быстро взглянула на Кирилла. Непонятно, что в его глазах, но насмешки нет точно.

— Сразу после универа, — ответила она.

— И что тебе помешало?

А правда, что? Работу искала, квартиру, казалось, это временно, потом с Игорем встретилась, и как-то все закрутилось, и стало казаться, вот она, жизнь, а то все были фантазии и вымыслы... Представив, как она объясняет это Кириллу, Маша поняла, что лучше язык себе откусит. Но не откусила, а честно ответила:

— Дурость.

— Чья?

— Моя, чья же еще.

— Давай мы потом это обсудим, — сказал он. — В скайпе или где тебе удобнее. Это требует некоторой ясности ума. У меня ее сейчас нет. Поедим лучше, ладно? По-моему, это все, на что я сейчас способен.

Что-то переменилось в его голосе и взгляде. Или просто она увидела его ближе, потому что как раз ставила перед ним тарелку с гренками и вазочку с вареньем?

Маша не знала, как назвать эту перемену. Она растерялась.

— В скайпе? — переспросила она.

— Завтра я улетаю.

— А Вера говорила...

— Обстоятельства изменились. Исчерпались. Можно так сказать?

— Можно, — машинально кивнула она.

— Давай поедим, Маша.

Глава 8

— Наши отношения исчерпали себя, Вера. Думаю, тебе знакомо, как это происходит.

— Знакомо.

Она ответила машинально, могла бы и не отвечать. Но и скрывать нечего. Да, ей знакомо, как исчерпываются отношения.

— А Кирилл... — начала было Вера.

— Мы с ним уже обсудили это. Он тоже считает, что лгать друг другу невозможно.

Еще бы он считал иначе. Кирка и ложь — две вещи несовместные.

— Думаю, нам надо было это сделать раньше. Мне казалось, со временем наше несходство будет меньше значить. Но оказывается наоборот, его сдержанность и моя эмоциональность расходятся все дальше.

— Ты думаешь, дело в этом?

— Возможно, если я не занималась бы искусством, а он тем, чего не может понять обычный человек, разница действительно сгладилась бы. Но есть то, что есть.

Мама когда-то говорила, что Кирилл выбрал себе жену с внешностью на Верин манер. Если это и так, то лишь отчасти. Марина, несомненно, сильно улучшенный образец. Предположим, в Вере есть неординарность, но в ней — красота настоящая. Особенно сейчас это видно, когда она стоит среди корзин, доверху наполненных красными и желтыми яблоками, синими сливами, золотым луком, пурпурными помидорами, и солнце серебрит ее волосы, как волжскую воду в дальней перспективе.

Все петербуржские офицеры, все шляхтянки из лесных белорусских поместий влили свои гены в плавильный американский котел, чтобы вышла такая безупречность.

«Я думаю не о том».

Верины мысли метались и путались, хотя, может быть, ей вообще не стоило волноваться. Когда сыну сорок лет и он живет за океаном, его решение расстаться с женой не должно касаться матери слишком непосредственно. Но когда сыну сорок лет и он живет за океаном...

Сердце, о котором она почти уже не думала, заныло тягуче и остро.

— Вера...

Маринин голос дрогнул, и сердце у Веры дрогнуло тоже.

— Видишь ли, я не стала говорить Киру... Ему будет больно.

— Мне можешь сказать.

«Может быть, мне будет больно, может быть, нет. То и другое не имеет значения».

— Со временем я, конечно, скажу и ему. Дело в том, что я жду ребенка.

Боль в сердце прекратилась мгновенно. Оно замерло и ухнуло в пустоту.

— Как?.. — с трудом произнесла Вера.

— Ребенок не от Кира, — поспешно сказала Марина. — Не знаю, легче ему будет от этого или тяжелее, но вот так.

Как будет Кириллу, Вера не знала, но сама почувствовала такое облегчение, что чуть не заплакала. Как все-таки относительно счастье! Одно и то же событие с одинаковой вероятностью может обернуться и радостью, и горем.

— Я думала, ты не хочешь детей.

Вера с удивлением услышала, что голос звучит спокойно. Хотя стоит ли удивляться? По сравнению с тем, что могло быть, Маринино известие в самом деле обрадовало ее.

— Я хотела, конечно, я думала, что у меня непременно будут дети, — сказала Марина по-русски. — Но это были абстрактные мысли.

Ей следовало поблагодарить своих предков не только за безупречную красоту, но и за то, что в четвертом американском поколении они считали нужным учить детей русскому языку. Хотя не очень понятно, зачем ей эти живые словечки вроде «непременно». Разве что со свекровью беседовать, да и то теперь ни к чему.

— А теперь? — спросила Вера.

— Теперь я этого в самом деле хочу, — снова перейдя на английский, ответила Марина.

«Природа теперь этого хочет. Все твои сорок лет вопиют: сейчас или никогда».

Правда, это глубокомысленное соображение никак не объясняло, почему природа не пожелала, чтобы Маринин ребенок родился от мужчины, с которым прожито пятнадцать лет, но это уж, вероятно, относится к тайнам такой глубины, на которой вообще мало что различает человеческий разум.

— А где Кирилл? — спросила Вера.

— Уехал в Москву. Мы поговорили сегодня утром, и он уехал.

Боль, резкая и ноющая, возникла в сердце снова. Уехал!.. Почему Вера решила, что сын отнесся к этому так же философски, как она? Что он думал, что чувствовал, пока добирался от Плеса до Москвы, что думает и чувствует сейчас, один, что хотя бы делает?

Наверное, Марина заметила безотчетный жест, которым Вера потянулась к сумке.

— Кир выключил телефон, — сказала она. — Я пыталась ему звонить, он вне доступа. Но он уже в Москве, в доме. У меня пока еще есть функция поиска его айфона.

Впервые Вера почувствовала, что ее охватывает гнев. Конечно, она не жила с Мариной бок о бок, но все-таки за пятнадцать лет успела понять, что невестка умна и действительно эмоциональна, даже сентиментальна, что чувства человеческие для нее важны, может быть, просто потому, что они вообще важны для американцев... И как же самое простое, первое чувство не будит в ней сейчас тревогу, как же она могла спокойно провести день, рисуя эти изобильные корзины, эту серебряную реку? Картина на Маринином мольберте впервые показалась ей отталкивающей.

Какая же это странная вещь, любовь, какие пугающие личины она способна принимать!.. Или это всегда так было с любовью и просто забылось за давностью лет?

— У Кира важная встреча в понедельник. — Марина произнесла это отчасти успокаивающим, отчасти виноватым тоном. Наверное, потому что гнев все-таки мелькнул в Вериных глазах, хотя бы на мгновение только. — Это связано с тем предложением, которое ему сделали о работе в Москве. Он подписывает контракт и, думаю, хочет сосредоточиться, поэтому уехал из Плеса пораньше. Его не вдохновляют красоты природы, ты же знаешь.

— Да, — машинально согласилась Вера. — Наверное, так. — И спросила: — Чем он поехал, не знаешь?

— Вызвал такси.

— Я тоже вызову.

— Тебе не нужно это делать, Вера. Кир уже заказал для нас с тобой такси на завтра.

— Я поеду сегодня. Мне неспокойно от того, что он один после... твоего известия.

— Я понимаю тебя,- тихо сказала Марина. — Не думай, что мне легко далось мое решение. Но я в самом деле полюбила другого человека, я жду от него ребенка. И как бы я стала лгать? Не думаю, что Кир этого хотел бы.

Не только любовь, но и честность оборачивается чем-то противоположным счастью — прямо в руках одно за другим рассыпается все, что казалось в жизни главным. А почему? Никто не объяснит.

Глава 9

Вера вошла в дом так поздно, что была уверена, Кирилл спит, и хотела только заглянуть к нему, чтобы в этом убедиться.

Но окна его комнаты были темны, а свет горел в садовой беседке, и силуэт сына в ней показался Вере светлым тоже, хотя это противоречило законам оптики.

— Мама? — Она подошла, и Кирилл посмотрел удивленно. — Что-то случилось?

— Не знаю, — сказала она. — Ты ничего мне не сказал, и я не знаю, как ты относишься... к происшедшему.

— И потому ты срочно приехала. — Он улыбнулся. — Я никогда к этому не привыкну все-таки.

— К чему?

— Что твое внимание ко мне не становится меньше.

Она не назвала бы это вниманием, но пусть.

— Не думаю, что надо называть это происшедшим, — сказал он. — Исчерпались отношения. Это не событие, а процесс.

Его голос звучал ровно, но Веру трудно было обмануть, и уж точно не ему было это делать.

— Не делай вид, что тебе это безразлично, — сказала она.

— Мне это не безразлично. Но я стараюсь к этому привыкнуть. Пока не получается.

— Мне казалось...

Вера замолчала.

— Что мы и так отдалены друг от друга, и поэтому расставание закрепится незаметно? — усмехнулся он.

— В общем, да.

— Я тоже так думал. — Кирка смотрел тем взглядом, который был у него с рождения. Из-за этого взгляда ей с самого же его рождения и казалось, что думает он всегда. Даже во сне, когда взгляда не видно, его лицо выглядело сосредоточенным. — Но оказалось, что это не так. Почему — пока не понимаю.

Это Вера как раз понимала прекрасно. Потому что когда оказывается, что пятнадцать лет твоей жизни не будут иметь продолжения, даже просто логического продолжения, не говоря о продолжении чувств, которыми были насыщены эти огромные годы, то в жизни твоей образуется провал, и непонятно, чем его заполнить, и можно ли заполнить вообще.

Но как сказать это сыну и зачем это говорить? Ему не станет легче от ее расхожей мудрости, тем более сейчас. Вера вспомнила, как первый раз приехала к нему в Стэнфорд, и все ей было в диковинку, и он показывал ей библиотеку и кампус, посмеиваясь над ее удивлением, а потом познакомил с Мариной и, когда провожал в аэропорт, сказал, что это единственная девушка, с которой он чувствует, что жизнь не сводится к обыденным вещам, и для него это важно. Как он все это забудет, если даже она забыть не может?.

— У тебя завтра важная встреча? — спросила Вера.

Молчание было тягостным, ей хотелось его прервать.

— Нет, — ответил он. — Была назначена, но я отменил. Поменял билет и завтра улетаю.

Видимо, на ее лице выразилось даже не изумление, а потрясение.

— Ма, — сказал Кирилл, — я не потому встречу отменил, что страдаю.

— А почему? — тут же спросила Вера.

— Понял, что меня втягивают в темное дело. Я с самого начала должен был это понять.

— Кирка, ты, может, и должен был что-то понять, но я ничего не понимаю, — вздохнула она.

— Мне предложили участвовать в большом проекте в России. Возможности сбора данных неограниченные. Деньги тоже. От меня нужен был анализ биг дата и разработка определенных социальных технологий.

— Думаешь, ты мне что-то разъяснил? — улыбнулась Вера.

— Да, я сейчас не слишком внятен, извини. — Он перешел на английский. — В общем, мне сказали, что это коммерческий проект. И меня ничто не насторожило.

— А что должно было тебя насторожить?

Теперь Вера насторожилась сама. В биг дата она, положим, ничего не понимала, зато понимала, что большой проект с неограниченными деньгами и социальными технологиями, вот сейчас, здесь, это дело не совсем коммерческое и, может быть, опасное. Почему же Кирка ее не спросил! Впрочем, было бы странно, если бы он стал спрашивать маму о таких вещах.

— Меня должен был насторожить, например, человек, который вел со мной переговоры, — ответил Кирилл. — Он приходит в одежде с уличного рынка, когда все в деловых костюмах. Что уже выглядит инфантильно. При этом он не бандит, у него серьезный бизнес, я, разумеется, проверил. При этом у него золотой айфон. То есть золотого айфона, конечно, не бывает, но для него сделан золотой панцирь. И во время переговоров он иногда достает этот кусок золота из кармана и кладет на стол. Я спросил зачем, и он ответил: чтобы собеседник правильно понимал его статус. От этого ощущение, будто ты собираешься подписать контракт с папуасами. Я знал, что в Москве так было двадцать лет назад. Но считал, это ушло в историю.

— Кирка, — сказала Вера, — ты думаешь, мать старая дура, я понимаю...

— Я так не думаю.

Он улыбнулся.

— ... но если бы ты меня спросил, я бы тебе сразу сказала, что здесь это никогда не уходит в историю. Это затаивается, но всегда возвращается, и что это, и когда, и чем будет избыто, никто не знает. То ли наказание, то ли проклятье, то ли просто этнографический антураж. Как вувузелы.

— Может быть. — Он пожал плечами. — Но в данном случае я не должен был анализировать причины. Должен был просто прекратить отношения с этим Виталием и не вступать в проект, который он фронтирует, каким бы заманчивым этот проект ни выглядел. Я только сегодня это понял.

— Что же такого произошло сегодня? — спросила Вера.

И тут же прикусила язык. Да, непонятно, каким образом расставание с женой способствовало тому, чтобы Кирка как-то иначе увидел какой-то проект, но упоминать об этом было жестоко.

Его лицо переменилось, и ей стало стыдно за то, что она так бестактна и безжалостна.

— Сегодня?.. — сказал он. — Я понял, что не должен вступать в проект, когда разговаривал с Машей.

Вера поняла, что перемена в его лице была не болью, а удивлением.

— С Машей? — в свою очередь удивилась она. — Ты с ней обсуждал биг дата? Нет, она, конечно, умная девочка, начитанная... Но все-таки совсем в других областях, по-моему.

— Дело не в ее начитанности. Мы не говорили о книгах.

— А в чем тогда?

— Мне показалось, я посмотрел в зеркало. И увидел то, чего не видел раньше. Я не могу это объяснить. — Удивление снова мелькнуло в его глазах. — Это новый для меня опыт.

Вот это Вера как раз могла объяснить легко. Маша Морозова была ясна, как родниковая вода. Для нее, во всяком случае.

— Она честная девочка, — улыбнулась Вера. — Так что зеркало очень чистое. Дело только в этом, ничего особенного.

Она тут же подумала, что такой кристальный, как у Маши, состав личности — это как раз нечто очень особенное. Но вряд ли Кириллу сейчас нужны посторонние рассуждения, так что сообщать ему свои мысли о Маше она не стала.

— Ма, — сказал он, — пожалуйста, ответь определенно, когда ты переедешь ко мне. Ситуация здесь действительно настораживающая. Я в этом убедился. Думаю, тебе надо поторопиться.

— Хорошего, конечно, мало, — нехотя согласилась Вера. — Но так чтобы уж прямо торопиться... Не думаю, что перестанут выпускать за границу.

Только теперь она поняла, как расстроилась из-за того, что сорвался его проект и не будет того года, который он собирался провести в Москве, или сколько это должно было длиться. Да хоть сколько — каждый день с ним был для нее драгоценен, каждый вечер, когда она выходила на веранду и видела его силуэт в увитой актинидией беседке, его лицо, подсвеченное просто экраном макбука, но для нее другим, из всего его существа исходящим светом.

Ей казалось, что всегда так было, есть и будет. Для этого ощущения не было никаких оснований, оно было иллюзорным, Вера понимала, и то, что иллюзорность так отчетлива, даже пугало ее, заставляя сомневаться в собственной вменяемости, но поделать она с собой ничего не могла.

Сын связан с нею тысячами нитей, эта связь не становится слабее, и не становится слабее боль от того, что его жизнь проходит отдельно, что он возникает из своей непредставимой жизни только на экране ее айпада.

Вера снова почувствовала боль в сердце, может быть, даже вздрогнула от нее, поэтому поскорее, пока Кирилл не заметил, сказала:

— Все-таки мир стал другим, этого уже не отменить. Папа Ирки Набиевой сдирал масляную краску с батареи в ванной, обматывал трубу проволокой и прикреплял к ней антенну. Просто чтобы поймать «Свободу». А когда танки вошли в Прагу и в приемнике уже ничего поймать было нельзя даже с проволокой, ему физтеховские друзья добыли радио из военного самолета. Огромный такой куб с переключателями, в наушниках надо было слушать.

— Да, технически все теперь проще, — сказал Кирилл.

— Я видела времена похуже, Кирка.

— Возможно. Но мне показалось, я посмотрел тем временам в глаза. Когда ты примешь решение?

— Я понимаю, что тебе это нужно. — Она знала, что ее улыбка выглядит жалкой. — Особенно теперь.

Жалкой, а главное, бессмысленной была и попытка переключить его внимание с себя на него самого.

Структура, которую создавал его ясный разум, была прочна, главное в ней не сбивалось, что бы с ним ни происходило.

— Дело не во мне. — Кирилл поморщился. — Я рассчитан на более сильные удары, чем одиночество.

«Все-таки это для него удар, и сильный. А я припутываю к этому себя! Мой эгоизм отвратителен».

— Я сделаю, что ты считаешь правильным, — сказала Вера.

Ощущение неотвратимости охватило ее. Оно было таким отчетливым и таким знакомым, что ни с чем она не могла его перепутать. К добру эта неотвратимость или к худу, неизвестно, но и нет смысла об этом размышлять, когда тебя подхватывает такая сила, с которой не сравнится ничто.

Глава 10

— Вера Кирилловна, обстоятельства настолько исключительны, что... Да вы и сами понимаете.

Взгляд у завуча был растерянный, сильные стекла очков укрупняли эту растерянность, и потому казалось, что она сейчас заплачет.

— Понимаю, Ольга Анатольевна, — сказала Вера.

Еще бы не понимать. Поездки, в которых она бывала с детьми, не простирались дальше Белоруссии. На концерт в Польшу поехал с ее учениками другой преподаватель, а когда мама однажды попыталась получить у себя в институте путевку на Солнечный Берег, то под большим секретом получила лишь объяснение, что с такой пометкой в личном деле, как у ее дочери, о поездках за границу, даже в Болгарию, может забыть вся семья.

За десять лет Вера успела к этому привыкнуть настолько, что перестала чувствовать даже унижение, которое вначале приносило ей сознание того, что с ней обходятся как с крепостной девкой, не отпуская дальше крайнего на селе овина.

Впрочем, и нынешнее сообщение из того же разряда. Барин решил, что пусть ее съездит.

— Послать просто некого, — разведя руками, сказала завуч. — Вместо Панченко поехал бы Вербицкий, но он ногу сломал.

«Вы хоть сами себя слышите?»– чуть не спросила Вера.

Но промолчала. Причем ко всему этому Ольга Анатольевна? Она просто объясняет ситуацию, и так Вере понятную: один педагог попал в больницу с аппендицитом, другой со сломанной ногой, поездку отменить невозможно, поэтому некие высшие силы готовы поверить, что гражданка Морозова, учительница детской музыкальной школы имени Сергея Прокофьева, не сбежит пешком и не ускачет на коне через китайскую границу. Или Монголия граничит еще с кем-нибудь, кроме Китая? Вера не могла с ходу вспомнить.

— Вы напрасно так подробно мне объясняете, — все-таки не удержалась она. — Это ведь мои ученики, я подготовила с ними программу. Естественно, что и сопровождать их в зарубежную поездку буду я.

Она посмотрела на Ольгу Анатольевну таким издевательски безмятежным взглядом, что та отвела глаза.

И все-таки, несмотря на унизительность этого барского дозволения, Верино любопытство было таким сильным, что его можно было считать почти восторгом.

Книг о Монголии дома не нашлось, идти в Ленинку в оставшиеся до поездки дни уже не было времени, потому что все оно было посвящено оформлению документов и репетициям, но сбегать в соколянскую библиотеку на улице Врубеля Вера все-таки успела, и фотографии из альбома, степи, горы и закаты, наложились в ее сознании на детские впечатления про Чингисхана и Батыя из романов Василия Яна.

Действительность, впрочем, отличалась от фотографий так же сильно, как представитель министерства культуры, встречавший в аэропорту, отличался от Чингисхана. Город Улан-Батор напоминал Саранск, в котором Вера недавно побывала, тоже сопровождая учеников. То есть, конечно, отличия были, но не принципиальные. Из окна автобуса она успела разглядеть огромную площадь, на которой стоял мавзолей вождя Сухэ-Батора, юрты на улицах не только окраинных, но и центральных, а также овец, коров и приземистых крепких лошадей, пасущихся вдоль дорог. Потом она устраивала детей и устраивалась сама в интернате, где назначено было жить, водила учеников на ужин, назавтра занималась поисками настройщика рояля, глажкой костюмов и прочими неотложными делами, не позволявшими отвлечься на что-либо постороннее до концерта, который состоялся на следующий день в Театре оперы и балета. Конечно, ученики московской музыкальной школы не были главными его участниками, но выступили они, на Верин взгляд, блестяще. А взгляд у нее был верный — хоть она и не поступила в консерваторию, и не стала пианисткой, но педагогом стала хорошим.

Вообще-то Вера сама этому удивлялась: пока училась в Мерзляковке, она не чувствовала в себе способности к преподаванию, тем более детям. Но когда собственная ее музыкальная карьера оборвалась, что-то в этом смысле переменилось, и так разительно, что она даже думала, не только переигранная рука была тому причиной.

Она стала видеть людей иначе, чем прежде, в этом было дело, и то, что она с первой встречи, с первых пропетых или сыгранных мелодий видела, получится из ребенка что-нибудь или нет, было лишь частью ее способности понимать это и о взрослом человеке, и понимать в общем, не в музыкальном только смысле. Впрочем, она не особенно об этом размышляла — ей достаточно было знать, что кусок хлеба обеспечен всегда.

Назавтра после большого концерта экскурсионная программа для Вериных учеников, как и для всех юных музыкантов, была намечена на целый день. Но когда за ними в интернат пришла утром целая делегация из музыкальной школы, тот самый представитель министерства, который встречал в аэропорту, сказал Вере:

— А для взрослых наших гостей другая экскурсия приготовлена. В степь поедем.

Он учился в МГУ, по-русски говорил прекрасно, но все-таки Вера подумала, что неправильно его поняла.

— Но нельзя же оставить детей на целый день одних, — возразила она.

— Почему одних? Наши учителя с ними будут, ученики им все покажут, вместе порепетируют, пообедают-поужинают. Не волнуйтесь, люди у нас гостеприимные и ответственные. А вам будет интересно посмотреть, как в степи живут. Когда еще необычное увидите, Вера Кирилловна?

«Никогда», — подумала она.

Если город представлял собой сплошное разочарование, то сразу же, как только автобус выехал за окраину, разочарование развеялось в воздухе, притом буквально. Охряная осенняя степь с низким ярко-синим небом и изысканным рисунком гор на горизонте в самом деле оказалась так необыкновенна, что в Вериных жизненных впечатлениях не было ничего сравнимого с ней.

Тысячу раз были названы эти краски и эти чувства, не было необходимости искать для них новые слова, да и вряд ли Вера такие слова нашла бы. Но в том, что окружило ее, растворило в себе, было что-то очень значительное. Она не понимала, почему так, но хотела запомнить свое ощущение. Ей показалось, именно о нем она читала у Чехова: тому, кто видел Индийский океан, всю жизнь будет что вспоминать во время бессонницы.

Юрты, выглядели такой же органичной частью степи, как горы и табуны лошадей, и, наверное, в самом деле были приспособлены для степной жизни наилучшим образом. Но внутри юрты Вере стало не по себе. Это было что-то абсолютно противоположное ей, никак с ней не соприкасающееся. К тому же она не могла заставить себя пить чай, заваренный в соленом молоке с кусочками бараньего жира. К счастью, большие монгольские пельмени, буузы, не то чтобы понравились, но показались приемлемыми. Вере было неловко от того, что она обижает улыбчивых хозяев юрты своей переборчивостью, поэтому она обрадовалась, что может есть хотя бы буузы, и съела их столько, что заболел живот.

От еды она устала, ноги затекли от сидения на кошме, хотелось выйти из юрты, погулять, пока не стемнело, по степи, но не похоже было, что гостей готовы предоставить самим себе. Во всяком случае, в юрту вошли двое новых людей в подпоясанных кушаками кафтанах; дээлами такие кафтаны называются, это Вера усвоила. Вздохнув, она подумала, что сейчас подадут и новое блюдо. Но еды эти люди не принесли — в руках у них были музыкальные инструменты.

— Мы рады показать нашим гостям уникальный вид монгольского искусства, — сказал экскурсовод. — Хьюмий, горловое пение.

Вот это правда радость! Вера оживилась. Про горловое пение она читала, но не предполагала, что когда-нибудь услышит его. Хотя в Башкирию или в Туву могла бы попасть, наверное, это же не заграница... Ну, неважно. Услышать горловое пение в Монголии было интересно, и она с нетерпением ожидала, когда оно начнется.

— Когда мы смотрим на степь, вспоминаем наше прошлое и думаем о будущем, наша душа звучит так, как этот инструмент, морин хууре, и как голоса наших певцов, — сказал экскурсовод.

Один музыкант заиграл на двухструнном морин хууре, а второй запел. То есть сначала он вдохнул — глубоко, во все легкие. Потом из глубины его горла раздались звуки такой низкой частоты, на которой, казалось, уже не может существовать человеческого голоса. Он извлекал из себя две ноты одновременно, это представлялось невозможным, и невозможность завораживала так же, как монотонность пения, оборвавшегося внезапно, без какого-либо тонического и ритмического финала. Впрочем, тут же певец вдохнул снова, и пение продолжилось.

Это не было мелодией — в низких гортанных звуках, в их непредсказуемых переливах было то же, что Вера сразу почувствовала в степном пространстве и в рисунке гор: мир за чертой представимого. Она словно вышла за пределы того, что было ею, и там, в том таинственном свободном мире, все подчинялось каким-то другим, неизвестным ей законам. Это было так странно, так даже страшно, это так взволновало ее, что голова у нее закружилась, будто ей перестало хватать воздуха.

Она поднялась с кошмы и, морщась от покалывания в затекших ногах, пошла к выходу.

— Куда вы, Вера Кирилловна? — тихо спросил экскурсовод.

— Сейчас вернусь, — так же тихо ответила она и, откинув полог, вышла из юрты.

Глава 11

Пока ели и слушали горловое пение, мир переменился совершенно. То есть показалось так в первое мгновенье, но сразу же Вера поняла, что просто наступил закат.

Небесная синева расцветилась всеми оттенками пурпурного и золотого, перистые линии протянулись над степным сумраком до горизонта. В просторе неба и в просторе степи Вера почувствовала себя так легко, так свободно, что стеснившееся было дыхание восстановилось, и она вдохнула глубоко, будто сама собиралась петь.

Петь она, конечно, не собиралась, но свобода, которая была и в пении, и в небе над степью, закрепилась от этого вдоха у нее внутри.

Юрта, в которой принимали советских гостей, была одной из крайних, и, пройдя вперед совсем немного, Вера оказалась в степи. То есть она и так была в степи — граница между человеческим существованием и природой была здесь неуловима, — но теперь это ощущение стало абсолютным.

Небо меняло цвет каждую секунду, сверкнули в нем крупные звезды, сумрак сгустился в степи, появились из сумрака всадники, наверное, пастухи, а, нет, не пастухи — они миновали табун, подъехали к одной из крайних юрт и спешились, и один из них сразу стал похож на великана. Вера поняла, почему пришло ей в голову такое сказочное сравнение: все, кого она до сих пор видела здесь, были приземисты, как и здешние лошади, а этот был выше остальных, казалось, на две головы. Великан остановился, словно вглядываясь в Веру, потом что-то сказал спутнику, отдал ему повод своего коня и пошел к ней. Он был уже совсем близко, отблески закатной зари освещали его лицо, а глаза оставались притененными. Вера смотрела в них, не в силах отвести взгляд. А в то мгновенье, когда луч его взгляда с неотразимой силой устремился ей навстречу, это уже и невозможно было сделать.

— Вера... — проговорил он.

И дальше еще что-то, она не поняла, но не потому что разом забыла английский, а потому что все забыла разом. Все бывшее исчезло, сделалось ненужным, как, когда она слушала горловое пение, исчезло все привычное и прежнее, воплощаемое в мелодии, заменилось чем-то неведомым и единственно возможным.

— Вера! — повторил Свен.

Глаза его сверкнули, как звезды в небесной тени.

Она молчала. Не было слов, которые могли бы выразить, что она чувствует, а петь горлом Вера не умела.

Но по крайней мере смысл слов, которые произносит Свен, наконец стал проясняться для нее.

— Как ты оказалась здесь? — спросил он.

— Приехала с моими учениками.

А свои слова выговорились легко. Строй английской речи прояснил сознание.

— Ты стала учительницей?

— Да. Фортепиано.

— Я помню.

— Я тоже.

Это правда. Она помнит все так, будто время оказалось какой-то несуществующей субстанцией. Время. Девять лет. Зачем прошла без него треть ее жизни?..

Она не думала о нем, ей казалось, она давно его забыла. Но теперь этот вопрос — зачем прошли без него годы? — вонзился Вере не в сознание даже, а прямо в сердце. Ужас охватил ее. Все восполнимо, но время, время! Его, бессмысленно прошедшее, не восполнить ничем.

— А ты что делаешь в Монголии? — спросила она.

Надо же что-то говорить. Несмотря даже на то, что и любые слова кажутся бессмысленными тоже.

— Снимаю фильм.

— О Монголии?

— О Западе и Востоке.

— И с места они не сойдут?

Она улыбнулась. Отзвук стихов принес ей облегчение.

— В общем, да, — кивнул он. — Киплинг прав. Но есть места, где они сходились.

— В Монголии? — Вера удивилась, но сразу вспомнила: — А, да. Здесь был французский путешественник. Рубрук.

— Ты знаешь про Рубрука? — Теперь удивился Свен. — Хотя ты знаешь многие неожиданные вещи. Я помню.

Из этой его фразы она расслышала только «я помню». Все остальное прошло фоном.

— Есть поэма про Рубрука в Монголии, — сказала Вера. — Я ее читала, поэтому знаю. Твой фильм будет о нем?

— Скорее о трагедии столкновения. Или о счастье соединения, может быть.

Его по-прежнему волнует то, что напряженно, остро, нервно. Невозможно предполагать это, глядя в его глаза, в тень их серьезности. Но это так, и тогда это было так, и, наверное, будет всегда.

Он не изменился совсем, совершенно. Вера вздрогнула, поняв, что это относится не только к тому, что он снимает в кино, но и к его правде, прямоте и ясности, к тому большому, главному, что ей открылось в нем когда-то и что она с пугающей неизменностью почувствовала теперь снова.

Думать, изменилась ли она сама, было ей страшно. И неизвестно, в каком случае этот страх оказался бы сильнее — если бы она поняла, что изменилась, или что осталась прежней.

— Мы можем поговорить с тобой? — спросил Свен.

— Меня сейчас начнут искать.

— Твои ученики?

— Нет. Другие.

Она попыталась найти английское слово, чтобы объяснить, кто будет ее искать, но поняла, что не находит его и по-русски. Хозяева? Да, это было бы честным ответом.

Стыд и гнев охватили ее.

— Думаю, я найду способ их предупредить. Чтобы они тебя не искали, — сказал Свен. — Мне очень хотелось бы поговорить с тобой, Вера.

Его голос дрогнул. Ее стыд и гнев разом развеялись от одной лишь перемены тембра его голоса. Это было большей загадкой, чем горловое пение.

— Мне тоже, Свен, — сказала она.

— Пойдем?

Вера не поняла, куда здесь можно уйти: степь была видна во все стороны, и чтобы скрыться из виду, очень долго надо было бы идти, наверное.

— Мы поедем, — словно расслышав ее мысли, объяснил Свен.

— На чем?

Она огляделась в поисках... Собственно, чего? Машины, автобуса, велосипеда?

— На лошади, — ответил он.

— Я не умею, — испуганно проговорила Вера. — Я никогда не ездила на лошади, и... Я их боюсь!

— Мы поедем медленно. — Его голос звучал так, словно ничего необычного не было в таком способе передвижения. — Это недалеко, ты не устанешь к тому времени, когда нас уже не будет видно за холмами. Иначе нам придется не разговаривать, а только объяснять что-то посторонним людям, — добавил он.

Вере показалось, он извиняется за неудобство предлагаемой поездки. Она улыбнулась.

Лошади стояли возле юрты, недалеко от которой только что спешился Свен. Вера поймала себя на том, что уже думает о его появлении так, словно нет ничего естественнее, чем их встреча в монгольской степи. Впрочем, стоило ли удивляться этому ощущению? Оно в точности повторяло ее ощущение в квартире на Трубной площади, и в лодке на Тимирязевском пруду, и в мансарде соколянского дома... То, что было в мансарде, почувствовалось не сознанием, а телом. Вера вздрогнула и постаралась отогнать воспоминание.

— Это очень спокойная и невысокая лошадь, — сказал Свен, указывая на черную лошадку, которая в самом деле стояла тихо, лишь пофыркивая — Ты легко сядешь на нее. Я тебе помогу.

Темный лошадиный глаз отливал таинственным лиловым цветом. В нем не было страха, и он страха не вызывал.

— Думаешь, она будет меня слушаться? — все-таки с опаской спросила Вера.

— Мы поедем на ней вдвоем.

— Она такая небольшая...

— Это очень выносливая лошадь. Здесь все такие.

Свен улыбнулся. Тень его глаз осветилась. Вера забыла свою опаску перед лошадью.

Хорошо, что для поездки в степь она надела широкую шерстяную юбку — в ней нетрудно было подняться на стремя и сесть в седло. За его переднюю луку Вера все-таки ухватилась судорожно: непривычно было чувствовать под собой живое существо. Но Свен сразу же оказался в седле у нее за спиной и сказал:

— Не бойся. Держись за седло и за мою руку. И я тоже буду держать тебя.

Он что-то сказал и монголу, с которым появился из степи несколько минут назад, тот кивнул и что-то ответил. Лошадь качнулась вперед, то есть это Вере показалось, что качнулась, и она в самом деле схватилась за руку, в которой Свен держал поводья. Но тут же он обнял ее другой рукой, и страх исчез.

Она не поняла, долго ли они ехали по степи — «долго ли, коротко ли» звенело у нее в голове. Ветер не бил в лицо, но овевал его. Гасли небесные краски, и все ярче становились звезды. Вера прижималась спиной к груди Свена и думала, что это должно длиться всю ее жизнь, если можно было назвать словом «думала» то, что происходило с нею.

Поднялись на холм, спустились в распадок, и Свен натянул поводья, останавливая лошадь.

— Я выбирал натуру для съемок и нашел это место, — сказал он. — Посмотри, какое оно.

Он соскочил с лошади и, взяв подмышки, снял с нее Веру, задержав руки на ее плечах, может быть, только для того, чтобы у нее не закружилась голова, когда она окажется на твердой земле. Не от земли, а от его рук голова как раз и закружилась. Вера смутилась от того, что он может это понять. Она совсем не чувствовала себя Джульеттой, да и глупо было бы чувствовать себя Джульеттой в двадцать семь лет, но трепет во всей себе чувствовала, и ничего с этим было не поделать.

Место, которое Свен нашел для съемок, казалось воронкой, через которую небо входит в землю.

Когда Вера сказала ему об этом, он посмотрел на нее с той серьезностью, которую она так любила в его взгляде и в нем, и ответил:

— Я такое и искал.

На нем был монгольский дээл, по-монгольски же подпоясанный кушаком. Он развязал кушак, снял дээл и, свернув, положил на пригорок, чтобы Вера могла сесть, а сам сел напротив нее на траву.

— Я попросил Батара сказать твоим сопровождающим, что ты не заблудилась в степи, — сказал Свен. — Не беспокойся об этом.

Это было последнее, о чем Вера беспокоилась. Вернее, она вообще об этом забыла. В просторе степи под небесным простором казалось, что время остановилось, но она чувствовала его ограниченность, и только в этом было ее волнение.

— Расскажи мне о себе, — сказала она. — Ты снимаешь кино. В Швеции или в Праге?

— В Америке, — сказал он. — Я закончил Нью-Йоркскую киношколу и стал работать в Голливуде.

Если бы он сказал, что работает на Меркурии, это не прозвучало бы более невероятно. Но в том, как он сидит на траве, как светлеют его ключицы в расстегнутом вороте клетчатой рубашки, как лежат на коленях его широкие руки, не было не только ничего невероятного — все было естественно, как дыхание.

— Когда меня выслали из Москвы, я надеялся, что мне все-таки разрешат вернуться, — сказал он. — Моя

чехословацкая виза не была аннулирована, мне дали
возможность выбирать, в Стокгольм лететь или в Прагу.
Теперь я понимаю, так получилось только потому, что
тогда им было уже не до меня. Я выбрал Прагу, потому
что там остались мои пленки. Был уверен, что через
месяц московские страсти остынут и я вернусь.

Она вздрогнула от слов «московские страсти»,
и Свен, наверное, заметил это.

— Я имею в виду шпионские страсти, — сказал
он. — То, что я чувствовал к тебе, не остыло тогда, Вера.

— А теперь?

Это вырвалось безотчетно, она не решилась бы
спросить, если бы прислушалась к доводам разума, но она
не прислушивалась к ним.

— И теперь.

Его голос был так же ясен, как взгляд. Лгал ли он
когда-нибудь в своей жизни? Вера была уверена, что нет.

— Мне казалось, что моя жизнь кончена. — Она
тоже не могла ему лгать и, говоря все как есть, не чувствовала такой мелочи, как смущение. — Конечно, я жила,
работала, даже вышла замуж. Но это ничего не изменило.
Хорошо, что не могла иметь детей. Была причина ра-
зойтись. Мне было так стыдно перед мужем, как будто
я его обманула.

— Что не могла иметь детей?

— Что не могла его любить. Хотя ему это было
и не нужно, может быть.

Ей не хотелось вспоминать о малодушии своего
замужества, и она замолчала. Свен протянул руку и коснулся ее виска. Это был простой и ласковый жест — может
быть, он видел Верино волнение и просто хотел ее успо-
коить. Но от его прикосновения она почувствовала то же,
что когда-то в лодке на Тимирязевских прудах — что

непонятная, но явственная сила входит в нее из его руки. Она вспомнила, как от близости его рук крутился диск астролябии, и улыбнулась.

— Мне стыдно перед тобой, — сказал он.

— За что?

— Я обещал, что приду, и не пришел.

— Это не от тебя зависело.

— Это был бы аргумент для суда. Но для самого себя это не аргумент.

Вера понимала, что он говорит правду. Все было правдой в нем — и эти слова, и… Да, и его смятение, которое она чувствовала тоже. Холод пронизал ее, и не от земли он шел.

— Ведь ты не один, Свен, да? — тихо произнесла она.

— Да. У меня есть жена.

— И дети?

— Нет.

Он не сказал «но это неважно», само собой подразумевалось, что его неодиночество — существенное обстоятельство, есть при этом дети или нет. Аргумент не для суда, а для самого себя.

— Вера, мне важно, чтобы ты знала, как я отношусь к тому, что произошло между нами, — сказал он. — Это стало прошлым, но не стало для меня случайностью, как не было случайностью тогда. Это то, что я всегда хотел сказать тебе.

Она улыбнулась, сдерживая слезы. Строй английской речи! Как он ясен и прям, как не допускает двусмысленностей и недомолвок.

Что она может ответить? Поблагодарить за честность? И это ни к чему — Свен не может лгать так же, как не мог бы не дышать, и благодарить его поэтому не за что.

Луна поднялась из-за горизонта, осветила степь и небо, но звезды не потускнели.

— И всегда знал, что мы встретимся. — Лицо Свена было освещено луной, но светилось словно само собою. — Эта уверенность возникала вспышками. И совсем недавно тоже. Уже здесь, в Монголии.

Вера понимала, что в свете луны и он отчетливо видит ее лицо. Не хватало, чтобы на нем блеснули слезы!

— Да? — Она постаралась улыбнуться. — От чего же она возникла здесь?

— Я нашел вот это. И подумал о тебе.

Свен опустил руку в ворот рубашки, через голову снял шнурок, на котором висел круглый предмет, и протянул его Вере. Она придвинулась ближе, чтобы разглядеть.

На раскрытой ладони Свена лежал крупный овальный камень. Вера не сразу увидела тонкий серебряный ободок и не сразу поняла, что это кольцо. Цвет камня невозможно было определить в полумраке, ясно было только, что он прозрачен, но не как вода, а как туман.

— Это нефрит, — сказал Свен.

— Странно, что ты нашел его здесь, — сказала Вера, рассматривая кольцо.

В серебряной линии обрамления, и в форме камня, и в шлифовке было что-то слишком тонкое для того, чтобы работу можно было считать кустарной.

— Я тоже заметил, — кивнул Свен. — Мне подарил его шаман. Но оно не похоже на шаманское. Скорее на коктейльное. Я смотрел американскую довоенную хронику, мне нужно было для фильма, и видел такие кольца, они тогда были в моде. Здесь всегда сходились странные пути, но все-таки его путь слишком странен. Как оно попало в монгольскую степь, непонятно.

«Как я попала в монгольскую степь, как ты попал сюда, как мы встретились здесь с тобой? Что значит по сравнению с этой непонятностью кольцо, хотя бы и коктейльное!»

— Я буду тебе благодарен, если оно останется у тебя. Наша встреча потрясла меня. И тогда, и сейчас. Пусть останется.

Свен взял Веру за руку и надел кольцо на ее безымянный палец. Свободной рукой она обняла его за шею. Та девочка в лодке посреди Тимирязевского пруда не поцеловала бы его первой. Но ни девочки той давно не было, ни будущего, которое тогда представлялось ей безбрежным.

Вера почувствовала, как дрогнули его губы, когда их коснулся ее поцелуй. От его ли желания, в ответ ли ей только? Она не знала. Она целовала его, чувствуя, как с каждым поцелуем сокращается время, отпущенное им. Бесценное, невероятным образом подаренное время.

И ее пальцы, расстегивающие на нем рубашку, и возрастающий жар его поцелуев, и его плечи, пылающие несмотря на холод ночной степи, как пылает и ее тело, открытое ему, отдаваемое без оглядки, — всего этого не будет больше никогда, все это дано на один миг. Счастливый или горестный, уже неважно.

Глава 12

Хорошо, что купила лондонский зонтик! Малю-
сенький, в кармане помещается, но когда раскроешь,
то становится нормального размера. Даже три таких
зонтика купила, благо они в Лондоне дешевые. Один
сломался, второй забыла в кафе, а под третьим бежит
сейчас по Тверскому бульвару, увязая в размокшем песке
аллеи. И зачем только рассказала Ленке про Сахарок?
Та сразу заныла, что такие вот сережки, чтобы в одном
ухе звездочка, а в другом птица, это мечта всей ее жизни.
И что остается делать, когда слышишь такое накануне
Ленкиного дня рождения, как назло, в единственный
дождливый день августа? Беги в магазин, где продается
этот Сахарок, прыгай в балетках через лужи, и почe-
му только не выкопали метро поближе к Никитским
воротам!

«Твою мечту за полгода можно исполнить, а ты
делаешь из нее мечту всей жизни», — вспомнила Маша.

Это не к сережкам относилось и не Ленке было сказано. А ей самой. Кирилл произнес это своим обычным
холодноватым тоном, и она сперва рассердилась — будет
еще указывать! — но тут же поняла, что он прав.

Они болтали то в скайпе, то в телеграме каждый
вечер. Вернее, у него в Пало-Альто это было утро, и он
собирался на работу. Вернее, работать он мог и не выходя из дому — Маша не очень-то понимала, когда ему
надо куда-то идти, а когда нет, но ведь это и не ее дело.
И каждый раз возникало в разговоре что-нибудь такое,
на что она сначала сердилась, а потом признавала, что
это правда. Кирилл сидел у открытого окна, за которым
что-то светлело и блестело в солнечных лучах, и пил

кофе из прозрачной чашки, а она сидела на лестнице над садом и кофе не пила. Разговоры с ним волновали ее и радовали, она повторяла их в памяти, когда уходила к себе в комнату и ложилась в кровать, и какой уж тут кофе, и без того не уснешь.

Однажды он сказал, что Маша видит людей насквозь и оценивает с абсолютной точностью. Она после этого вообще до утра не спала, а вертелась, пила воду и ужасно гордилась. Хотя, на ее взгляд, ничего особенного она для такого его мнения не сделала — ну, заметила про кого-то: «Он думает, у него доброе сердце, а на самом деле просто слабые нервы», — но Кирилл засмеялся, а потом вот так вот о ней сказал.

Сверкнула молния, воздух вздрогнул от грома. Маша тоже вздрогнула и сразу угодила обеими ногами в лужу. Балетки промокли уже окончательно. Она приподняла зонтик, чтобы понять, далеко ли еще Тимирязев, памятником стоящий в конце Тверского, и увидела впереди целое море зонтиков — ими был запружен весь бульвар. И тут же она услышала по всему бульвару гул множества голосов. Выходит, каким-то образом оказалась в большой толпе, но что за люди вокруг, куда так целенаправленно идут под проливным дождем, непонятно.

Это, конечно, следовало немедленно выяснить. Маша припустила вперед.

— А вы кто? — спросила она, догнав последнюю из идущих женщин.

— Мама, — не удивившись бесцеремонному вопросу, ответила та.

В руке у нее был мокрый игрушечный единорог.

— Чья?

— Не имеет значения. Просто мама.

— А куда вы идете? — не отставала Маша.

— К Верховному Суду.

Ага, это что-то политическое, значит. Обычно призывы к митингам мелькали в Машиной ленте, но про шествие с единорогами она что-то не слыхала. Ну, она же не мама, сети и не показывают ей такие новости.

Приглядевшись, она увидела игрушки в руках у всех идущих. Толстый мужчина шел без зонтика и нес над головой большую панду.

— Мы по делу Нового Величия, — пояснила женщина с единорогом. — Требуем, чтобы они освободили детей.

Про дело Нового Величия, конечно, Маша знала: его обсуждали во всех сетях, и не захочешь, узнаешь. Оно было ей ясно как божий день. А что тут неясного? Гад навыискивал студентов и школьников, которые у себя на страничках рассуждали, когда им наконец дадут жить как нормальным современным людям, а не как динозаврам каким-то, назвал их политической организацией и сдал как экстремистов. Всех посадили.

Она вспомнила и видео из суда: перепуганная девчонка плачет в клетке и спрашивает, где мама.

— Но их же все равно не освободят, — сказала Маша.

Это была правда, но как только она произнесла ее вслух, ей стало стыдно.

— Но мы все равно должны, — ответила женщина. — Матери не могут смотреть, как детям ломают жизнь. Пусть и чужим.

Мужчина с плюшевой пандой на мать похож не был точно. Две старушки с разноцветными обезьянками если и были матерями, то их дети давно выросли и не сидели во ВКонтакте. Маша растерянно вела взглядом по лицам людей, среди которых вдруг оказалась. Ей хотелось провалиться сквозь мокрую землю.

Она пошла медленно, прислушиваясь к разговорам. Но что было слушать? Первая женщина все уже сказала. Мелькали единороги всех цветов, мишки, мышки, пингвины, еноты... Все это выглядело наивно, беспомощно — пошло, подумала бы она, если бы... Если бы что? Маша не знала. Если и была во всем этом пошлость, то ее собственное изумление и стыд были сильнее.

Что стало бы с ней, окажись она в тюрьме ни за что? Или если бы в тюрьме ни за что оказался ее ребенок? Она впервые подумала, что у нее может быть ребенок, мысль была непривычной, пугающей и радостной. В чем радость, Маша не могла понять — с удивлением поняла только, что проклюнулась она в ней не сейчас, а чуть раньше, хотя она и не может уловить, когда и почему, но в эту минуту, в этой толпе на Тверском бульваре, под проливным этим дождем, стала такой отчетливой, что сделалась главным ее чувством.

«Да я бы их убила всех, кто его тронул бы!» — подумала она.

И тут же поняла, что убить тех, кто сделал бы что-то плохое ее ребенку, просто не сумела бы. Как до них доберешься? Отшвырнут как щепку, даже не заметят.

Сознание своей беспомощности было как удар в горло, она закашлялась. А если бы у нее и правда был ребенок?!

— Девушка, вам плохо? Не опускайте зонтик. Вы же промокнете, да уже мокрая! Дать вам дождевик?

Женщина — не с розовым единорогом, а другая, с синим кроликом под мышкой — протягивала ей пластиковый пакетик.

— Не... — Маша откашлялась и вытерла слезы. — Спасибо! Ничего мне не сделается.

— Женщине плохо! — раздалось от лавочки, от памятника Тимирязеву. — Сюда, сюда дождевик дайте!

Непонятно, каким образом поможет дождевик, если кому-то плохо, но Маша выхватила его у женщины с кроликом и, на ходу разрывая упаковку, побежала к лавочке. Невозможно ничего не делать, просто невыносимо!

Мужчина держал над лавочкой большой зонт с логотипом Музея д`Орсе, несколько человек обступили кого-то сидящего. Маша с дождевиком явно была некстати, но все-таки подошла. В ее действиях не было ничего рационального, но рациональность и не нужна была, наверное.

На лавочке сидела Вера. Сначала Маша увидела шелковый плащ мятного цвета — Вера купила его три дня назад и сокрушалась, что мало успеет поносить, потому что он слишком летний, такие когда-то называли пыльниками, а августовская жара, в этом году аномальная, вряд ли продлится долго. Маша тогда сказала, что плащ и следующим летом можно будет носить, а Вера улыбнулась так, что ей почему-то стало не по себе.

И вот она сидит на лавочке на Тверском бульваре, глаза у нее закрыты и мокрое лицо сливается цветом с бледным мятным шелком.

Маша вскрикнула и, обежав столпившихся людей, присела на корточки перед Верой. Прямо перед глазами оказался плюшевый зеленый крокодил, которого та держала в руках. Маша забрала крокодила и взяла Веру за руку. Ей показалось, что она коснулась не пальцев, а сосулек.

— Ве... Вера!.. — с ужасом проговорила она. — Вы здесь... зачем?!

— Почему. — Глаза у Веры открылись. Взгляд был ясный, и Маша вздохнула с облегчением. — Не зачем, а почему. Как Ретт Батлер.

— При чем тут Ретт Батлер? — машинально спросила Маша.

Как будто это главное, что следует выяснить сейчас!

— Ну помнишь, как он вдруг пошел воевать за разгромленных конфедератов?

«Унесенных ветром» Маша прочитала в седьмом классе и с тех пор ни разу не открывала, но страница из книги сразу всплыла в ее фотографической памяти, и слова Ретта Батлера: «Если меня убьют, я посмеюсь над таким идиотом», — прозвучали в ушах.

Может, они всплыли и у нее в глазах или проступили на лбу, потому что Вера улыбнулась.

— Я тоже посмеялась бы над старухой, которая не нашла ничего разумнее, чем умереть на бульваре с крокодилом в руке, — сказала она.

— Вы что! — воскликнула Маша. — Как — умереть?! Да я ни за что не дам!

Неизвестно, что бы она стала делать, если бы у нее был ребенок и если бы он угодил в тюрьму, но что делать сейчас, было ей понятно.

Она набросила на Веру дождевик, укрыв ее с головы до ног.

— Саван пока не нужен, — сказала та. — У меня мерцательная аритмия, ничего страшного. Ты такси вызываешь? Вызови с моего телефона, бонусы накопились.

Маша кивнула и отошла звонить в сторонку. Объясняться с Верой, отговаривать и уговаривать, было сейчас не время.

Где-то она прочитала, для того, чтобы врачи поторопились, надо сказать, что у человека все признаки инфаркта или сильное кровотечение. Может, «Скорая» и так не задержалась бы, может, просто была рядом, но ровно через пять минут, сверкая маячками и завывая сиреной, она выехала на площадь Никитских ворот и остановилась возле памятника Тимирязеву.

— Хотя бы Кирке не сообщай, — увидев «Скорую», попросила Вера.

Маша с готовностью пообещала. Есть же ситуации, когда не грех и соврать. Вот эта как раз такая.

Глава 13

— На всякий случай я всю верхнюю полку скачала. Что не нужно, сотрете.

Маша положила киндл на тумбочку у кровати.

— Спасибо. — Вера улыбнулась. — Удивительно, как легко я привыкла читать с экрана. Это наводит на более широкие размышления.

— Что такого удивительного? — пожала плечами Маша. — Шрифт любой можно выставить, и подсветка еще. Конечно, удобнее читать, чем бумагу.

«Тем более здесь», — подумала она.

Верина соседка по палате — сейчас ее вызвали на УЗИ сердца — требовала, чтобы свет выключался в половине десятого. А обе отдельные палаты были заняты, хорошо двухместная нашлась, хоть и с переплатой. Конечно, киндл в таких условиях незаменим, даже непонятно, о чем тут размышлять.

— Удивляться нечему, ты права, — кивнула Вера. — Эта штучка по всему естественна для старости.

А вот это наблюдение Машу как раз удивило. Вернее, заинтересовало.

— Почему? — с любопытством спросила она. — Из-за подсветки?

— Из-за ощущения, что все главное легко избавляется от материальности и, если оно действительно главное, ничего при этом не теряет. Вот это и соответствует старости. Где книги, которые ты мне принесла? Оказывается, не на полке. Я не могу потрогать их рукой, но от этого они не перестали быть теми книгами, которые я читала в юности, так же волнуют, а если не волнуют, то не потому, что их физически нет. Я путано говорю, извини. — Вера попыталась махнуть рукой, но кисть только слабо шевельнулась поверх одеяла. — Бабушка моя когда-то проще говорила: Бог не в бревнах, а в ребрах. Впрочем, она была агностик.

«Интересно, когда мне шестьдесят семь лет стукнет, смогу я про такое думать? — подумала Маша. — Или только про лекарства и диеты, как все?».

— С домом должно быть так же, — сказала Вера. — Но все-таки мне трудно это осознать. То есть осознать-то не трудно...

Она замолчала. Маша поняла продолжение этой фразы. Даже ей, никакого отношения к дому на Соколе не имеющей, он уже не безразличен. А Вере-то!..

— Но вы же сможете приезжать, — сказала она не слишком уверенно. И поскорее добавила бодрым тоном: — Я за домом послежу, не волнуйтесь.

Вера засмеялась. Из-за слабого пульса ее смех был как дуновение, но во взгляде, устремленном на Машу, мерцала обычная колдовская проницательность.

— У тебя-то точно Бог не бревнах, а в ребрах, — сказала она. — Ты везде будешь ты. — И добавила, наверное, заметив Машино смущение: — Я твои разговоры не подслушиваю, не думай. Просто голос у тебя звонкий. И моего английского хватает, чтобы понять «Стэнфорд» и «программа».

— Ну, это еще неизвестно, получится ли... — пробормотала Маша.

— Маша, Маша! Иногда стоит почувствовать себя старухой.

— В каком смысле?

— В смысле свободы. Понять, что у человека просто нет времени на ерунду. Перестать бояться кого-то обидеть словами «я не хочу». Или тем более бояться сказать себе «я хочу» из каких-то отвлеченных соображений. Очень, знаешь ли, я теперь Лилю Брик понимаю.

— В том, что она отравилась?

Маша тут же прикусила язык, а Вера снова рассмеялась.

— В том, что ей сестра написала: да и бог с ней, с молодостью, тоже хорошего мало. Хотя из-за морщин обе очень сокрушались все-таки.

— У вас морщин нету, — сказала Маша. — А когда кардиостимулятор поставят, вообще про возраст забудете.

Вера безотчетно коснулась лба, словно проверяя морщины. Замерцало кольцо на ее безымянном пальце.

— Может быть и так, — сказала она. — Когда я к Кирке приезжала, все думали, я его сестра.

— В универе?

— В школе.

— Как приезжали? — не поняла Маша. — Я думала, все соколянские в сто сорок девятой учились.

— В сто сорок девятой он до тринадцати лет учился. Потом приехал его отец и попросил меня отправить Кирку к нему.

— К нему — это куда?

Она чуть не спросила: «А у Кирилла есть отец?» — да вовремя спохватилась, что не обязательно задавать все глупые вопросы, которые приходят в голову.

— В Лос-Анджелес.

— Ничего себе! И вы... — Маша замолчала. Она всего несколько раз видела, как Вера смотрит на своего сына, но этого было вполне достаточно, чтобы понять про них обоих абсолютно все. — И вы согласились?.. — понимая, что говорить этого не нужно, все-таки проговорила она.

— Свену долго не давали визу, хотя уже перестройка была. В девяносто первом году наконец дали, и в августе он приехал в Москву. На следующий день начался путч. Я всегда все про нашу жизнь понимала, Машенька, но тут уж особенно вышло наглядно. И я отпустила Кирку.

— Но как же вы это пережили?..

— А кто тебе сказал, что я это пережила?

Дверь палаты открылась, вошла соседка, с порога стала рассказывать, что показало УЗИ, возмутилась, почему окно открыто...

— Иди, Маша, — сказала Вера. — Завтра приходить не надо. Книжки ты мне принесла, а есть перед операцией все равно нельзя, да мне и не хочется.

Маша пошла к двери. Сердце ее билось легкими ударами.

— Как та музыка называется? Помните, которую вы играли? — спросила она, обернувшись. — В которой триоли.

А зачем спросила? У нее и слуха даже нет.

— Ноктюрн до минор Шопена, — ответила Вера.

Глава 14

— Она должна была прожить другую жизнь. Совсем другую.

Кирилл стоял у открытой балконной двери. Наступили те краткие вечерние минуты, когда все в небе и на земле приобретает тревожный пурпурный цвет. Красота этого цвета и этих минут всегда вызывала у Маши тревогу.

Она радовалась, что приехал Кирилл. Хоть он смотрит не на нее, а в вечерний сад, но в его голосе тревога растворяется вся до капли.

— Как же это можно знать? — сказала Маша. — Что было бы, если бы.

— Это можно знать. Это очевидно. В ней все было настроено на другое. Это не мои домыслы, а ее гены. Она могла понимать талантливого человека и была бы для него спутницей. Она чувствовала музыку и стала бы неординарной пианисткой. Она хотела видеть своего сына каждый день и жить его жизнью.

Последнюю фразу он произнес тем же ровным тоном, что и остальные. Но Машу трудно было обмануть.

«Я все о нем знаю».

Невозможно было верить этой мысли. Но и не чувствовать ее правду было невозможно тоже.

Вспомнилось вдруг, как в кафе в Домодедове мама сказала, что Маша стала похожа на отца, а она подумала, что у папы должна была быть другая жизнь, но другая не получилась.

Дословное совпадение с тем, что сказал сейчас Кирилл, поразило ее.

Они совсем разные, совсем. У них разные жизни. И вдруг оказывается, что она знает о нем все. А как это может быть, как это объяснить, непонятно.

— И ничего из этого не реализовалось. Ничего! Без всякой ее вины, — сказал Кирилл. — Так сложилась жизнь. Я не знаю, что со мной стало бы, если бы все, что во мне есть, ушло в пустоту. — Он наконец обернулся и посмотрел на Машу. Тень его глаз освещалась сильными непривычными отблесками. — Возможно, в таком случае не ограничился бы марихуаной.

— А ты курил марихуану? — сразу же заинтересовалась Маша.

— Не думаю, что кто-то ее не попробовал.

— Я не попробовала.

Ничего смешного не было в ее словах, но ей показалось, что Кирилл едва удержался, чтобы не расхохотаться.

— Можешь не сожалеть об этом, — серьезным тоном заверил он. — Все химические радости примерно одинаковы.

— Но теперь же Вера к тебе приедет, — сказала Маша.

— Но мысль об этом доме разрывает ее сердце. В прямом смысле.

— Это да. — Маша расстроенно шмыгнула носом. — Даже я как представлю,... — Она поежилась. — А я-то этому дому вообще никто. А Вера...

— Кстати, она мне сказала, что как только ты сюда вошла, ей показалось, ты была здесь всегда, — вспомнил Кирилл. — Предвечным образом, так она сказала. Мама не боится патетики.

Он улыбнулся. Как чаще всего бывало, улыбка не тронула его губы, а лишь осветила глаза.

«Мы виделись... По пальцам одной руки можно пересчитать, сколько раз мы с ним виделись. Я не могу думать про него «как чаще всего бывало».

От смятения, охватившего ее, Маша почесала нос.

— Вера просто отвлекала твое внимание от своего переезда, — возразила она.

— Может быть. Но мне кажется, с тобой это так и есть, как она сказала.

Теперь уже Маше захотелось отвлечь его внимание от разговора о ней. Его слова должны были бы ей льстить, но они разрывали ей сердце. Тоже в прямом смысле слова.

Все, что она чувствует, едва уловимо, неназываемо. Волнует сердце мимолетно и тут же исчезает, растворяется в воздухе, как триоли в ноктюрне Шопена. А в реальности, в простой обычной жизни, она не может даже коснуться его руки, потому что... Понятно почему.

— А Вера правда может к тебе приехать? — поскорее спросила она.

— Конечно.

— Я думала, это сложно.

— В нашем случае нет. Я даю подтверждение, что беру на себя все расходы по ее жизни в США, и этого достаточно. Это давно надо было сделать! — Маша снова увидела вспышки в тени его глаз. — Теперь не приходилось бы сходить с ума, думая, как она восстановится после операции.

Если бы Маша сходила с ума, то бегала бы по комнате, колотила кулаками в стенки, плакала, орала. Для него сходить с ума означает смотреть в тревожный вечерний сад и не позволять молниям вырваться из притененных глаз.

Она вспомнила, как загудели стены, когда Кирилл ударил о них Крастилевского. Сердце стеснилось от этого воспоминания.

«Он совсем другой, чем все, кого я знаю», — подумала Маша.

Эта мысль не смутила ее и не испугала. Может, она и не видит людей насквозь, зря Кирилл так говорил про нее, но все, что она каким-то загадочным образом знает о нем, не происходит от его похожести на кого-либо. И физической к нему тягой — что врать себе, будто ее нет? — не исчерпывается тоже.

Это просто есть. Это данность, как... Да, как стены дома, которые бревна как ребра, как триоли, что ж они не идут у нее из памяти, у нее и слуха-то нету!

— Трудно тебе было в Америке? — прогоняя ненужные мысли, спросила Маша.

— Конечно. Я приехал в тринадцать лет. У меня не было никакой опоры на общее со всеми детство. А папа слишком... Может быть, слишком погруженный в себя, может быть, слишком одинокий человек, чтобы на него мог опереться тинейджер с целой кучей своих проблем.

— Ты жил в его семье?

— У него нет семьи. Он один.

— Ничего себе!

— Так получилось. Не знаю почему. Он был женат, но это оказалось непрочно. Может быть, он сам в этом виноват, как и... Ну, неважно. Во всяком случае, когда я приехал, он уже был один и полностью занят своей работой. Он кинорежиссер.

— Тяжело тебе было.

— Из-за того, что отец занят работой? Нет, мне не было тяжело. У него в этом не было позерства, и сейчас тоже. Это здравая повседневная парадигма. Другой нет. — Он помолчал и неожиданно добавил: — Хотя, может быть, я ошибаюсь.

— Вера выздоровеет, — почти жалобно сказала Маша. Невозможно было слушать про парадигму и понимать, как он держит себя в руках. — Что особенного в кардиостимуляторе? Всем ставят. — И воскликнула сердито: — Зачем она пошла на это шествие!

И тут же устыдилась своих слов. Как тогда под дождем на Тверском бульваре, когда сказала: «Но их же все равно не освободят».

— Зачем пошла, как раз понятно, — пожал плечами Кирилл. — Она мне всегда говорила: человек может не многое, но то, что может, он должен.

— Ух ты! — восхитилась Маша.

— Это чья-то цитата. Кто-то из французов. Сартр или Камю, я забыл. Мама просила, чтобы я читал, но для чтения Камю я, наверное, слишком прагматичен.

— Ты очень хорошо говоришь по-русски.

— Мы с ней говорили каждый день. По часу, иногда больше. Скайпа еще не было, и она тратила на телефон все деньги. Пока отец об этом не узнал и не стал оплачивать наши разговоры. Мне вообще нравилось говорить по-русски. С женой тоже. Хотя это не имело практического смысла.

Что не имело практического смысла, разговоры по-русски или разговоры с женой, было Маше непонятно. Вернее, ей не хотелось об этом думать.

Наверное, тень все-таки пробежала по ее лицу, потому что Кирилл сказал:

— Ты устала. У меня сейчас утро, я забываю.

— Да ну, устала! — фыркнула Маша. — От чего бы?

— Выпьешь? Я выпью. Иначе не усну.

— Ну и я тогда с тобой, — кивнула она.

И смутилась ужасно, потому что такое в викторианских романах называется двусмысленностью. Они не из викторианского романа, правда, но все-таки.

Кирилл смешал в двух стаканах кампари — красный вермут и воду. Они выпили в молчании. Странность происходящего между ними была так же отчетлива, как тишина в комнате. Странен был даже взгляд Ольги Алексеевны с портрета. Как будто и она не понимала: что между этими двоими? Почему их связь так сильна, как она возникла, из чего? Все было загадкой, и неизвестно, что больше, настоящее или будущее.

— Пойдем спать? — спросил Кирилл.

Маша кивнула. А что она могла ответить? Что сна у нее ни в одном глазу, потому что все в ней взбудоражено, все сдвинулось с привычных мест и летит куда-то, а куда, она не знает, и ей поэтому радостно и страшно? Какое ему до этого дело...

Она поднялась к себе в мансарду по внутренней лестнице, но тут же вышла на лестницу наружную и села на верхнюю ступеньку. Правда же сна нет, чего зря в постели ворочаться.

День, когда женщины шли по бульварам с игрушками, оказался единственным дождливым днем августа. После него установилось тепло и небо было ясным. В темноте Сокола его расчерчивали падающие звезды. Маша подняла глаза, увидела их и воскликнула:

— Ух ты!

Очень уж неожиданны были эти звездные росчерки над деревьями, над домами, над собственной обыкновенной головой.

— Что ты? — услышала она.

Фигура Кирилла темнела внизу у лестницы.

— Звезды падают, — сказала Маша. — Я прямо сразу три штуки увидела.

— Это Персеиды. Метеоритный дождь. Пик уже прошел, но еще видны.

Он замолчал. Маша слышала его дыхание. Или, может, не слышала, а чувствовала.

— Почему мы с тобой правду друг другу не говорим? — сказала она.

Невпопад сказала. С его ясным системным мышлением он и не поймет, о чем это вообще.

— Потому что я боюсь тебя обмануть, — ответил он.

— Ты — боишься?

Она в самом деле удивилась. Была уверена, что он не боится ничего.

— Меня притягивает твоя тонкость, Маша. И тем сильнее я боюсь ее... уязвить? Есть такое слово?

— Есть.

Она не знала, что еще сказать. Его боязнь то ли сердила, то ли смешила ее. Нашел тоже тонкость! Что это такое вообще?

— Со мной это уже было, — сказал Кирилл. — Меня притянуло то, чему я не мог соответствовать.

— Еще про здравую парадигму рассуждал! — Маша расстроенно шмыгнула носом. — А сам такое говоришь, что я ни слова вообще не понимаю.

Кирилл засмеялся и пошел вверх. Его голова появилась перед Машей, когда сам он был еще на середине лестницы.

— Мне не хотелось бы тебя обмануть, — повторил он.

— Можешь не беспокоиться, — фыркнула она. — Не знаю, как там насчет тонкости, но вообще-то я не совсем дура.

— Совсем не.

— И ты не можешь обмануть.

Голос у нее дрогнул.

— Почему?

«Потому что ты весь — правда».

Но выговорить такое Маша не могла. Это Вера не боится патетики, а она... опасается.

— Мне казалось, я обыкновенная, — сказала она вместо этого.

— А теперь не кажется?

Кирилл сел на ступеньку. Голова его была у Машиных колен, и он коснулся виском ее колена.

— Теперь не кажется. — Она вздрогнула, почувствовав его прикосновение. — В смысле, теперь это неважно.

Она могла бы сказать, что ее история, которая стояла на месте, двинулась вперед так ровно и мощно, как не научили бы двигать историю вперед ни на каких сценарных курсах. Могла бы сказать, что вдруг, нежданно-негаданно, оказалась на самом острие жизни, и это получилось потому, что появился он. Что в нем есть та же правда, которая есть в Вере, которая есть в этом доме и которая не исчезает никогда, нигде, и того, кто узнал эту правду, никогда не разрушит жизнь.

Но невозможно было все это сказать. Да и не нужно.

Она положила руку ему на лоб. Провела пальцами по виску, коснулась губ. Он поцеловал ее пальцы, задержал их губами. Желание ее было очень сильным, и еще более сильное желание она чувствовала в нем. Но то, что так неожиданно их связало, что заставило его положить голову ей на колени, было сильнее самого сильного физического желания.

Не в бревнах это было и не в ребрах. А где? Маша не знала. В триолях, может. В чистом биении сердца.

2019 год, Москва